Meiner Familie
und meinem Heimatdorf gewidmet

Was in dieser Geschichte nicht erfunden ist, könnte wahr sein – oder auch nicht. In der finnischen Region Savo, in der sich die Abenteuer des Lavaprinzen größtenteils abspielen, liegt die Interpretation im Ermessen der Leser und Zuhörer.

Diese deutsche Ausgabe basiert auf dem finnischen Original «Laavaprinssin salaisuus». Die Übersetzung ins Deutsche entstand in enger Zusammenarbeit mit meinem Mann Fritz.

Ähnlichkeiten mit lebenden Personen, Firmen oder Institutionen sind rein zufällig. Besonders die Figur der Gutsfrau Irma Arkko ist frei erfunden und bildet einen Gegenpol zur gutherzigen Magd Alma. Tatsächlich waren die Gutsfrauen bewundernswerte, fleißige und gütige Frauen.

Arvola ist ein kleines ländliches Dorf im Süden Finnlands. Auf den ersten Blick erscheint es ganz gewöhnlich, ebenso wie der Halbwaise Tuomas, der auf dem Gut Arkko lebt. Doch seine unheimliche Vergangenheit lässt ihn nicht los und hindert ihn daran, ein normaler Schuljunge zu sein.

Die Autorin widmet diese Geschichte ihrem Heimatdorf, dem sie eine erfolgreichere und unabhängigere Zukunft gewünscht hätte.

Leena Pulfer

Leena Pulfer

Das Geheimnis des Lavaprinzen

1. Band

Bibliografische Information der Deutschen Nationalbibliothek:
Die Deutsche Nationalbibliothek verzeichnet diese Publikation in der Deutschen Nationalbibliografie; detaillierte bibliografische Daten sind im Internet über dnb.dnb.de abrufbar.

Einband: Dahlia D'Agosta

ISBN: 978-3-8192-9770-0

Verlag: BoD · Books on Demand GmbH,
Überseering 33, 22297 Hamburg, bod@bod.de

Druck: Libri Plureos GmbH, Friedensallee 273, 22763
Hamburg

Inhaltsverzeichnis

Schliesslich sprach der
Herscher der Lava-Ströme:

Wähle mit Bedacht, junger Prinz:
Willst du zu den Menschen gehören, zu jener niederen Gattung, die ein kurzes, bedeutungsloses Leben auf Erden verbringt, durch ihre eigene Dummheit alles um sich herum zerstört und nach ihrem Tod zu Staub zerfällt?
Oder du schließt dich deinem eigenen Lava-Volk an, das seit Anbeginn der Zeit existiert und durch nichts zerstört werden kann.
Wir können auf der Erde und in ihren Tiefen leben. Wir können jede Form annehmen, die wir wollen. Wir haben unendliche Kräfte.
Wähle mit Bedacht.

1.

Zu Beginn der Naturwissenschafts-Stunde fragte die Lehrerin Paula Puntanen ihre Klasse: «Wer von euch hat gestern die Fernsehnachrichten über den Vulkanausbruch in Indonesien gesehen?». Viele Schüler streckten ihre Hand in die Höhe.

«Wer erinnert sich noch an den Namen des Vulkans?» fuhr Paula fort. Die Schüler schauten sich um und schüttelten den Kopf.

«Kein Wunder, dass ihr euch nicht erinnert. Es war der Anak Krakatau. Vulkane haben oft seltsame Namen, die ihnen die Einheimischen gegeben haben. Anak Krakatau bedeutet ‹Kind des Krakataus›. Krakatau ist der Name der Vulkaninsel. Aber auch in Europa gibt es Vulkane mit einfacheren Namen. Wer weiß welche?»

Viele Hände schnellten nach oben.

«Tuomas?»

«Ätna», antwortete Tuomas. «Der liegt in Sizilien», fügte er hinzu.

«Das wollte ich auch gerade fragen, danke Tuomas.»

Tuomas war verärgert. Schon wieder hatte er den Mund nicht halten können und die Frage der Lehrerin beantwortet, bevor sie überhaupt gestellt worden war. Aber was konnte er dafür, dass man die Gedanken anderer Menschen mit ein bisschen Konzentration so leicht lesen konnte? Das war doch ganz normal. Oder etwa nicht?

Zum Glück lachte niemand, denn Paula erzählte sofort von ihrer Schwester, die gerade an einer Gruppenreise nach Sizilien teilgenommen hatte. Als die Gruppe den Ätna besteigen wollte, brach der Vulkan plötzlich aus, und alle mussten mit dem Bus zurück ins Hotel fahren. Sogar der Flughafen wurde geschlossen, und die Rückreise verzögerte sich.

Paula zeigte Videos, die ihre Schwester aufgenommen hatte. Tagsüber stiegen riesige Aschewolken aus dem Vulkan in den strahlend blauen Himmel. Nachts konnte man auf den Aufnahmen aus dem Hotelzimmer Feuerstrahlen sehen, die aus dem Krater schossen.

«Früher glaubten die Einheimischen, dass Götter im Vulkan leben, die einen Ausbruch verursachen, wenn sie wütend sind. Aber heute wissen wir, wie Vulkanausbrüche entstehen. Jetzt werden wir in Gruppen zu diesem Thema arbeiten.

Dann erzählt die Lehrerin von der bewegten Geschichte Siziliens: Dass es dort bereits vor 5000 Jahren Kultur gab, und dass viele Völker die Insel erobert haben, darunter die Griechen, Römer, Vandalen und Spanier.

«Was wisst ihr noch über Sizilien? Miranda?»

Das blonde, blauäugige Mädchen in der ersten Reihe hob die Hand.

«Da gibt es die Mafia und die Blutrache.»

Mirko, der neben Miranda an seinem Pult saß, sprang blitzschnell auf, noch bevor Paula Luft holen und «Stopp» rufen konnte! Er nahm die geduckte Haltung eines Maschinengewehrschützen ein, begann, sich auf der Stelle zu drehen und feuerte mit einem Lineal auf die Klasse: «Pa-pa-pa-pa-pa-pa…»

Mirko war ein Problemschüler, schwer zu beruhigen und schwer zu verstehen, da er wegen seiner Hasenscharte eine feuchte Aussprache hatte. Selbst jetzt spritzte er noch Speichel auf die Umsitzenden.

«So haben sie alle ihre Feinde vernichtet! Das habe ich im Fernsehen gesehen», beendete Mirko stolz seinen Vortrag und richtete sich auf.

«Mirko! Setz dich jetzt hin! Auf Menschen zu schießen ist kein Spiel», ermahnte die Lehrerin.

«Ich habe noch niemanden erschossen. Aber die Mafiabosse schießen wirklich. Die haben nicht einmal Angst vor der Polizei.»

«Zum Glück herrscht hier in Finnland eine andere Ordnung. Und jetzt beruhigt euch alle und macht euch an die Arbeit.»

Die Lehrerin teilte die Klasse in Gruppen von vier bis fünf Kindern ein. Die Schüler schoben ihre Pulte und Stühle zusammen. Jede Gruppe hatte die Aufgabe, mehr über die Entstehung und Funktionsweise von Vulkanen herauszufinden. Auf ihren Tablets suchten sie nach Informationen. Tuomas war in einer Gruppe mit Miranda, Väinö und Mirko. Sie entschieden sich, sich auf den Ätna zu konzentrieren, da Paula gerade darüber gesprochen hatte.

Die Diskussionen in der Klasse waren lebhaft. Das Thema fesselte alle, auch wenn niemand je einen Vulkan gesehen hatte, da es in Finnland keine gibt.

«Der Ätna ist der größte aktive Vulkan Europas. Er liegt auf der italienischen Insel Sizilien in Südeuropa...» tippte Miranda die Sätze der Jungen in ihren Laptop. Aufgrund ihrer Blindheit konnte sie die Informationen nicht selbst suchen, doch sie benutzte geschickt die Braille-Tasten, die den Text gleichzeitig in normaler Schrift darstellten..«Wie sieht es aus, wenn ein Vulkan ausbricht?», fragte Miranda.

«Hier sind Bilder... Oh, du kannst sie nicht sehen», sagte Väinö zu Miranda.

«Aus der Mitte des Berges steigen Aschewolken und Rauch in den Himmel», erklärte Mirko.

«Was ist das für Rauch? Ich kenne nur den Geruch, wenn man die Sauna anheizt.»

«Der Rauch ... er ist weich ... wie Watte», versuchte Tuomas zu erklären. Es war für ihn schwer zu begreifen, wie Miranda ihre Umgebung wahrnahm, wenn sie nichts sehen konnte. Keine Farben, keine Formen, keine Entfernungen – nicht einmal ihr eigenes Spiegelbild. Miranda wusste nicht einmal, dass sie schön war. Für sie bedeuteten die Worte «schön» oder «hässlich» nichts.

«Es wäre ziemlich aufregend, an so einem Ort zu wohnen. Wie neben einem Atomkraftwerk – man weiß nie, wann es explodiert. Ziemlich aufregend», sagt Mirko verträumt.

«Aber sicher kein Spaß für die Leute, wenn sie ihr Leben oder Zuhause verlieren,» entgegnete Väinö. Väinö war das genaue Gegenteil seines Freundes Mirko: ruhig, etwas langsam, mit der Statur eines Sumoringers wie sein Vater, nur einen halben Meter kleiner.

Mirko las vor:

«Die Lava ist hellrot, wenn sie den Boden erreicht, und über tausend Grad heiß. Sie fließt schnell wie ein Sprinter. Beim Abkühlen wird sie dunkelrot und hart und verlangsamt sich. Der Lavastrom verbrennt alles Brennbare wie Bäume und Holzgebäude. Nur Steinmauern und Steinkirchen können inmitten der Lava stehen bleiben. Die erstarrten Lava- und Gesteinsbrocken, die der Lavastrom mit sich führt, zermalmen alles auf ihrem Weg».

«Das ist ja schrecklich», hauchte Miranda.

«Zum Glück haben wir hier in Finnland nichts mit Vulkanen zu tun», sagte Tuomas. Er ahnte noch nicht, dass seine eigenen Wurzeln bis nach Sizilien reichten, genauer gesagt in die feurigen Höhlen des Ätna.

2.

Die Geschichte von Tuomas' Großeltern beginnt in der ersten Hälfte des letzten Jahrhunderts..

Tuomas hatte geglaubt, dass seine Großeltern ihr ganzes Leben lang auf dem Landsitz der Familie Costa auf dem italienischen Festland verbracht hatten. Nonna hatte nie erwähnt, dass ihre Wurzeln auf der Insel Sizilien lagen. Sie hatte gute Gründe, dieses Geheimnis für sich zu behalten.

3.

Die Menschen in der Umgebung des Ätna waren an kleine Erdbeben und Lavaströme gewöhnt. Sie führten ihr normales Leben weiter, stellten heruntergefallenen Nippes zurück in die Regale, sprühten die graue Ascheschicht von den Blättern im Garten und wischten die Asche vom Terrassentisch.

Niemand rechnete mit einem großen Ausbruch, obwohl die Erde seit Wochen ungewöhnlich stark bebte und immer mehr Rauch aus dem Krater in den klaren blauen Himmel aufstieg. Die Menschen bekreuzigten sich zum Schutz, wann immer ein stärkeres Beben durch ihre Fußsohlen ging und in der Küche Töpfe und Pfannen klirrten. Sogar zur Messe um sechs Uhr morgens kamen viele, die Pater Antonius seit Jahren nicht mehr in der Kirche gesehen hatte.

Doch wirklich beunruhigt war niemand. Schließlich war der Berg schon mehrmals in ihrem Leben ausgebrochen und die Aufzeichnungen zeigten, dass er das auch schon Hunderte von Jahren zuvor getan hatte. Selbst bei den schlimmsten Ausbrüchen hatte das Tal nur unter der Asche gelitten, die den Himmel wochenlang verdunkelte, bevor sie sich auf die Dächer der weiß getünchten Häuser, die gepflasterten Straßen, gewundene Wege, Autos und Gärten legte. Das Atmen fiel schwer, da die Asche winzige Glassplitter enthielt, die aus dem geschmolzenen Gestein des Kraters stammten.

Die Bewohner fegten die Asche von den Straßen und transportierten sie mit Karren aus dem Dorf oder häuften sie an den Gartenrändern auf. Die Männer reinigten die Autodächer und Motorhauben von der Ascheschicht, die Frauen wischten immer wieder die kleinen verglasten Fenster. An solchen Tagen konnte die Wäsche nicht draußen auf den Leinen zwischen den Häusern zum Trocknen aufgehängt werden.

Doch der nächste starke Regen wusch die Asche von den Straßen. Die Blätter der Bäume und das Unterholz wurden wieder grün. Gras und Blumen sprossen aus der Asche, und das Vieh, das zuvor mit Trockenfutter gefüttert worden war, konnte wieder draußen weiden.

Zerbrochenen Dachziegel wurden ersetzt, Kreuze und Madonnenbilder, die von den Zimmerwänden gefallen waren, wieder angebracht. Das Leben ging weiter, als wäre nichts geschehen.

Diesmal brach der Vulkan jedoch spät in der Nacht aus. Ein gewaltiger Knall und ein starkes Erdbeben weckten alle. Die Bewohner strömten auf die Straßen, wo es sicherer war, als in den einsturzgefährdeten Häusern zu bleiben. Trotz des Schreckens konnten sie das spektakuläre Feuerwerk des Vulkans bewundern: Feuerfontänen schossen aus dem Krater in den Nachthimmel und erleuchteten die mächtigen Aschewolken.

Die Erde unter ihren nackten Füßen bebte und ächzte. Jugendliche und Kinder, die noch nie einen so gewaltigen Ausbruch erlebt hatten, schrien vor Begeisterung, wenn eine weitere Explosion die Talhänge hinunterhallte und die Feuerbögen kilometerweit flogen. Nur die Jüngsten suchten weinend Schutz bei ihren Müttern und Großmüttern.

Der alte Ettore, ein Wilderer, der am Stadtrand im Haus seines Bruders lebte, war auf die Straße gekommen, um das nächtliche Spiel zu beobachten. Er hatte sein Fernglas mitgenommen, das er sonst bei der illegalen Jagd auf Kaninchen und Vögel an den Hängen des Vulkans benutzte. Neben Ettore stand der aufgeregte, knurrende Jagdhund Bono, ein schlanker, langbeiniger alter Windhund aus Sizilien. Die Landschaft war Ettore bei Tag und Nacht vertraut, und nun richtete er das Fernglas auf den vom Feuer erleuchteten Berghang. Plötzlich erschrak er.

«Lava! Da kommt Lava aus dem Hang!»

«Red keinen Unsinn, du Waldräuber», meinte der Mann neben ihm, nahm das Fernglas und richtete es auf den Berg.

«Porca miseria! Der Kerl hat recht! Dort fließt tatsächlich Lava ins Tal!»

Das Fernglas ging von Hand zu Hand und die Rufe wurden lauter, verbreiteten sich in der Menge:

«Die Lava kommt!»

Und tatsächlich, die Lava kam! Ein kilometerbreiter Riss klaffte in der Flanke des Vulkans, und glühende Lava ergoss sich durch die Öffnung ins Tal, direkt auf das kleine Städtchen Mascali zu. Früher war die Lava stets aus dem Hauptkrater ausgebrochen und hatte ihren Weg an der Rückseite des Vulkans entlang gesucht, wo sie schließlich ins Meer floss und sich am Ufer zu einer meterhohen schwarzen Zone verfestigte.

Die Menschen standen wie erstarrt, als wären sie in einem Theater und warteten auf die Fortsetzung der Vorstellung. Der Krater spie unaufhörlich Feuerfontänen in den Himmel und schleuderte große Felsbrocken weit in den dunklen Hang, wo sie weiterrollten, bis sie zum Stillstand kamen und auf die Ankunft der Lava warteten, um ihre Reise fortzusetzen. In der Nacht schien der glühende, feurige Strom immer breiter zu werden.

Wie lange würde die Lava noch fließen? Wie schnell würde sie den Hang hinabgleiten? Würde sie diesmal die kleinen Dörfer am Hang erreichen, die einzelnen Häuser und schließlich das Tal und die Stadt?

«Lauf Aldo, sag dem Küster Filippo, er soll die Alarmglocken läuten», rief Ettore seinem Neffen zu, der mit weit aufgerissenem Mund auf der Straße stand. «Das könnte gefährlich werden!»

«Oh Nonna, werden wir alle sterben?» Die kleine Livia, die Ettores Worte gehört hatte, begann auf dem Schoß ihrer Großmutter zu wimmern.

"Hab keine Angst, Bambina. Der Herr des Vulkans ist nur zornig, aber er wird sich beruhigen, wenn wir von ganzem Herzen beten.

Das hastige Läuten der Glocken mitten in der Nacht füllte die Kirche mit Gläubigen. Pater Antonius versuchte im Namen aller Heiligen und der Jungfrau Maria den Menschen Vertrauen in das Heil in dieser Welt und nach dem Tod zu schenken. Obwohl Pater Antonius selbst nicht sehr vertrauenserweckend wirkt, da er im Dunkeln und in Eile mit einer Schlafmütze und dem seidenen Morgenmantel seiner Haushälterin zur Kirche geeilt war, wollte ihn niemand auslachen.

Auch der Polizeichef des Dorfes, der Commissario di Polizia, sowie der Feuerwehrkommandant waren in der Kirche. Nach der Messe berieten sie sich mit Pater Antonius und beschlossen, bis zum Morgengrauen zu warten, um sich ein klareres Bild von der Lage machen zu können. Vielleicht würde der Lavastrom von selbst stoppen oder einen anderen Weg um die Stadt nehmen. Schließlich hatten alle Einwohner inbrünstig gebetet.

Kerzen brannten vor den Altären und ungewöhnlich viele hatten eine Münze in die Kirchenkasse geworfen, bevor sie ihre Kerzen vor dem Bild der Jungfrau Maria anzündeten. Vielleicht war diese plötzliche Ehrlichkeit auf die Anwesenheit des Polizeichefs zurückzuführen. Jedenfalls hatte man versucht, den Vulkan zu besänftigen, und Gott Vater und nun lag es in den Händen Gottes und der Heiligen, etwas zu unternehmen. Der Polizeichef entschied, dass es keinen Sinn mache, die Menschen in Panik zu versetzen und eine Evakuierung anzuordnen.

Selbst wenn der Ausbruch andauern sollte, würde es Tage dauern, bis die Lava die Stadt erreichen könnte. Die Entscheidung der Behörden, zunächst abzuwarten, war daher durchaus nachvollziehbar.

In dieser Nacht fanden nur kleine Kinder und kranke Alte in der Stadt Schlaf. Die langsame Bewegung der Lava wurde mit Ferngläsern und bald auch mit bloßem Auge beobachtet. Jubelrufe ertönten, wenn der Lavastrom scheinbar hinter einem hohen Felsblock zum Stillstand gekommen war – bis der rotglühende Lavakopf auf beiden Seiten des Hindernisses wieder auftauchte, gefolgt von einem doppelten Strom aus zwei roten Lichtlinien. Schließlich vereinigten sich die Linien, und die Lava setzte ihren Weg unaufhaltsam fort.

4.

Die Wände und sogar das Dach des bescheidenen Hauses der Familie Costa waren aus grauem Schiefer, der einst vom Vulkan stammte, errichtet. Aus der Ferne war das Haus kaum von der kargen Landschaft zu unterscheiden. Am anderen Ende des Gebäudes befand sich ein einfacher Stall, in dem ein paar Ziegen und Hühner Unterschlupf fanden. Hinter einer dünnen Trennwand hatten Vater Luigi und sein erwachsener Sohn Maurizio eine kleine Küche und eine bescheidene Schlafkammer eingerichtet.

Mutter Giulia lag seit drei Monaten im Krankenhaus der 20 Kilometer entfernten Stadt Catania. Die Hoffnung auf Heilung war längst verflogen. Der Krebs hatte sich bereits zu weit ausgebreitet, und eine Operation war nicht nur aussichtslos, sondern auch unerschwinglich. Die beiden Männer der Familie besuchten Giulia abwechselnd, bemühten sich liebevoll, sie zum Essen zu bewegen, und brachten ihr die reifen, nach Muskat duftenden Weintrauben, die an den Steinmauern ihres Hauses wuchsen.

In der Nacht vor dem Vulkanausbruch hatte Maurizio nach einem deprimierenden Krankenhausbesuch Zuflucht in einer Trattoria gesucht, um dort einige Gläser Vino Rosso zu trinken, bevor er mit seinem alten Fahrrad ins heimatliche Tal zurückfuhr. Zu Hause suchte Vater Luigi Trost im Hauswein, doch anstatt sich mit einem Glas zu begnügen, leerte er die ganze Flasche und schlief schließlich auf der warmen Steinbank neben der Hausmauer ein.

Bruno, der alte Schäferhund der Familie, war den ganzen Abend über unruhig gewesen und hatte unaufhörlich zu Füßen seines Herrn gelegen. Schließlich hatte Luigi genug davon und sperrte Bruno in den Stall zu den Ziegen und Hühnern. Doch Bruno war ein schlauer Hund und wusste, wie er die Stalltür öffnen konnte. Deshalb befestigte Luigi ihn zusätzlich mit einer Kette an der Wand.

Am Berghang, etwas weiter oben, lebte Luigis nächster Nachbar, der Schäfer Nino, der sein Haus mit einem Dutzend Schafen teilte. Nino spürte schon seit Tagen eine Unruhe im Hang unter seinen Füßen, doch das war schon oft vorgekommen. Nun jedoch hörte er die Detonationen in der Ferne, und als er den Blick hob, sah er die Feuerfontäne, die aus dem Krater in den Nachthimmel schoss, sowie die mächtigen Rauch- und Aschewolken. Obwohl die dichte Vegetation rund um seine Hütte die Lavaströme verbarg, hörte er in der Ferne das Knacken und Krachen der Felsbrocken, die den Hang hinunterrollten, und das Fallen der Bäume.

Nino sprang auf seinen kleinen Traktor, zögerte jedoch, die Schafe in den Anhänger zu verladen, um sie in Sicherheit zu bringen. Wahrscheinlich waren die Tiere so verängstigt, dass es zu lange dauern würde, sie einzufangen. Doch der Lärm und das Rumpeln am Hang wurden immer bedrohlicher. Nino sprang von seinem Sitz, stürmte zu seiner Hütte, riss die Tür auf, und trieb die Schafe hastig hinaus, bevor er den Motor startete. Husso, sein verfilzter Mischlings Schäferhund, wusste nicht, ob er bei der Herde bleiben oder seinem Herrn folgen sollte, und rannte hin und her, bis er sich schließlich entschied, bei den Schafen zu bleiben.

Der Weg von Ninos Haus ins Tal schlängelte sich in Serpentinen den Hang hinunter und führte nach einigen Kilometern am Haus der Familie Costa vorbei. Nino hielt den Traktor vor dem Tor an.

«Luigi! Maurizio! Seid ihr noch zu Hause? Ihr müsst jetzt kommen!» Als Antwort ertönte Brunos dumpfes Bellen aus dem Stall. Nino sprang vom Traktor, rannte zur Haustür und klopfte heftig an.

«Luigi! Maurizio! Schlaft ihr in diesem Vorhof zur Hölle?»

«Nino, bist du das? Was machst du mitten in der Nacht?», rief Luigi, während er sich verschlafen von seinem harten Lager erhob.

Oben am Hang, zwischen den schwarzen Baumstämmen, leuchtete bereits der rote Schein der Lava. Selbst dem verkaterten Luigi wurde klar, dass er sofort handeln musste. Er kletterte hinter Nino auf den Traktor, und gemeinsam setzten sie ihre Flucht fort. Obwohl der Traktor alt und langsam war, tuckerte er zuverlässig voran und hätte seine Insassen wohl gerettet – wenn nicht ein Felsbrocken aus dem Krater geschleudert worden wäre, der den Traktor genau traf und ihn vom Weg abdrängte. Traktor und Anhänger stürzten den Hang hinunter und begruben die beiden Männer unter sich. Beide waren schwer verletzt und und verloren das Bewusstsein, was sich letztlich als ihr Glück erweisen sollte, als die brennende Lava in den Morgenstunden eintraf.

Bruno hatte es inzwischen geschafft, sich von seiner Kette zu befreien, die Tür des Stalls zu öffnen und dem Traktor hinterherzulaufen. Er fand sein Herrchen, dessen Füße von einem Traktorrad zerquetscht worden waren. Aufgeregt rannte Bruno um den Traktor herum und kroch schließlich darunter. Dabei verfing sich die mitgeschleppte Kette zwischen Rad und Boden, wodurch er festgehalten wurde. Bruno versuchte verzweifelt, sich zu befreien, doch als er merkte, dass es aussichtslos war, gab er auf. Er legte sich neben sein bewusstloses Herrchen, leckte ihm das Gesicht und wartete treu an seiner Seite.

In der Ferne waren das Klappern und das klägliche Blöken der Schafe auf der vom Vulkan beleuchteten Straße zu hören. Husso, der entschieden hatte, seine Herde ins Tal zu führen, hörte das Bellen seines alten Freundes Bruno und entdeckte den umgestürzten Traktor sowie die Männer, die darunter eingeklemmt waren. Während die Schafherde weiterlief, sprang Husso von der Straße ab, um nachzusehen, was geschehen war. Er roch den Tod seines Herrn, der unter dem Traktor begraben lag, und stieß ein trauriges Heulen aus. Er erkannte auch die ausweglose Lage von Bruno, leckte seinem Kameraden kurz über die Schnauze und kehrte dann zur Straße zurück, um seiner Herde hinterherzulaufen.

5.

Maurizio wachte frühmorgens auf einer Parkbank auf, geweckt von seinem eigenen Husten. Er versuchte, sich an den vergangenen Abend zu erinnern: Er hatte die Trattoria später verlassen als geplant und nach dem Wein mehr Grappa getrunken, als vernünftig gewesen wäre. Dennoch war er offenbar klug genug gewesen, nicht nach Hause zu gehen, sondern sich im Park niederzulassen, um im Schlaf auszunüchtern. Mit seiner Mutter, die im Sterben lag, wäre es undenkbar gewesen, einen Unfall zu haben oder gar verhaftet zu werden.

Aber warum hustete er? Überall in der Luft war Asche, die sich auch auf seinem Gesicht und auf dem Sattel des Fahrrads niedergelassen hatte, das neben der Bank stand. Maurizio band sich den Schal, den er immer trug, wenn er in die Stadt ging, über Mund und Nase und machte sich auf den Weg nach Hause.

Der Gegenverkehr war erstaunlich dicht. Inmitten von Rauch- und Aschewolken tauchten Lastwagen auf, auf denen Menschen auf Bergen von Habseligkeiten saßen. Voll beladene Autos fuhren vorbei, Traktoren mit Anhängern, die scheinbar den gesamten Hausstand transportierten. Pferde- und Eselskarren blockierten stellenweise die gesamte Straße. Männer schoben schwer beladene Karren, während ihre Familien nebenher liefen. An einer Kreuzung vor der Stadt Mascali wurde Maurizio von einem bewaffneten Polizisten angehalten. Zum Glück war es nur Enrico, ein alter Schulfreund.

«Halt! Kehrt um! Niemand darf in die Stadt!»

«Ich bin es, Maurizio.» Maurizio zog sich das Tuch vom Gesicht. Warum sollte er nicht in die Stadt dürfen?

«Wenn die Häuser leer sind, fangen einige an zu plündern.»

«Warum leer?»

«Bist du vom Mond gefallen? Der Vulkan bricht am Südhang aus und die Lava scheint bis in die Stadt zu fließen.»

«Ich muss nach Hause. Mein Vater und die Tiere müssen in Sicherheit gebracht werden.»

«Ich fürchte, das wird eine vergebliche Reise. Die Lava ist schon an eurem Haus vorbeigeflossen. Wahrscheinlich sind alle geflüchtet. Der Lärm war so laut, dass ihn niemand überhören konnte. Aber natürlich kannst du nach deinem Vater suchen, vielleicht ist er noch in der Stadt.»

Maurizio hielt nicht in der Stadt an, sondern fuhr die vertraute Straße den Talhang hinauf. Die Aschewolke wurde immer dichter, die Hitze immer unerträglicher – und hinter der nächsten Kurve konnte er bereits den Lavastrom sehen. Es war ein beängstigender, aber auch faszinierender Anblick: Der gesamte Berghang war von rauchender, glühender Masse bedeckt, deren Oberfläche brodelte und von Rissen durchzogen war. Mitten im roten Strom trieben große Felsbrocken und verkohlte Baumstämme. Langsam, fast unmerklich, kroch der Rand der Lava immer weiter hinab und bedeckte den Hang darunter. Maurizios Elternhaus lag weiter oben und war mit Sicherheit verloren. Resigniert wendete Maurizio sein Fahrrad und fuhr zurück in die Stadt. Sein Vater musste zu Tante Teodora gegangen sein und machte sich bestimmt Sorgen um ihn.

Obwohl schon viele Menschen geflohen waren, herrschte in der Stadt noch immer Chaos, verstärkt durch die Lautsprecher eines Polizeiwagens, der durch die engen Gassen fuhr: «Es gibt keinen Grund zur Panik... Der Ausbruch wird bald vorbei sein und die Stadt wird von der Lava verschont bleiben... Für den Fall einer Evakuierung stehen Armeelastwagen bereit... Packen Sie für ein paar Tage die wichtigsten Dinge ein und schließen Sie Ihre Häuser ab, um Plünderungen zu verhindern. Die Polizei wird die Stadt während ihrer Abwesenheit bewachen. Es gibt also keinen Grund zur Sorge.»

Zia Teodora, hast du Papa gesehen?», rief Maurizio, als er eilig zum Haus seiner Tante lief.

Tante Teodora hörte seine Frage gar nicht. Sie ging aufgeregt in ihrem Zimmer umher und überlegte, was sie mitnehmen sollte. «Was nehme ich mit? Was nehme ich mit? Ach, als Paolo noch lebte, konnte er mir immer sagen, was ich tun sollte», jammerte sie, während all ihre Schätze und zwei Koffer auf dem großen Doppelbett verteilt waren. Ziellos packte sie Dinge in die Koffer, nur um sie gleich wieder herauszunehmen und durch andere zu ersetzen: Schmuckkästchen, Tafelsilber, Kristallgläser (Hochzeitsgeschenk, 12 Stück), Fotos der Kinder und Enkelkinder aus der Kommode (ca. 40), Alben, der beste schwarze Anzug des Verstorbenen, Pantoffeln, Kupfertöpfe, Nachttöpfe, ein Marienbild und ein vergoldetes Kreuz, handbestickte Sofakissen, Porzellanfiguren – alles wanderte wild zwischen den Koffern und der Bettdecke hin und her.

«*Arrivederci, Zia Teodora*», rief Maurizio von der Schlafzimmertür. Seine Tante bemerkte gar nicht, dass er gegangen war.

Im Hof eines Nachbarhauses war ein heftiger Streit entbrannt. Ein Mann schrie, ein Kind weinte. Maurizio spähte über die niedrige Mauer: Ein kleines Mädchen hielt ein großes, buntes Kaninchen fest umklammert, während ein Mann mit einer blutbefleckten Axt in der Hand, offenbar der Vater des Mädchens, versuchte, das Tier an den Ohren zu sich zu ziehen.

«*Balbina! Balbina!* Mama hilf mir!» Das Kind schluchzte verzweifelt.

«Du kannst das Vieh nicht mitnehmen, wir können es auch nicht hier lassen. Wir brauchen Fleisch für unterwegs!»

Die Mutter des Mädchens schien von dem Streit unberührt. Sie war neben der Hauswand damit beschäftigt, große Blumenstöcke aus dem Boden zu ziehen. Zwei Eimer waren bereits voll. «Frau, bist du verrückt? Lass das Gestrüpp liegen, ich werde es nicht mitnehmen», brüllte der Mann. Das Kaninchen zuckte vor Schreck, und der Mann verlor den Griff an den langen Ohren. Das Tier riss sich los, sprang aus dem Garten auf die Straße und verschwand in den engen Gassen.

Schreie hallten durch die Strassen. Vor den Haustüren stapelten sich die Güter, die zum Abtransport bereitstanden – Koffer, Matratzen, Möbel, die man hastig auf Autodächern befestigte. Maurizio erkannte viele Bewohner und hielt immer wieder an, um zu fragen, ob jemand seinen Vater gesehen habe. Doch die Antwort war nur ein hastiges Kopfschütteln. Keine der älteren Frauen fragte wie sonst nach dem Befinden seiner Mutter Giulia im Krankenhaus. Vielleicht war sein Vater schon nach Catania gefahren und wartete dort neben dem Bett der Mutter auf ihn?

Plötzlich sprang ein Hund gegen das Fahrrad und brachte Maurizio fast zu Fall. War das nicht Dinos alter Husso? Hussos Schafherde hatte die Stadt erreicht, doch als die Menschen rannten und schrien, gerieten die Tiere in Panik und zerstreuten sich. Es war unmöglich für Husso, die ihm anvertrauten Schafe wieder zusammenzutreiben. Der arme Hund war verzweifelt, als er auf Maurizio traf. Maurizio streichelte den alten Husso, und in ihm keimte Hoffnung auf: Husso musste mit seinem Herrn in die Stadt gekommen sein, und damit wohl auch sein Vater und Bruno. Dino hätte seine Freunde nicht im Stich gelassen.

«Wo ist Dino? Wo ist Bruno? Such Dino, Husso!», rief Maurizio. Der Hund bellte kurz, um zu zeigen, dass er den Befehl verstanden hatte. Dann legte er sich auf den Boden und senkte seinen zotteligen Kopf auf die Vorderpfoten. In seinen Augen spiegelten sich Trauer und Sorge wider. Maurizio verstand die Sprache des Hundes, denn er hatte sich sein ganzes Leben lang Tiere gepflegt. Er stieg wieder auf sein Fahrrad und verließ das Chaos der Stadt. Husso folgte ihm eine Weile, doch dann hielt er inne, heulte zum Abschied und kehrte zurück. Bald schloss er sich der Horde anderer verlassener Hunde an, die am Stadtrand umherirrten, während die Lava das Tal unaufhaltsam eroberte.

In den engen Gassen der Stadt begannen einige Bewohner, Dinos entlaufene Schafe einzufangen, indem sie die Tiere am Rücken packten. Sie hoben ihre Beute auf Traktoren oder schoben sie zu den Kindern auf den Rücksitzen der Autos. Ein Schafbraten würde in den kommenden schweren Zeiten sicher willkommen sein.

6.

Als sich der Vulkan endlich beruhigt hatte und der dichte Rauch sich verzogen hatte, wurde die Luft klarer. Aus einem tief fliegenden Kleinflugzeug konnte man den gesamten Südhang des Vulkans und die kleine Stadt am Fuße des Hanges sehen, die von erstarrter Lava und Asche bedeckt waren. Nur ein einziges Gebäude hatte am Hang überlebt. Die alten Olivenbäume, die das Haus umgaben, streckten ihre Äste noch immer in den Himmel. Unter der Ascheschicht auf den Blättern schimmerte zartes Grün hervor, während überall nur noch verkohlte Stümpfe aus der Lava ragten.

Das Flugzeug kreiste kurz über dem grauen Steinhaus, aber da weder Menschen noch Tiere zu sehen waren, setzte die Rettungsmannschaft ihre Reise fort.

Nachdem die Lava erkaltet war, kehrte Maurizio mit vielen anderen Evakuierten zurück, um das Ausmaß der Zerstörung zu begutachten. In der Stadt stand noch eine Steinkirche, die teilweise von Lava gefüllt war. Bei niedrigeren Gebäuden waren nur noch die Dächer und Mauern unter der Lava nur erahnen. Auch der Weg, der einst von der Stadt zu Maurizios Haus führte, war unter der erstarrten Lava verschwunden. Maurizio stellte sein Fahrrad ab und setzte seinen Weg zu Fuß über das holprige Lavafeld fort. Obwohl alle Orientierungspunkte – vertraute Bäume, Felsformationen, kleine Steinställe – verschwunden waren fand er dennoch den Weg nach Hause.

Plötzlich tauchte in der Ferne, mitten in all der Zerstörung und Asche, ein grüner Fleck auf: der Garten seines Heims mit den großen Olivenbäumen! Maurizio rannte los. Es war keine Illusion, kein Trugbild, das aus verzweifeltem Wunschdenken entstand – sein Zuhause stand noch!

Rings um das Grundstück hatte die Lava eine hohe Mauer aus Felsbrocken und Lavasteinen errichtet. Diese neue Barriere umschloss den Garten auf drei Seiten. Nur vom Tal aus konnte man das Haus erreichen, ohne über die riesigen Felsformationen klettern zu müssen. Maurizio zögerte, den vertrauten Garten zu betreten und von dort zum Haus zu gehen.

Auf den Blättern der Olivenbäume und dem Gras lag noch Asche, aber ansonsten schien alles unverändert. Und doch war alles anders. Eine unheimliche Stille lag über dem Ort. Die Ziegen meckerten nicht, die Hühner gackerten nicht, und Bruno, der treue Hund, stürzte sich nicht bellend auf den Eintretenden. Niemand saß auf der Mauerbank, und die knarrende Haustür blieb geschlossen. Alle waren fort – Mutter, Vater, Bruno, die Tiere.

Maurizio setzte sich auf die Bank, auf der er und sein Vater abends oft gesessen hatten, um ins Tal zu schauen und Wein zu trinken. Die Einsamkeit war überwältigend. Zum Glück hatte seine Mutter den Verlust ihres Mannes und ihres geliebten Hauses nicht mehr erleben müssen. In der Nacht des Vulkanausbruchs war sie ins Koma gefallen und kurz darauf gestorben. Maurizio stützte den Kopf in die Hände und ließ seinen Tränen freien Lauf. Plötzlich hörte er die Tür knarren. Als er den Kopf drehte, sah er das alte Arbeitskleid seiner Mutter. Aber sie war doch tot! Maurizio spürte, wie sich seine Haare aufstellten. Im nächsten Moment spürte er, wie sich Arme um ihn schlangen.

«Ich dachte, alle wären tot. Aber du lebst!» Jemand weinte an seiner Brust.

«Wer ... wer bist du?», stammelte Maurizio.

«Es tut mir leid, dass ich ohne Erlaubnis hier bin. Ich hatte keine andere Bleibe. Ich bin ... Olivia.»

7.

Olivia – das Mädchen konnte auch später nichts über sich erzählen. Sie wusste nichts mehr über ihre Familie, wo sie früher gelebt hatte, wie sie in die Lava geraten war oder wie sie es in Maurizios Elternhaus geschafft hatte. Es war, als wären all ihre Erinnerungen ausgelöscht.

«Sogar meine Kleider waren zerrissen. Ich musste mir etwas aus dem Schrank nehmen,» sagte sie leise.

Für Maurizio spielte es keine Rolle, wer das Mädchen war oder ob sie das beste Sonntagskleid seiner Mutter trug. Er verliebte sich augenblicklich in die geheimnisvolle Fremde. Olivia war anders als alle anderen: strahlend, anmutig, mit Augen so blau wie Saphire, und das Schönste an ihr waren die roten Locken, die ihr Gesicht umrahmten.

Obwohl Maurizios Elternhaus und Garten wie durch ein Wunder der Lava entgangen waren, konnten die beiden nicht länger dort bleiben. Maurizio, ein anständiger Mann, wollte den Ruf der Unbekannten nicht gefährden, indem er die Nacht allein mit ihr im Haus verbrachte. Er packte daher das Nötigste in seinen Rucksack: einige Kleider, seine gesamten Ersparnisse, das Familienbuch, einen Umschlag mit den Papieren seines Vaters und das Schmuckkästchen seiner Mutter, das nur wenig Schmuck enthielt, aber zu wertvoll war, um es Dieben zu überlassen. Schließlich nahm er das Madonnenbild von der Wand, das seine Mutter immer verehrt hatte, und das Hochzeitsfoto seiner Eltern von der Kommode, auf dem sein Vater und seine Mutter ernst in die Kamera blickten.

«Wir kommen wieder», flüsterte Maurizio seinem alten Zuhause zu, als er die Tür schloss. Das war sein fester Glaube und seine Hoffnung. Gemeinsam stiegen die Jugendlichen über das Lavageröll ins Tal hinab. Unter einer großen Felsformation ragte etwas aus der dunklen Masse hervor – Maurizio erkannte es sofort als den Sitz von Dinos Traktor. Von den einstigen Bewohnern des Vulkanhanges war nichts mehr übrig geblieben.

In den Ämtern der Stadt Catania herrschte grosse Verwirrung. Wer war der Lava zum Opfer gefallen? Wer war unabgemeldet zu Verwandten gereist? Viele hatten in der überstürzten Flucht ihre wichtigsten Dokumente zurückgelassen und konnten sich nicht ausweisen. Zum Glück gab es immer jemanden, der helfen konnte – oft der Wirt der Stammkneipe, der Dorfschullehrer oder Pater Antonio, der bezeugten, dass Maria Manzoni tatsächlich Maria Manzoni war und Sergio Salvini der echte Sergio Salvini. Maurizio hatte zum Glück seine Papiere mitgebracht, und im Familienbuch standen die Namen seiner Eltern sowie das Datum ihrer Heirat.

Maurizio und Olivia gingen zu Pater Antonio, der ebenfalls nach Catania geflohen war, um ihre Heirat zu beantragen.

Da für Maurizios Mutter Giulia eine Trauerfeier organisiert werden musste, sollten beide Feiern zusammen stattfinden. Es wären ohnehin dieselben Verwandten, Bekannten und Nachbarn anwesend gewesen. Die Braut hatte offensichtlich keine Angehörigen. «Wie heißt du, meine Tochter?», fragte Pater Antonius sanft. «Olivia», flüsterte das Mädchen.

«Und dein Nachname?», hakte Pater Antonio nach. Doch Olivia schwieg, den Blick gesenkt.

«Du erinnerst dich doch an deinen Nachnamen», versuchte der Priester sie zu ermutigen.

«Olivia ... Monti», sprang Maurizio seiner Braut bei. Der Name war Maurizio eingefallen, weil er das Mädchen auf dem Berg kennengelernt hatte – und «monte» das italienische Wort für Berg ist. Ebenso schnell erfand er auch Olivias Geburtsdaten. «Eltern?» «Für mich tot», seufzte Olivia und begann zu schluchzen.

Zum Glück hatte Tante Teodora ein Kleidungsstück mitgebracht, das nun Verwendung fand: den Anzug ihres verstorbenen Mannes. Dieser diente Maurizio als Hochzeitsanzug. Olivia trug ein schwarzes Kleid von Maurizios Mutter. Niemand kannte die Braut und Maurizio bemerkte die missbilligenden Blicke der Gäste und hörte ihr Getuschel. Entschlossen legte er seinen starken Arm um Olivias Taille: Diesen Schatz, dieses Geschenk des Berges, würde er immer beschützen.

Maurizio und Olivia waren nun Mann und Frau, doch wohin sollten sie gehen und wovon leben? Obwohl Maurizio ein starker Mann war und als fleißig galt, wurden Arbeitskräfte für den Wiederaufbau der zerstörten Häuser gebraucht – aber nur wenige konnten es sich leisten, Arbeiter zu bezahlen.

Für Olivia war es noch schwieriger. Obwohl sie mit ihren n en Augen schüchtern zu Boden blickte und ihr rotes Haar kaum unter dem Kopftuch hervorschaute, machten die alten Frauen, die eine Küchenhilfe oder Putzfrau suchten, ein Kreuzzeichen, murmelten etwas über den Fluch des Vulkans und schlugen ihr unhöflich die Tür vor der Nase zu.

Als die Nachricht vom Erdbeben in Sizilien adas italienische Festland erreichte, dachte Pietro Costa aus der Toskana sofort an seinen entfernten Verwandten Luigi, der in der Nähe des Ätna lebte. Hatte die Familie ihr Zuhause verloren? Wäre sie bereit, auf das Festland überzusiedeln? Pietros alter Bauernhof La Colombaia brauchte dringend Unterstützung.

Pietro schrieb einen Brief, der nach vielen Umwege schließlich Luigis Sohn Maurizio erreichte. Das junge Paar, das später die Großeltern des Finnen Tuomas werden sollte, nahm das Angebot an. Obwohl Maurizio lieber auf seiner Heimatinsel geblieben wäre, konnte Olivia ihren Blick nicht von dem Vulkan abwenden, den sie mit einer seltsamen Furcht betrachtete.

«Keine Sorge, der Berg hat sich beruhigt», versuchte Maurizio sie zu beruhigen.

«Er wird es nie vergessen», antwortete Olivia nur, und schwieg dann.

8.

Die Geschichte von Tuomas' Großeltern geht weiter

Das Weingut La Colombaia – der «*Taubenschlag*» – auf dem grünen Hügel über der Stadt Marradi bot einen beeindruckenden Anblick. Vor einigen hundert Jahren wurde das Haus aus Steinplatten errichtet, die mühsam auf Ochsenkarren aus einem nahegelegenen Steinbruch herangeschafft worden waren.

Im Zentrum des zweistöckigen Gebäudes erhob sich ein quadratischer Turm mit Bogenfenstern, die Öffnungen für die Tauben enthielten. Das Haus bot genügend Platz für eine große Familie, und im Erdgeschoss befanden sich ein Weinkeller, Vorratsräume sowie ein Schweinestall, in dem mächtige Sauen ihre Ferkel säugten.

Im Laufe der Jahrhunderte schrumpfte die Familie Costa. Als der Ätna ausbrach, lebten nur noch das alte Ehepaar Agata und Pietro Costa mit ihren beiden unverheirateten Söhnen im Haus.

Die Ankunft des jungen Verwandten aus Sizilien mit seiner jungen Frau war eine freudige Überraschung. Obwohl Olivia anfangs keine Erfahrung mit der Hausarbeit hatte, lernte sie schnell und ohne Klagen. Bald erfüllten Kinderlachen und Leben wieder das alte Haus: zuerst kam Angela zur Welt, dann ihr Bruder Carlo. Beide Kinder hatten das dunkle Haar und die braunen Augen ihres Vaters geerbt. Pietro und seine Frau Agata freuten sich, denn die Zukunft des Weinguts schien gesichert.

Als Pietro kränkelte, übertrug er das Weingut an Maurizio. Seine Söhne Antonio und Giovanni erhielten ein lebenslanges Wohnrecht und einige Hektar Land. Nach Pietros Tod, als sein Herz ein Jahr später aufhörte zu schlagen, blieb seine Witwe Agata noch viele Jahre lang die liebevolle Großmutter von Angela und Carlo.

Olivia und Maurizio lebten glücklich auf La Colombaia. Olivias rote Haare, die anderswo oft Argwohn erregt hatten, wurden hier von niemandem beachtet, und sie schien alle ihre seltsamen Ängste vergessen zu haben.

Doch das Glück währte nicht ewig: Wie seine Mutter Giulia erkrankte Maurizio an Krebs und verstarb im Alter von fünfzig Jahren. Olivia zerbrach am Verlust ihres Mannes. Die Kinder waren inzwischen erwachsen, lebten im Ausland und waren verheiratet. Angela, die als Flugbegleiterin arbeitete, hatte sich in einen finnischen Flugkapitän verliebt, während ihr Bruder Carlo, der als Koch in einem Schweizer Hotel tätig war, eine Kellnerin namens Sofia geheiratet hatte.

Wer würde nach Maurizios Tod das alte Landgut La Colombaia übernehmen? Olivia war nun eine gebrochene, alte Frau, und ihre beiden Schwäger waren nicht in der Lage, das Gut weiterzuführen.

9.

Nach der Beerdigung ihres Vaters blieben Carlo und Angela noch einige Tage im Elternhaus. Carlo schlug vor, das alte Weingut in ein Restaurant umzuwandeln. Mit seinen Fähigkeiten als Koch und Sofias Erfahrung als Kellnerin konnte das Projekt gelingen. Antonios Weine und Grappa, Giovannis Bio-Schinken und Olivias köstliche Pasta würden sowohl Einheimische als auch Touristen begeistern. Carlos Plan gefiel Nonna und den Brüdern, denn er würde es Carlo ermöglichen, mit seiner Frau und seiner Tochter Chiara zurückzukehren. Auch Angela und ihr in Finnland geborener Sohn Tuomas könnten weiterhin ihre Ferien bei Nonna Olivia in Italien verbringen. Das große Haus bot ausreichend Platz für alle.

Das 200 Jahre alte Gebäude wurde daraufhin gründlich renoviert. Die Wände der kleinen Lagerräumen wurden entfernt, um einen großzügigen Gastraum zu schaffen, und die Küche erhielt eine moderne Ausstattung. Schon bald war das Ristorante La Colombaia bereit, seine Gäste zu empfangen.

Tuomas freute sich jedes Mal auf die Ferien bei Nonna, wo er nach Strich und Faden verwöhnt wurde. Obwohl Angela oft Heimweh nach Finnland hatte, reiste sie mehrmals im Jahr mit Tuomas nach Italien. Nun war auch seine gleichaltrige Cousine Chiara dort, und dank seiner fließenden Italienischkenntnisse fanden die beiden Kinder schnell zueinander.

10.

Ein weiterer Sommerurlaub in La Colombaia ging zu Ende. Mutter Angela und ihr Sohn Tuomas waren früh aufgestanden, um den Morgenflug von Florenz nach Helsinki zu erwischen. Am Montag würde Tuomas in Helsinki zur Schule gehen. Draußen war es noch dunkel, und der Regen prasselte gegen die Fensterscheiben, aber in der Küche brannte bereits das Feuer im Ofen. Es war warm und gemütlich.

Wie immer war Nonna Olivia schon vor vier Uhr aufgestanden, um den Nudelteig zu kneten. Sie hatte den Tisch liebevoll mit einem kleinen Frühstück für die Abreisenden gedeckt: frisches Bauernbrot, selbstgemachte Honig und Käse. Aus der Küche wehte der verlockende Duft von starkem Espresso herüber. Carlo genoss seinen Kaffee in aller Ruhe, obwohl seine Schwester Angela ihn zur Eile drängte. Angela selbst trank nur ein Glas frischen Orangensaft, Kaffee hätte sie nur nervös gemacht. Tuomas döste auf seinem Stuhl vor sich hin – zum Essen war er einfach zu müde. «Tommaso wird im Flugzeug frühstücken», sagte Angela, als Nonna ihm eine Banane anbot. «Los, Carlo! Wir kommen zu spät!»

«*Subito, subito, sorella mia*. Mit meinem Auto schaffen wir es», antwortete Carlo gelassen.

Nonna trat vor Tuomas und strich ihm mit ihren faltigen Händen sanft über das rote Haar.

«*Mio caro Tommaso,* wie gern würde ich dich hierbehalten! Möge der heilige Christophorus und alle Heiligen dich auf deinem Weg beschützen und dich wieder hierher zurückbringen.» Dann nahm Nonna eine dünne Goldkette von ihrem Hals, an der ein dunkler Stein hing. Sie legte die Kette Tuomas um den Hals und küsste ihn auf beide Wangen. «Vergiss deine Nonna nicht.»

«Oh Mama, was machst du jetzt ... Bald sind wieder Ferien, und Tommaso kommt zurück», versuchte Angela zu beruhigen.

Tuomas war es ein wenig peinlich, als Nonna ihn vor allen Leuten küsste, aber er ließ die Kette um seinen Hals hängen. Er konnte sie ja später abnehmen. Tuomas liebte seine warmherzige Oma fast so sehr wie seine eigene Mutter.

Endlich war Carlo reisefertig. Trotz des Regens versammelte sich die ganze Familie vor dem Haus, um sich zu verabschieden: Nonna Olivia, die Onkel Giovanni und Antonio und Carlos Frau Sofia. Chiara schlief noch. Tuomas könne auf dem Rücksitz weiterschlafen, sagte Angela und gab ihm ihren Mantel als Decke.

Von der kleinen Stadt Marradi führte eine kurvenreiche Straße über die Hügel der Toskana zum 50 Kilometer entfernten Flughafen von Florenz, wo ihr Flugzeug bereits zum Abflug bereitstand.

Carlo war ein erfahrener Fahrer, und sein neues Auto schnurrte wie ein zahmer Tiger. Es war kein gewöhnliches Fahrzeug, sondern ein luxuriöser Porsche, den sich ein normaler Gastwirt nie hätte leisten können. Ein Stammgast aus Florenz, der Besitzer einer Autoimportfirma war und das gute Essen in La Colombaia liebte, hatte sich mit Carlo angefreundet und ihm nach einem fröhlichen Abend überraschend dieses nagelneue Auto geschenkt.

Tuomas war gerade eingeschlafen, als er noch das leise Gespräch zwischen seiner Mutter und Carlo mitbekam. «Mama hat die Kette nie von ihrem Hals genommen, nicht einmal, als sie im Meer schwimmen ging. Und sie hat sie mir, ihrer einzigen Tochter, nie vererbt. Das ist seltsam.»

«Mama ist alt. Ich glaube, im Alter werden sie alle ein bisschen eigenartig... Aber sie vermisst euch schrecklich. Könntest du nicht in La Colombaia bleiben? Wir hätten Platz genug und wir könnten alle zusammen im Restaurant arbeiten. Dein Mann könnte euch zwischen seinen Flügen immer hier besuchen.» «Du weißt doch, dass ich es mit Sofia nicht lange aushalten würde. Sie hat ihren eigenen Kopf und ich habe meinen. So ist es besser.» «Na gut, dann entscheide du.» Carlo schaltete das Autoradio ein und begann, die Musik mitzupfeifen. Er war in guter Stimmung, schließlich würde er mindestens einen halben Tag durch die Geschäfte und Restaurants von Florenz bummeln können. Das Mittagessen würde die Familie auch ohne seine Hilfe schaffen.

Tuomas hörte noch den Ausruf seiner Mutter:

«*Attenzione!* Da vorne ... oh Gott ...»

Hinter einer Kurve stand ein unbeleuchteter Lkw-Anhänger am Straßenrand, der wegen einer Reifenpanne auf den Abschleppdienst wartete. Er war bis auf wenige Meter nicht zu sehen. Zum Bremsen blieb keine Zeit. Carlos Auto prallte frontal gegen die schwarze Wand aus Dunkelheit. Die Front des Wagens wurde völlig zerstört, als sich das Auto unter den Anhänger schob, und das abgetrennte Dach bedeckte den Rest des Wracks. Die vorderen Insassen hatten keine Überlebenschance. Alles geschah so schnell, dass Tuomas nicht richtig erwachte. Er wurde zu Boden geschleudert, von zertrümmerten Sitzen, Gepäckstücken und Metallschrott bedeckt und verlor das Bewusstsein.

Da zu dieser frühen Stunde kaum Verkehr herrschte, wurde der Unfall erst entdeckt, als das Auto bereits vollständig in Flammen stand. Die Rettungsmannschaft zogen den verbrannten Schrott unter dem Anhänger hervor und bargen zwei verkohlte Leichen.

Erst als das Nummernschild entziffert werden konnte, wurde der Besitzer des Wagens ermittelt und die Familie in La Colombaia benachrichtigt. Dabei stellte sich heraus, dass noch ein dritter Insasse im Auto gewesen sein musste, und man untersuchte das rauchende Wrack erneut.

Tuomas lag acht Tage lang im Koma in einem Krankenhaus in Florenz, bis die Ärzte seinem Vater Olli Arkko erlaubten, ihn mit einem Ambulanzflugzeug auf die Intensivstation nach Helsinki zu bringen. Tuomas hatte keinerlei Erinnerung an den Unfall oder die Wochen danach.

Der plötzliche Tod von Carlo und Angela war ein Schock für die Familie. Man befürchtete, dass die Witwe Sofia den Verstand verlieren und Nonna Olivia einen Herzinfarkt erleiden würde, doch nichts dergleichen geschah. Die sterblichen Überreste von Carlo und Angela wurden zusammen eingeäschert und im Familiengrab der Costas beigesetzt.

Olli nahm nicht an der Beerdigung teil. Tuomas' Zustand war so kritisch, dass er das Krankenbett seines Sohnes nicht für längere Zeit verlassen wollte. Zudem fühlte sich Olli Arkko schuldig. Schließlich hatte er die einzige Tochter der Familie in den kalten und dunklen Norden gelockt, wohin sie zum Zeitpunkt des Unfalls wieder unterwegs war.

Nach der Gedenkfeier in La Colombaia führte Carlos Witwe Sofia das Restaurant mit Unterstützung von Nonna Olivia und den Frauen aus dem Dorf erfolgreich weiter.

Olivia ging mehrmals in der Woche ins Tal hinunter, um das Familiengrab zu besuchen. Dort saß die schwarz gekleidete Alte auf einer bemoosten Steinbank, regungslos wie eine Statue, so still, dass sich die Friedhofsspatzen nicht einmal auf ihre Schulter zu setzen wagten. Nur sie hörten das leise Flüstern der Alten: «Heilige Mutter Gottes, ich danke dir, dass du meine Kinder vor der Rache der Lavamenschen in Sicherheit gebracht hast.»

11.

Als Tuomas aus dem Koma erwachte und fragte, warum seine Mutter ihn nie besuche, wagte es sein Vater zunächst nicht, ihm die Wahrheit über ihren Tod zu sagen. Schließlich fasste er sich ein Herz und erklärte es ihm. Gemeinsam saßen sie auf der Kante des Krankenhausbettes, der Vater umarmte seinen Sohn, und beide fanden weinend Trost bei dem anderen.

«Jetzt habe ich nur noch dich. Wir werden es irgendwie schaffen.»

«Und Chiara und Nonna... was haben die gesagt, als sie erfahren haben, dass auch Carlo tot ist?»

«In La Colombaia geht das Leben weiter. Ich habe dort hin und wieder angerufen, aber mein Italienisch ist nicht so gut wie deins. Nonna würde sich freuen, deine Stimme zu hören. Sie fragt jedes Mal nach dir.»

«Nonna,... bevor wir gegangen sind, hat sie mir ihren eigenen Anhänger geschenkt.» Olli Arkko hatte sich über die fremde Goldkette gewundert, die in einer Plastiktüte mit Tuomas' persönlichen Sachen nach Finnland gekommen war. Er hatte sie in Angelas Schmuckschatulle gelegt und angenommen, Angela hätte sie als Andenken an den letzten Urlaub für Tuomas gekauft.

12.

Die Leute bewunderten immer drei Dinge. Erstens: das Auto des Vaters. Olli Arkko hatte den eleganten, schwarzen Alfa Romeo als Belohnung erhalten, nachdem er – lange vor Tuomas' Geburt – als Privatpilot in den Emiraten das Leben eines arabischen Prinzen gerettet hatte. Obwohl Olli heute ein regulärer Linienpilot ist, hat er das Auto behalten. Tuomas liebte den Moment, wenn der Motor ansprang. Es fühlte sich für ihn an, als säße er auf dem Rücken eines wilden Tieres, dessen Muskeln angespannt zitterten, bereit zum Sprung.

Zweitens: sein Vater selbst. Mit seinen schlanken 190 cm war Olli Arkko bereits eine imposante Erscheinung, doch in der Uniform eines Flugkapitäns zog er alle Blicke auf sich, wenn er aus dem Auto stieg,.

Drittens wurde Tuomas angestarrt. Genauer gesagt, sein feuerrotes Haar. Heute jedoch starrten die Leute nicht vor Bewunderung, sondern aus Mitleid, als er sich mühsam mit seinen Krücken aus dem Auto quälte. Heute jedoch starrten die Leute nicht vor Bewunderung, sondern aus Mitleid, als er sich mühsam mit seinen Krücken aus dem Auto quälte. In ihren Augen lag Mitleid für den Vater, der nun einen Sohn wie Tuomas als Last zu tragen hatte.

«Wir sind da», sagte der Vater und lenkte den Wagen von der Hauptstraße in eine schattige Eichenallee. Tuomas machte sich auf neue Mitleidsbekundungen gefasst, als der Wagen vor dem alten Gutshaus hielt. Doch es gab kein Empfangskomitee.

Tuomas starrte hasserfüllt aus dem Autofenster. Verfluchtes altes rotes Haus! Diese verfluchten roten Nebengebäude! Die blöde alte Windmühle auf dem Feld… Dies war der allerletzte Ort, an den ihn sein Vater hätte bringen sollen.

Doch Tuomas hatte sich geirrt, als er dachte, niemand würde seine Ankunft bemerken.

Auf dem Flügel der grauen Windmühle saß ein seltsames Wesen in schwarzem Leder und wippte mit den Füßen. Mit rotglühenden Augen beobachtete es, wie der fremde Wagen vor dem Haus zum Stehen kam.

Dann glitt das Wesen vom Flügel auf den Boden. Es zupfte an seinem Nasenring, veränderte seine Gestalt und verschwand in den hohen Gräsern.

Olli Arkko lehnte sich auf dem Vordersitz zurück und massierte sich leicht die Schläfen – schon wieder diese Migräne! Er seufzte tief und drehte sich zu seinem Sohn um.

«Das ist es, der Arkko-Hof. Das Haus meiner Eltern.»

«Hier will ich nicht bleiben!»

«Aber hier ist jetzt dein Platz.»

«Ich will mit dir zusammen in Helsinki leben. In deinem eigenen Haus!»

«Das geht nicht. Genug geredet. Du bist ein großer Junge. Du musst stark sein wie ein Mann. Auch für mich ist das alles nicht einfach.»

Olli stieg aus dem Auto. Plötzlich flog die Terrassentür auf, und eine dicke kleine Frau mit grauen Haaren und einer lustigen weißen Bäckermütze kam herausgestürzt. Aufgeregt fuchtelte sie mit den Händen und rief etwas, das sie nicht verstehen konnten.

Dann rannte sie schnell die Treppe hinunter, lachte und plapperte unaufhörlich, als sie zum Auto watschelte. Der Vater umarmte sie herzlich. «Alma!»

«Lass das, Olli, ich bin voller Mehl! Wir haben euch nicht so früh erwartet.»

«Mit einem guten Auto geht es eben schneller.»

«Wir haben euch beide so vermisst.»

«Wirklich?»

Auf der Treppe erschien eine zweite Frau, elegant gekleidet in einem grauen Kleid. Mit gerunzelter Stirn beobachtete sie die Szene.

«Alma soll jetzt weitermachen.»

«Gleich, gleich, aber es ist so schön, dass Olli mit dem Jungen nach Hause gekommen ist.»

«Hallo, Mama.»

Die Frau machte keinen Schritt auf Olli zu, und auch er blieb stehen.

«Hier sind wir.»

«So scheint es.»

«Kann dein Sohn schon alleine aussteigen, oder wartet er noch auf eine Einladung?»

Der Vater öffnete die Hintertür. Zuerst holte er die Krücken heraus, lehnte sie gegen das Auto, dann löste er den Sicherheitsgurt, hob den schmollenden Jungen heraus, stellte ihn neben das Auto und reichte ihm die Krücken.

«Das ist Tuomas. Sag hallo zu Oma.»

«Ich bin keine Oma. Und auch keine Großmutter. Du kannst mich Irma nennen, wie alle anderen auch.»

Die Stimme der weißhaarigen Frau war so rau, dass Tuomas ein kalter Schauer über den Rücken lief. Das war also seine finnische Großmutter. Sein Vater hatte ihm zwar gesagt, dass seine Mutter anders sei als Nonna Olivia. In Italien waren die Verwandten auf sie zugestürzt, sobald sie in La Colombaia aus dem Auto gestiegen waren. Nonna umarmte und küsste Tuomas so sehr, dass seine Mutter sie ermahnen musste, ihn nicht zu erdrücken, während alle in La Colombaia lachten und durcheinander redeten.

Tuomas starrte die Frau auf der Treppe feindselig an. Es war leicht zu erkennen, von wem sein Vater sein Aussehen hatte: Er und Irma waren beide groß, blond, mit aufrechter Haltung, irgendwie – vornehm. Wie Elche. Als hätte sie Tuomas' Gedanken erraten, sagte sie:

«Der Junge kommt nach seiner Mutter. Jedenfalls nicht nach der Familie Arkko.»

«Mutter, bitte lass das.»

«Kann dein Sohn überhaupt sprechen?» Die kalten Augen der Frau maßen Tuomas, der sich auf seine Krücken stützte.

«Sei nicht lächerlich, Mutter. Natürlich kann Tuomas sprechen, wie andere Kinder auch. Er spricht sogar zwei Sprachen: Finnisch und Italienisch, und ein wenig Englisch. Nur die Füße machen noch nicht so richtig mit, aber das wird.»

«Gut. Alma, wenn du schon hier bist, bring Herrn Tuomas in sein Zimmer.» Die Frau drehte sich abrupt um. «Aber scheuch die elende Katze weg!», rief sie der Magd zu und ging zurück ins Haus. Eine große schwarze Katze war unbemerkt auf der Treppe erschienen. Ruhig leckte sie sich die Vorderpfote und ignorierte die Schimpftiraden der Hausherrin.

Alma warf Tuomas' Vater einen Blick zu und zuckte mit den Schultern.

«Schaffst du das alleine oder soll ich dir helfen?», fragte sie Tuomas.

«Ja, ich schaffe das alleine», entgegnete Tuomas schärfer, als er eigentlich wollte.

«Mach dir keine Sorgen. Deine Großmutter ist ein guter Mensch, wenn sie sich erst einmal an dich gewöhnt hat.»

Der Vater begann, Tuomas' Koffer aus dem Auto zu holen, während Tuomas und Alma langsam zum Gutshaus gingen.

«Brauchst du Hilfe beim Treppensteigen?»

«Nein, danke! Ich schaffe das!»

Tuomas zog sich mühsam Stufe für Stufe zur Terrassentür hinauf, beobachtet von der schwarzen Katze, die seine Bewegungen aufmerksam verfolgte. Sollte sie ihn auch noch auslachen? Doch etwas an ihr war merkwürdig – waren ihre Augen wirklich rot? So eine Farbe hatte Tuomas noch nie bei einer Katze gesehen. Und trug sie tatsächlich einen Metallring in der Nase? So etwas war eher bei spanischen Stieren üblich, nicht bei Katzen.

Der Junge folgte Alma durch die große Diele und den langen Flur entlang. An den Wänden hingen dunkle Porträts in schweren Goldrahmen. In den Fensternischen standen antike Korbstühle, und die Fensterbänke schmückten leuchtend rote Blumen. Alma watschelte voraus, immer wieder über die Schulter blickend, um sicherzustellen, dass Tuomas nicht zurückblieb.

«Nenn mich ruhig Alma, wie dein Vater sagt. Und ich werde gar nicht erst damit anfangen, dich Herr Tuomas zu nennen – die Kinder heutzutage sind sowieso viel zu verwöhnt. Und dass sie nicht Oma sein will! Um Himmels willen, du bist ihr einziges Enkelkind. Sie sollte froh sein, dass du hier bist», schnaubte Alma.

«Hier hat übrigens dein Vater gewohnt», sagte Alma, als sie das Zimmer am Ende des Flurs betraten. Tuomas sah sich um. Das Zimmer war spärlich eingerichtet: braune Schränke, ein Bücherregal, ein großer, altmodischer Schreibtisch, ein paar unbequeme Stühle, ein Schaukelstuhl, und ein schmales Bett mit einer bunten Decke. Der rot gestreifte Flickenteppich neben dem Bett brachte etwas Farbe in den tristen Raum, doch nach kurzem Überlegen rollte Alma den Teppich zusammen und brachte ihn in den Flur.

«Damit du mit deinen Krücken nicht stolperst», erklärte sie. Dann zog sie die grauen Vorhänge zu, und Staub wirbelte auf. Hinter dem Fenster konnte man einen alten Garten mit knorrigen Apfelbäumen sehen, der in Ackerland überging. Mittendrin stand eine Windmühle. Tuomas schaffte es mit seinen Krücken bis zur Bettkante.

«Kannst du keinen Schritt ohne Krücken gehen?», fragte Alma besorgt.

«Ich traue mich nicht. Ich habe Angst zu fallen. Dann könnten die Knochen wieder brechen und die ganze Heilung wäre umsonst gewesen.»

«Keine Sorge, wir finden schon eine Lösung. Wenn nicht, fragen wir Jaska.»

«Wer ist Jaska? Ein Arzt?»

«Jaska... ach vergiss Jaska. Wenn dein Vater noch nichts von ihm erzählt hat, dann sollte es wohl so bleiben. Auch mit deiner Großmutter sprichst du besser nicht über ihn.»

«Wer ist auf dem Foto?», fragte Tuomas und deutete auf ein vergilbtes Bild an der Wand.

«Ist das Papa?» Alma nickte.

«Und das ist Oma ... ich meine Irma. Aber wer ist das Mädchen?» Alma seufzte, sah sich das Foto an und schwieg einen Moment.

«Das ist Seijaliisa, die Schwester deines Vaters. Deine Tante.»

«Meine Tante? Aber sie hat uns doch nie besucht.»

«Nein, das hat sie nicht. Seijaliisa starb kurz nach dieser Aufnahme. Sie war erst zwanzig. Es war eine schreckliche Zeit für deine Großmutter und uns alle. Am besten sprichst du nicht darüber.»

«Das wird ja ein Spaß», dachte Tuomas. Sollte er eine Liste der Themen anlegen, über die man in diesem Haus nicht sprechen durfte? Kein Jaska, keine tote Tante...

«War es auch ein Autounfall?», fragte Tuomas vorsichtig und beobachtete, wie Alma reagierte. Er spürte, dass sie ebenfalls zu den Menschen gehörte, die leicht aufbrausten.

«Nein, überhaupt nicht. Seijaliisa lag nach einer Blinddarmoperation im Krankenhaus. Alles schien gut zu laufen. Aber niemand wusste, dass sie hochallergisch auf Wespenstiche war. Es war Sommer, und ihr Zimmerfenster stand tagsüber offen. Vielleicht hat sich eine Wespe in die Bettwäsche verirrt und sie in der Nacht gestochen.»

«Wie furchtbar!»

«Deine Großmutter bestand darauf, dass Seijaliisa ein Einzelzimmer bekam. Vielleicht hätte eine Zimmergenossin Hilfe holen können. Das bedrückt sie bis heute.»

Beide schwiegen einen Moment.

«Und was ist mit Opa? Ich glaube, er ist der Mann auf dem Foto.»

«Ja, es hat ihn sehr getroffen. Aber er hatte noch deinen Vater, auch wenn der nicht lange hierbleiben wollte und zur Armee ging, um Pilot zu werden. Danach haben wir drei versucht, hier weiterzuleben.»

«Und dann kam der... Tsunami? Papa hat es mir erzählt. Gut, dass Oma wenigstens nicht da war.»

«Nein, sie war nicht dabei. Dein Großvater reiste meistens allein... Aber auch darüber sprichst du besser nicht mit deiner Oma. Es ist ein schweres Thema.»

Aha, dachte Tuomas, verbotene Themen Nummer drei. Bald würde er ein Notizbuch brauchen, um sich alles zu merken.

Im Flur hörte man das Geräusch der Koffer, die über den unebenen Dielenboden gezogen wurden. Der Vater erschien in der Tür.

«So, jetzt kennst du dein Zimmer. Auch wenn es nicht viel zu sehen gibt», fügte er mit einem Blick auf das spartanisch eingerichtete Zimmer hinzu.

«Alma, könntest du vielleicht ein paar fröhlichere Vorhänge nähen? Und wir könnten Bilder aufhängen – ich könnte große Poster besorgen, vielleicht von der Freiheitsstatue, wenn ich morgen nach New York fliege.»

«Schon morgen? Bleibst du nicht über Nacht?»

«Leider muss ich heute noch zurück nach Helsinki. Vor einem langen Flug muss man gut schlafen, und der Abflug ist früh morgens.»

Tuomas war entsetzt. Sein Vater würde ihn hier zurücklassen, mit der kalten Großmutter und den düsteren Bildern toter Verwandten. Er kämpfte gegen die Tränen an, damit sein Vater sie nicht sah und wieder ärgerlich wurde: Männer weinen nicht! Jedenfalls nicht die Männer der Familie Arkko!

«Nach dem Essen räume ich deine Sachen in die Schränke», sagte Alma. Auch sie schien nicht erfreut über die Abreise des Vaters.

Der Vater strich Tuomas sanft über das rote Haar. «Ich muss mit deiner Großmutter reden über deine Schule und all das sprechen. Ruh dich ein bisschen aus, die Reise war lang. Alma holt dich, wenn das Essen fertig ist.»

Durch die Tür der Bibliothek drang der Ton des laufenden Fernsehers. «Ist Mama taub geworden?», dachte Olli. «Ich muss Tuomas sagen, dass er laut und deutlich mit ihr sprechen soll, damit sie sich irgendwie verstehen.»

Olli klopfte an die Tür, aber als keine Antwort kam, trat er ein. Seine Mutter, Irma, saß in dem einzigen bequemen Sessel in der Bibliothek. Die anderen Sitzmöbel waren mit steifem Leder bezogen, ganz im Stil englischer Herrenhäuser. Auf dem Beistelltisch lagen einige Bücher, die unberührt wirkten. Olli war sicher, dass seine Mutter sie schon lange nicht mehr angerührt hatte.

Bücher wurden nur für Seijaliisa, seine Schwester, gekauft. Mutter wollte nicht, dass sie Bücher auslieh, die zuvor von «niederen» Menschen gelesen worden waren. Sie plante, aus Seijaliisa eine perfekte Frau für einen perfekten Schwiegersohn zu machen – reich, berühmt, mächtig. Seijaliisa musste Klavier spielen lernen, Ballettunterricht nehmen, den sie verabscheute, und durfte nur mit Klassenkameraden verkehren, deren Väter mindestens Ärzte oder Anwälte waren. Die arme Seijaliisa, die an einem unerwarteten Wespenstich starb...

Irma Arkko wusste, dass ihr Sohn den Raum betreten hatte, auch ohne ihn anzusehen. Sie stellte den Ton des Fernsehers ab. Olli setzt sich in den Sessel gegenüber. Einen Moment lang herrschte Schweigen.

«Wie kannst du mir das antun, Olavi?», schnaubte die Mutter schließlich. Olli schwieg, und sie fuhr fort: «Zuerst heiratest du eine Frau, die in diesem Haus und in Finnland nicht zurechtkommt, und dann noch in so einem Beruf…»

«Mutter! Ich fliege auch! Der Beruf einer Flugbegleiterin ist genauso ehrenhaft.»

«Na schön. Aber dann bringst du mir einen Jungen, den ich nicht einmal kenne und der wie ein Baby versorgt werden muss – in meinem Alter! Wozu soll das gut sein?»

«Du hast nach dem einen missglückten Besuch nie wieder Kontakt zu Tuomas und Angela gewollt. Tuomas ist kein Baby. Er wird bald wieder selbständig sein, sobald seine Beine vollständig geheilt sind. Das sagen die Ärzte.

«Warum bringst du den Jungen nicht nach Italien? Deine Frau hat dort so viele Verwandte und er war doch immer in den Ferien dort.»

«Hier kann ich ihn besser besuchen, wenn ich zwischen den Flügen in Helsinki bin. Er ist bereits in Helsinki eingeschult, und ich möchte, dass er so bald wie möglich in Finnland weiter zur Schule geht. Die Schulen hier sind besser als in Italien, und ich will, dass er ein richtiger Finne wird.»

«Du könntest ihn in ein Internat schicken. Das kannst du dir doch leisten.»

«In seinem Zustand kommt ein Internat nicht infrage, und das würde ich auch gar nicht wollen. Vergiss nicht, Mama: Das hier ist mein Elternhaus. Tuomas gehört hierher. Und du bist seine Großmutter."

«Ich hasse dieses Wort! Als wäre ich schon reif fürs Altersheim.»

«Wenigstens ist Alma noch hier.»

«Alma hat viel zu tun.»

«Ich könnte eine Hilfskraft für Alma einstellen.»

«Ich will keine weiteren Fremden im Haus. Aber wenn Alma meint, dass sie den Jungen betreuen kann, dann kann er bleiben, solange er keine Schwierigkeiten macht.»

Nachdem Alma und der Vater sein Zimmer verlassen hatten, legte sich Tuomas ins Bett. Er war erschöpfter von der Reise, als er es seinem Vater zeigen wollte. Vorsichtig stellte er die Ellenbogenkrücken ans Fussende des Bettes, wo er sie schnell erreichen konnte. Trotz der milden Frühsommerwärme kroch er unter die dunkelbraune Decke.

Jetzt, wo sein Vater ihn nicht mehr sehen konnte, stiegen ihm die Tränen in die Augen. Papa würde noch heute nach Helsinki zurückkehren! Tuomas hatte sich ausgemalt, dass sein Vater wenigstens ein paar Tage im Elternhaus bleiben und ihm all die aufregenden Orte seiner Kindheit zeigen würde – solche gab es doch bestimmt auch in alten Gutshäusern, oder? Er hatte gehofft, dass sein Vater ihm helfen würde, sich mit den Krücken in diesem fremden Haus zurechtzufinden.

Und würde Tuomas helfen, Oma – Verzeihung: Irma – und auch Alma kennen zu lernen, die er Alma Mater nannte, kennen zu lernen. Tuomas wusste, dass Alma im Lateinischen «süß» und «mater» Mutter bedeutete. Jetzt begriff Tuomas, dass die alte Magd für seinen Vater in seiner Kindheit wahrscheinlich mehr Mutter gewesen war als Irma. Und er würde diesen alten Frauen ausgeliefert sein!

Tuomas hatte kein einziges Nachbarhaus in der Nähe gesehen. Das große Herrenhaus mit dem verwilderten Garten stand weit und breit allein inmitten seiner Felder. Keine Hoffnung auf gleichaltrige Freunde. Nur die seltsame Katze auf der Treppe. Wie konnte sein Vater nur so grausam sein? Erst vorgestern hatte ihn sein Vater aus der

Reha-Klinik in Helsinki geholt, und nach zwei Tagen zu Hause musste er sich schon wieder von ihm trennen.

Tuomas dachte über sein trauriges Schicksal nach und schlief ein.

Nachdem Tuomas Vater seine Mutter in der Bibliothek zurückgelassen hatte, ging er zu Alma in die Küche. Sie spülte gerade den Salat aus dem Garten unter dem Wasserhahn.

«Hast du Jaska gesehen?», fragte Olli.

«Schon lange nicht mehr. Vielleicht hat es sich so verändert, dass ich es nicht mehr kenne. Vielleicht ist es sauer auf mich und auf uns alle. Es war schon verrückt, als du weggegangen bist. Einmal sah es aus wie ein Punk mit Ringen an Ohren und Nase. Dann gab es vor, William zu sein, weil es wusste, dass ich den jungen englischen Prinzen bewunderte.»

«Zu meiner Zeit gab es sich als Elvis aus.»

«Weil du Elvis bewundert hast. Vor ein paar Jahren behauptete es, ein Tsakko und zu sein und nicht mehr Jaska, und dann bewegte es sich wie ein Hampelmann und sagte, es sei so etwas wie Moonwalk. Hatte es in Irmas Fernseher gesehen, als es heimlich zuschaute».

«Tsakko? Ach so, Jacko. Tuomas war auch ein Michael Jackson-Fan und hat vor dem Unfall versucht, so zu tanzen wie er. Ziemlich traurig jetzt, wo er sich mit den Ellbogenkrücken kaum bewegen kann».

«Glaubst du, dass Tuomas wieder gesund wird?»

«Die Ärzte machen mir Hoffnung. Die letzte Operation ist gut verlaufen. Aber er hat den Mut verloren, besonders nach dem Tod seiner Mutter. Ich kann ihm auch nicht viel helfen, weil ich wegen der Arbeit oft weg bin. In der Reha-Klinik war er gut aufgehoben».

«Der arme Junge: keine Mutter, kaum ein Vater und die Oma ist so kalt wie eine Tiefkühltruhe».

«Übertreib es nicht. Mama beginnt, Tuomas ins Herz zu schließen. Er ist ein lieber Junge.»

«Wie hast du das geschafft?»

«Die Arbeit hat mich abgelenkt. Es blieb keine Zeit zum Nachdenken. Aber jedes Mal, wenn ich nach Helsinki kam und ins Krankenhaus ging, um Tuomas zu sehen ... musste ich an Angela denken. Ich sah sie immer in Tuomas' Gesicht und das machte mich traurig. Der Junge spürte das. Er ist sehr einsam, seine einzigen neuen Freunde hat er im Krankenhaus zurückgelassen. Aber jetzt hat Tuomas dich, und vielleicht wird auch Jaska sich mit ihm anfreunden.»

Alma seufzte. «Jaska ... Ich glaube, das letzte Mal, als ich es richtig gesehen habe, war als die Flügel der Mühle bei einem Sturm zerbrachen. Die Dorfbewohner kamen und reparierten sie freiwillig. Als ich aufräumte, erschien Jaska und begrüßte mich. Es war fast durchsichtig geworden. Vielleicht verschwindet es ganz, wenn ich nicht mehr da bin und niemand mehr an es glaubt.

Tuomas hörte, wie die Tür geöffnet wurde. Alma trat in den Raum und verbreitete einen köstlichen Duft nach Essen. «Du bist ja schon wach. Ich habe Lasagne gemacht, weil ich dachte, du magst mediterrane Küche», plapperte sie.

«Willst du dich nicht etwas bequemer anziehen? Und ich habe gar nicht gefragt, ob du allein zur Toilette gehen kannst. Die ist da drüben im Flur.» Tuomas war peinlich berührt von Almas Fürsorglichkeit, auch wenn die alte Dame es gut meinte. «Ich kann alleine zur Toilette gehen. Und meine Kleidung ist in Ordnung.»

Auf dem Weg zum Speisesaal fiel Tuomas in der Eingangshalle ein Klavier auf, dessen verstaubter Deckel geschlossen war. Er humpelte auf seinen Krücken hinüber, öffnete den Deckel und spielte ein paar Tasten an. Alma rief entsetzt: «Du darfst nicht darauf spielen! Du darfst es nicht einmal anfassen! Nur Seijaliisa hat darauf gespielt. Hoffentlich hat Irma nichts gehört ...» Ein weiterer Punkt auf der Liste der streng verbotenen Dinge, dachte Tuomas mit einem Grinsen.

Alma öffnete die Tür zum Esszimmer. Es schien als hätte Oma Irma das Klavierspiel nicht gehört, aber Tuomas spürte, dass die Stimmung im Raum bedrückend war wie vor einem Gewitter. Der lange Tisch in der Mitte des Zimmers war festlich gedeckt, fast wie in einem Restaurant, mit Weingläsern und ordentlich gefalteten Servietten. Alma hatte sogar Frühsommer-Blumen in eine Vase gestellt.

Der Tisch war nur für drei Personen gedeckt. Alma half Tuomas auf seinen Stuhl und eilte dann in die Küche. Der Duft von frisch gebackenem Brot, das im Korb auf dem Tisch lag, erinnerte Tuomas an Nonnas Küche – wie weit war das von hier entfernt! Oma und Vater saßen schweigend an den gegenüberliegenden Enden des langen Tisches, während Tuomas in der Mitte Platz nahm. Die Stille wurde nur durch das leise Ticken der zwei Meter hohen Standuhr unterbrochen.

«Olavi, am Esstisch wird nicht geschaukelt», fuhr Irma ihren Sohn scharf an. «Du hast schon einmal ein Stuhlbein abgebrochen!»

Olli hörte sofort auf, doch kaum hatte er aufgehört zu schaukeln, begann er mit den Fingern auf den Tisch zu trommeln.

«Du machst mich nervös», rief Irma, sichtlich verärgert. In diesem Moment schlug die Standuhr zweimal, was den aufkommenden Streit der Erwachsenen beendete. Die Tür zum Speisesaal öffnete sich, und Alma kam mit einem Servierwagen herein. Auf dem Wagen standen eine dampfende Auflaufform mit Lasagne sowie eine Schüssel Salat und eine Soße in einem separaten Glas. Alma schob den Wagen zuerst zur Hausherrin.

Irma beäugte das Essen misstrauisch.

«Was hat sich Alma jetzt wieder ausgedacht?»

«Ich habe ein leichtes Ofengericht gemacht. Lasagne. Vielleicht schmecken sie Tuomas.»

«Wir fangen jetzt nicht mit fremden Sachen an. Wir sind Finnen und essen, was man in Finnland isst.

«In Finnland isst man auch Lasagne», bemerkte Olli ruhig.

«Es gibt auch Salat. Ich habe sogar die Soße selbst gemacht, weil das letzte Mal …» Alma stockte plötzlich. Sie wollte gerade daran erinnern, dass beim letzten Mal, obschon es schon über zehn Jahre her war, kein Dressing auf dem Tisch stand. Die Gurken- und Tomatenscheiben sowie der Blattsalat waren zwar schön in Schüsseln angerichtet, aber trocken. Tuomas' Mutter, die zum ersten und letzten Mal auf dem Hof zu Gast war, hatte ihrem Mann Olli auf Englisch zugeflüstert, dass sie nicht verstehen könne, warum die Finnen den Salat trocken wie Heu für die Kühe servierten. Anderswo in Europa kämen Dressing oder zumindest Olivenöl und Essig zum Salat auf den Tisch. Olli hatte seiner Mutter die Worte seiner Frau übersetzen müssen.

«Jedes Volk hat seine Sitten. Entweder man passt sich an oder man geht», hatte die Mutter schnaubend erwidert. Alma hatte ein gutes Gedächtnis und musste nicht zweimal daran erinnert werden. Nachdem sie der kleinen Tischgesellschaft die Speisen und Getränke serviert hatte – Irma Weißwein, Olli und Tuomas auf eigenen Wunsch nur Wasser – wollte Alma wieder in die Küche zurück.

«Alma ist so nett und räumt das Heu vom Tisch. Davon bekomme ich Kopfschmerzen.»

Alma nahm die Blumenvase, ging und schloss die Tür hinter sich. Irma bemerkte Tuomas' verwunderten Blick.

«Alma isst immer in der Küche. In herrschaftlichen Häusern ist es üblich, dass die Dienstboten getrennt essen», erklärte die Großmutter. Tuomas und sein Vater tauschten einen Blick. Der Vater hob die Augenbrauen, ein stilles Zeichen: Sag nichts.

Nach dem faden und fast salzlosen Essen im Krankenhaus schmeckte Almas Lasagne köstlich. Tuomas' Appetit war geweckt, und zu Almas Freude aß er seinen Teller leer. Nachdem Alma den Tisch abgeräumt hatte und wieder in der Küche verschwunden war, lehnte sich Olli in seinem Stuhl zurück und sah seinen Sohn an.

«Wie ich schon sagte, muss ich heute Abend nach Helsinki zurück, aber zum Mittsommerfest komme ich wieder und verbringe dann ein paar Tage mit dir.»

Dann wandte er sich an seine Mutter Irma.

«Tuomas muss zweimal in der Woche zum Physiotherapeuten in die Stadt, um die Therapie fortzusetzen, die er in Helsinki begonnen hat. Vielleicht hat Alma Zeit, ihn zu begleiten, oder ihr bestellt ein Taxi. Die Kosten übernimmt die Krankenkasse. Wenn der Physiotherapeut der Meinung ist, dass Tuomas noch etwas braucht, egal was, dann übernehme ich natürlich die Kosten. Und wenn Tuomas Fortschritte macht, kaufe ich ihm ein Fahrrad, damit er das Dorf erkunden und später selbst zur Schule fahren kann. Soll ich dir oder Alma die Medikamente für Tuomas geben? Er muss sie regelmäßig einnehmen, morgens und abends.»

«Das kann Alma übernehmen. Ich habe andere Dinge zu tun.»

«Wenn alles gut läuft, kann Tuomas nach den Sommerferien mit der Schule beginnen. Wenn es mit der Schule nicht klappt, dann…»

«Ich will nicht ins Internat!», rief Tuomas plötzlich.

«Ich dachte eher an eine Hauslehrerin.»

«Hauslehrerin? Gouvernanten gab es im letzten Jahrhundert», schnaubte Irma.

«Wenn ich mich recht erinnere, hast du das Seminar besucht und warst Lehrerin an der Grundschule in Arvola, bevor mein Vater dich geheiratet hat», erwiderte Olli ruhig.

«Das ist über vierzig Jahre her. Heute wird in den Schulen ganz anders unterrichtet. Glaub bloß nicht, dass ich die Lehrerin deines Sohnes werde.»

Olli beendete das Gespräch und erhob sich.

Nach dem Essen wollte der Vater Tuomas das Haus zeigen. Tuomas folgte ihm, gestützt auf seine Krücken. Zuerst gingen sie in die Küche, wo sie sich noch einmal bei Alma für das leckere Essen bedankten. Neben einem modernen Elektroherd gab es in Almas Reich auch einen alten, großen Backofen. An den Wänden standen Regale voller Geschirr, und von der Decke hingen Töpfe. Olli bat Alma, ihn an Tuomas' Medikamente zu erinnern, bevor er ging.

Im Erdgeschoss gab es so viele Zimmer, dass Tuomas bald nicht mehr wusste, wo sein eigenes Zimmer war.

Eine breite Wendeltreppe führte von der Eingangshalle nach oben.

«Hier sind nur leere Zimmer. Früher haben hier mehr Menschen gewohnt. Da waren Köchinnen und Mägde, Knechte und andere Bedienstete. Wahrscheinlich wohnt Alma immer noch oben.»

«Jetzt zeige ich dir noch etwas Besonderes. Hast du noch Kraft, weiterzugehen?»

Eigentlich war Tuomas schon ziemlich müde, aber das geheimnisvolle Lächeln seines Vaters weckte seine Neugier. Von der Eingangshalle führte ein zweiter Gang in die entgegengesetzte Richtung, der an einer massiven Doppeltür endete.

Der Vater öffnete die Tür und führte Tuomas hinein. Tuomas stockte der Atem – so etwas hatte er nicht erwartet. Der Raum war riesig. Die Wände bestanden aus dicken, dunklen Balken, und die Bretter des Fußbodens waren fast so breit wie die massiven Bänke an den Wänden. Der Raum war gefüllt mit langen Holztischen und schweren Bänken. An den Wänden hingen ein paar verblichene Teppiche. Die Nachmittagssonne fiel durch kleine Fenster und erhellte den ansonsten düsteren Raum.

«Hier wurden früher die Kunden von Kestikievari bewirtet», erzählte der Vater.

«Was ist Kestikievari?» Tuomas hatte dieses Wort noch nie gehört.

«Das war so etwas wie ein Gasthaus. Früher gab es nur Chausseen und Kutschen. Die Dampfschiffe brachten und holten Reisende am Ufer unterhalb unseres Hofes ab. Diese Reisenden warteten hier im Kestikievari auf ihre Weiterfahrt und übernachteten auch. Das muss ein reges Treiben gewesen sein! Deshalb gibt es hier noch so viele Zimmer. Aber dann wurden Autos erfunden, und niemand brauchte mehr Dampfschiffe und Kutschen. Ohne Gäste lohnte sich der Betrieb nicht mehr. Als mein Vater, also dein Großvater, noch lebte, war das hier nur ein ganz normaler Bauernhof. Allerdings war er kein richtiger Landwirt. Er fand Pferderennen und Reisen spannender. Die Felder wurden an Pächter vergeben, die Viehzucht eingestellt, und natürlich mussten auch alle Mägde und Knechte gehen.

«Gibt es hier keine Tiere mehr?» Tuomas hatte gehofft, es gäbe wenigstens einen Wachhund wie Bruno in La Colombaia, mit dem er sich anfreunden könnte, oder vielleicht ein Pony im Stall, das er streicheln könnte. «Gibt es nur die Katze?»

«Eine Katze? Ich weiß nicht, vielleicht gibt es hier eine zum Mäusejagen. Frag am besten Alma.»

Alma würde ihm sicher mehr über das Haus erzählen. Oma Irma wollte Tuomas keine Fragen stellen. Eine schreckliche Frau! Vielleicht könnte er mit Alma in der Küche essen, damit Oma ihn nicht einmal beim Essen sehen müsste.

Neben der Tür stand ein riesiger gemauerter Ofen an der Wand. Eine schmale Treppe führte nach oben.

«Nach einem langen Weg konnten sich die Leute hier am Ofen aufwärmen. Wenn jemand ins Eisloch gefallen war, wurde er hochgehoben und aufgetaut. Wenn sie nach einer halben Stunde nicht nach einem Bier zu verlangten, ging die Reise für sie in den Kornspeicher – auf das Leichenbrett».

«Hat man damals die Ertrunkenen auf den Ofen gelegt?»

«Was redet der Olli wieder für einen Unsinn und macht dem Jungen Angst!» Alma fuhr Olli heftig an. Sie war unbemerkt durch eine Nebentür gekommen.

«Spukt es in dem Haus? Es ist doch so alt?», wollte Tuomas wissen.

«Gespenster würde ich vermissen! Hier gibt es höchstens ein paar freundliche Hauselfen», schnaubte Alma. «Aber jetzt lassen wir Tuomas in seinem Zimmer ausruhen. Er hatte einen anstrengenden Tag.»

Tuomas war amüsiert: Sowohl Oma als auch Alma behandelten Olli, als wäre er noch ein Schuljunge, dem man Anweisungen geben musste.

Tuomas verabschiedete sich nicht von seinem Vater, als dieser am Abend nach Helsinki zurückfuhr. Er tat so, als würde er schlafen, als sein Vater sein Zimmer betrat, fast sofort wieder ging und leise die Tür hinter sich schloss. Er hörte den Kies unter den Rädern des Autos knirschen, als sein Vater schnell davonfuhr. Auf dem Arbeitstisch in Tuomas' Zimmer standen nun das Tablet und der Drucker, die sein Vater mitgebracht hatte. Er hatte versprochen, am Abend zu Hause in Helsinki Skype auszuprobieren, damit sie sich sehen konnten, egal wo er gerade war.

Tuomas hatte bereits gelernt, ein Programm zu nutzen, mit dem er die Flüge seines Vaters verfolgen konnte – von Amerika über den Atlantik bis nach Tokio oder Singapur. Er konnte auch mit seinen Verwandten in Italien skypen. Chiara hatte schon ein Tablet und wusste, wie man damit umging. Trotzdem fühlte sich Tuomas in dem großen Haus, in dem nur zwei alte Frauen lebten, von denen eine ihn völlig ablehnte, einsam und verlassen.

Es klopfte leise an der Tür. Alma trat mit einem Tablett ein, auf dem sich Käsebrote, Saft, Joghurt und ein roter Apfel befanden. «Ich bringe dir heute dein Abendessen aufs Zimmer, damit du deine Ruhe hast. Ich habe deine Sachen in den Schrank gelegt. Ruf mich auf dem Handy an, wenn du etwas brauchst, auch nachts. Hier ist meine Nummer, speichere sie in deinem Handy. Ich bin schnell bei dir.»

Immerhin hatte Alma ein Handy. Niemand im Haus besass einen Computer! «Was sollen wir damit? Wer soll den überhaupt benutzen?», hatte Alma auf die Frage seines Vaters geantwortet. Kein Computer! Nicht einmal Interesse daran! Tuomas konnte kaum glauben, dass es solche Leute noch gab. «Mal sehen, wie der morgige Tag wird», sagte Alma, drehte sich auf dem Absatz um und ging.

In der Nacht wachte Tuomas von seinem eigenen Schrei auf. Er hatte seltsam verdreht in dem fremden Bett geschlafen, und seine Hüfte schmerzte. Die Decke war ihm ins Gesicht gerutscht, und sein ganzer Körper war schweißgebadet. Aber das war nicht das, was ihn geweckt hatte: Er spürte, dass er nicht allein war. Er wagte es nicht, sich zu bewegen oder die Augen zu öffnen. Trotzdem war er sicher, dass jemand – oder etwas im Zimmer war. Alma konnte es nicht sein. Er kannte Almas Duft: Minze, Schnittlauch, Basilikum – wie Nudelsoße. War jemand ins Haus eingebrochen? Das alte Herrenhaus könnte Diebe anziehen. Aber dieses ... Etwas ... roch nach nichts, und kein Atemgeräusch war zu hören, doch Tuomas spürte seine Anwesenheit in der Richtung des Schaukelstuhls.

Vorsichtig schob er die Bettdecke von seinem Gesicht und öffnete die Augen. Es war schon nach Mitternacht, und das Zimmer lag im Dämmerlicht. Die grauen Vorhänge hielten das schwache Licht der Frühlingsnacht kaum ab. Tuomas schaute in die Ecke, wo der Schaukelstuhl stand. War da jemand? Der Stuhl bewegte sich von selbst. Gespenster! Tuomas zog die Decke wieder über seinen Kopf. Doch als eine Weile nichts geschah, schlief er schließlich wieder ein.

Tuomas wachte auf, als ihm jemand die Decke vom Gesicht zog. Er wollte schreien, doch dann sah er Almas lächelndes, faltiges Gesicht über sich. Sie hatte bereits die Vorhänge geöffnet und die helle Morgensonne flutete den Raum.

«Du erstickst ja unter der Decke, armes Kind. Hast du gefroren? Wie hast du die erste Nacht geschlafen?»

«Warst du in der Nacht hier?»

«Wie denn? Nein.»

«Na ja, weil ... Vielleicht habe ich geträumt, dass jemand hier war.»

Alma betrachtete ihn prüfend und lächelte dann: «Frühstück! Deine Oma hat schon gegessen. Wir haben dich schlafen lassen. Komm zum Essen in die Küche, wenn du aufgestanden bist. Aber normalerweise isst du mit deiner Oma im Esszimmer. Das gehört sich so, schließlich bist du ... der junge Herr vom Gut Arkko.»

Das hätte sich Tuomas nie träumen lassen: dass er einmal Teil dieses alten Hauses sein würde, wie all seine Vorfahren, die auf den dunklen Wandmalereien abgebildet waren. Dass all dies eines Tages ihm gehören würde, schließlich war er der einzige Erbe seines Vaters, so wie sein Vater das einzige Kind gewesen war. So ungefähr war es wohl.

«Nimm erst einmal deine Medizin. Sie enthält allerlei Stärkendes. Aber wir werden dich auch mit gutem Essen und Bewegung wieder gesund machen. Morgen fahren wir in die Stadt zur Physiotherapie. Zum Glück habe ich ein Auto. Heute machen wir nach dem Essen eine kleine Tour durchs Dorf. Wir schauen uns deine zukünftige Schule an, gehen einkaufen und machen einen Abstecher zum Strand. Wenn das Wasser warm genug ist, gehe ich mit dir schwimmen, und du kannst andere Kinder kennenlernen.

Ich bin sicher, dass du dich im Wasser leichter bewegen kannst, denn das Wasser trägt dich. Kannst du schon schwimmen?» Alma redete ununterbrochen weiter, als wäre sie jahrelang ohne Zuhörer gewesen. Und vielleicht war es tatsächlich so. Die Großmutter hatte kaum mit ihrem Dienstmädchen gesprochen.

«Kannst du wirklich Auto fahren?», fragte Tuomas überrascht.

«Ich musste es lernen. Deine Großmutter ist nicht gut im Einkaufen. Sie interessiert sich hauptsächlich für Modegeschäfte in der Stadt, für Konzerte und Partys. Dafür hat sie ihr eigenes Auto.»

Nach dem Frühstück fuhr Alma ihren kleinen roten Käfer aus der Garage vor die Haustür und schaffte es zu Tuomas' Erstaunen, sich hinters Steuer zu quetschen, nachdem sie ihn auf dem Beifahrersitz angeschnallt hatte.

13.

Zuerst ging es zur Dorfschule von Arvola. Es war ein großes, modernes Gebäude mit einem Aufzug, der von der Aula in die oberen Stockwerke führte. Tuomas hatte schon befürchtet, die Schule sei eine alte, baufällige Holzhütte. Doch Alma hatte den Besuch mit dem Schulleiter abgesprochen und kannte die Schule bereits. Zielstrebig führte sie Tuomas durch die leeren Gänge. Zum Glück war gerade keine Pause, sodass Tuomas den neugierigen Blicken der anderen Schüler vorerst entging. Was hätten sie wohl gedacht? «Was ist das denn für eine Vogelscheuche mit Ellbogenkrücken? Kommt die in unsere Schule? Hoffentlich nicht in unsere Klasse!»

«Du kommst also in die vierte Klasse», sagte der Direktor nach der Begrüßung. Sein Händedruck war fest, und er sah eher aus wie ein Bodybuilder als wie ein Lehrer. Unter dem engen, rot gestreiften T-Shirt spannten sich seine Muskeln. Wahrscheinlich unterrichtet er Sport an der Schule, dachte Tuomas. Der Direktor legte einige Papiere auf den Tisch. «Mal sehen, wie gut du mitkommen kannst. Es wäre verständlich, wenn ein so schwerer Unfall dein Gedächtnis und mehr beeinträchtigt hätte.»

«Mein Gehirn ist in Ordnung. Das wurde mehrfach untersucht!», rief Tuomas. Hielt der Mann ihn für dumm? Alma stieß Tuomas warnend in die Rippen. Es gehörte sich nicht, dass ein Schüler seine Meinung so deutlich vor Lehrern, und erst recht nicht vor dem Direktor, äußerte.

«Das ist gut zu hören, wirklich gut. Bei besonderen Schwierigkeiten haben wir auch eine Schulassistentin, die helfen kann. Möchtest du deine Klasse noch vor den Sommerferien kennen lernen?»

«Das wäre perfekt», rief Alma, bevor Tuomas ablehnen konnte.

«Die Klasse 3A hat gerade eine Doppelstunde Englisch. Ihr könnt gern dorthin gehen.»

«3A? Die sind doch alle jünger als ich! Vor einem Jahr war ich noch in der dritten Klasse! Letzten Herbst hätte ich in Helsinki in die vierte Klasse kommen sollen!», wurde Tuomas plötzlich klar.

«Natürlich. Aber du hast ein ganzes Schuljahr verpasst, weil du krank warst. Wenn du gut vorankommst, kannst du aber mitten im Schuljahr in die nächste Klasse aufsteigen. Es gibt in der dritten auch Schüler in deinem Alter ... Sonderfälle ... Migrantenkinder und andere, die mehr Unterstützung brauchen, sogar ein blindes Mädchen.»

Genau das hatte Tuomas befürchtet. Als der Direktor an die Tür des Klassenzimmers klopfte und die Besucher hereingebeten wurden, herrschte plötzlich absolute Stille. Dann flüsterte jemand hörbar: «Das ist der Krüppel!» Der Direktor räusperte sich verlegen und sagte: «Nach den Sommerferien kommt ein neuer Schüler in eure Klasse. Das ist Tuomas Arkko. Ich hoffe, ihr werdet gute Freunde.» Er wandte sich an Alma: «Frau Lampinen, Sie können mit Tuomas gehen, sobald es Ihnen richtig erscheint. Tuomas' Schulzeit beginnt ja erst nach den Sommerferien.» Der Direktor schenkte der jungen Lehrerin ein strahlendes Lächeln und verließ die Klasse.

Die Lehrerin blinzelte überrascht, dann lächelte sie und sagte zu Tuomas: «Ich bin deine Klassenlehrerin, Paula Puntanen. Alle nennen mich Paula. Du kannst hier neben

Miranda Platz nehmen. Der Stuhl ist frei. Frau Lampinen, Sie können sich gern auf den Stuhl hinten in der Klasse setzen und dem Unterricht folgen». Tuomas humpelte mit seinen Krücken nach vorn und setzte sich neben das Mädchen namens Miranda. Sie sah kurz auf, sagte «Hallo» und vertiefte sich dann wieder in ihr Buch. Tuomas bemerkte, dass ihre Augen mindestens so blau waren wie seine eigenen.

«Gut, machen wir weiter», sagte die Lehrerin. «Wer möchte vorlesen?» Miranda hob die Hand.

«Okay, Miranda, du darfst vorlesen.»

Mirandas Englischbuch sah ungewöhnlich aus – groß und dick. Sie hielt ihr Gesicht nah an die Seiten und las langsam, indem sie mit den Fingerspitzen über die Wörter fuhr. Diese bestanden aus unzähligen kleinen Punkten. Miranda war blind!

Die anderen Schüler schenkten Mirandas ungewöhnlicher Art zu lesen kaum Beachtung; für sie war es ganz normal. Doch Tuomas war fasziniert. Er wusste zwar, dass es Blindenschrift gibt, aber jemanden zu sehen, der tatsächlich mit den Fingerspitzen liest, beeindruckte ihn zutiefst.

«Tuomas, möchtest du den nächsten Satz lesen? Hattest du Englisch in der Schule? Mirko, leih Tuomas mal kurz dein Buch.» Mirko, ein Junge mit langen Nackenhaaren, warf Tuomas einen feindseligen Blick zu, reichte ihm aber das Buch und zeigte ihm mit dem Finger die Stelle, die er lesen sollte. Zögernd begann Tuomas, zu lesen, doch schon bald las er flüssiger und sicherer, bis er schließlich die ganze Seite gemeistert hatte. Ein warmes Lächeln breitete sich auf dem Gesicht der Lehrerin aus.

«Ich glaube, wir haben hier ein Naturtalent. Wo hast du so gut Englisch gelernt?» Tuomas fühlte sich verlegen. Es war nicht seine Absicht gewesen, sich vor einer fremden Klasse als Überflieger darzustellen. Die anderen Schüler starrten ihn an, als wäre er ein Außerirdischer, der gerade gelandet war.

«Ich ...»

Almas unterbrach ihn von hinten: «Tuomas ist viel gereist, weil sein Vater Flugkapitän ist.»

Das fehlte noch! Tuomas wäre am liebsten im Boden versunken. Jetzt hatten die Dorfkinder einen weiteren Grund, auf ihn neidisch zu sein, und er befürchtete, dass sie ihn das bei Schulbeginn spüren lassen würden.

Es klingelte zur Pause. Alma kam zu Tuomas und half ihm, aufzustehen.

«Ich glaube, das reicht für den Anfang. Wir haben noch einiges vor», sagte Alma zur Lehrerin. «Willkommen zurück nach den Ferien», verabschiedete sich die Lehrerin mit einem freundlichen Lächeln. Sie war klein und rundlich, aber wirkte sympathisch. Die Klasse starrte Tuomas immer noch schweigend an, bis auf Miranda. Tuomas war erleichtert, dass sie seinen mühsamen Gang nicht sehen konnte – und dass sie später keine Kommentare über seine Haarfarbe machen würde.

14.

Nach der ersten Behandlung in der Stadt war Tuomas noedergeschlagen. Der Therapeut hatte gesagt, es würde lange dauern, bis seine Beine stärker würden. Geduld sei das Wichtigste. Zumindest bis zum Schulbeginn sollte Tuomas nicht versuchen, ohne Krücken oder andere Hilfsmittel zu gehen.

Widerwillig kehrte Tuomas mit Alma nach Hause zurück, doch er wollte nicht ins Haus gehen. Missmutig setzte er sich auf die Verandatreppe. Obwohl die Sonne strahlte, die Vögel in den Bäumen sangen und die Luft erfüllt war vom Duft des Frühsommers, fluchte Tuomas über sein Elend. Doch dann erwachte in ihm die finnische Sturheit das Sisu. Ich brauche diese Krücken nicht!

Ich werde laufen! Mit zusammengebissenen Zähnen erhob sich Tuomas mithilfe der Krücken von der Treppe, warf sie beiseite und begann, über den sandigen Hof zu gehen. Sein Gang war unsicher, doch er schaffte bereits zwei Meter, als seine Oberschenkel keine Kraft mehr hatten. Tuomas wäre gestürzt, hätte ihn nicht plötzlich jemand unter den Achseln gepackt und aufgerichtet. Eine fremde Stimme krächzte in sein Ohr: «Stolz kommt vor dem Fall, aber der Tapfere frisst die Ratte».

Dann ließ der Helfer seinen Griff los. Tuomas schwankte, aber er fiel nicht. Er drehte sich um, konnte jedoch niemanden sehen.

Plötzlich begannen sich die Krücken, die er neben die Treppe geworfen hatte, von selbst zu bewegen. Eine unsichtbare Kraft brachte sie zu ihm und legte sie in seine

Hände. «Hier spukt es wirklich!» Tuomas rannte die Treppe hinauf, in Panik, und wollte ins Haus fliehen, als sich die Verandatür öffnete und Alma lächelnd herauskam. Erleichtert stürzte er die Treppe hinunter, immer noch zitternd vor Angst.

«Du hast also Jaska kennen gelernt», sagte Alma lächelnd. Sie hatte seinen Laufversuch aus dem Küchenfenster beobachtet, bereit einzugreifen, falls er stürzen sollte.

«Jaska? Hier war niemand.»

«Jaska ist hier, auch wenn du ihn noch nicht gesehen hast. Es braucht Zeit, bis er dir vertraut.»

«Wer ist Jaska?»

«Schwer zu erklären. Es war einfach immer da.»

«Ist Jaska ein Gespenst?» Tuomas bekam eine Gänsehaut. In was für ein Spukhaus hatte ihn sein Vater da gebracht!

«Er ist kein Gespenst, eher ein Geist, aber vor ihm musst du keine Angst haben. Jaska ist freundlich und ein bisschen schüchtern, weil er oft missverstanden wird. Hat er mit dir gesprochen?»

«Ja … etwas Merkwürdiges …»

«Typisch Jaska ... er hat schon lange nicht mehr mit Menschen gesprochen und tut sich schwer damit. Er benutzt alte Sprichwörter, manchmal auch verdreht. Man versteht ihn erst besser, wenn man ihn kennt.»

«Ist er immer unsichtbar?»

«Früher hat er sich mir und deinem Vater gezeigt.»

«Weiß Vater von Jaska?» Tuomas fühlte sich erleichtert. Es schien nicht mehr so beängstigend, wenn auch sein Vater Bescheid wusste.

«Dein Vater hofft, dass du und Jaska Freunde werdet. Jaska wird nämlich verschwinden, wenn niemand außer mir und deinem Vater an seine Existenz glaubt,» sagte Alma sanft.

«Und Oma?» fragte Tuomas neugierig.

«Deine Oma will nichts von einem Gutshausgespenst wie Jaska wissen. Für sie existiert so etwas nicht. Trotzdem schaut sie im Fernsehen ständig Filme über Außerirdische, Zombies und Vampire. So ein Unsinn!»

Plötzlich zischte es an Tuomas' Ohr: «Wenn man vom Teufel spricht». In diesem Moment schwebte Frau Irma in einem weißen Kleid und mit einem breitkrempigen Hut aus der Haustür.

«Ist Alma heute fertig?» fragte sie kühl.

«Wir kommen gerade von der Therapie,» antwortete Alma.

«Die Therapie ... scheint ja nicht viel gebracht zu haben,» entgegnete Frau Irma spöttisch.

«Sie hat gerade erst begonnen,» erklärte Alma ruhig.

«Braucht Alma etwas aus der Stadt?» fragte Frau Irma, ohne viel Interesse zu zeigen.

«Tuomas sollte eine Badehose bekommen, damit wir Wassergymnastik machen können, sobald das Seewasser wärmer wird,» antwortete Alma geduldig.

«Wird Alma jetzt hauptberuflich Therapeutin für den Jungen? Wer bezahlt Alma dafür? Muss ich mir eine neue Küchenhilfe suchen?» fragte Frau Irma scharf.

Almas Augen blitzten auf, doch sie blieb gefasst: «Tuomas gehört schließlich zur Familie, genauso wie die Hausherrin selbst. Also geht alles zu den gleichen Firmenkosten. Und was meine Arbeit betrifft, müssen Sie sich keine Sorgen machen – alles wird so erledigt wie in den letzten vierzig Jahren. Aber vielleicht könnte der Lohn etwas erhöht werden, schließlich ist das Leben teurer geworden.» Die Hausherrin murmelte etwas Unverständliches, stieg die Treppe hinunter und verschwand in der Garage. Tuomas fühlte sich irritiert.

«Ist sie immer so?» fragte er leise.

«Meistens. Aber das spielt keine Rolle,» sagte Alma gelassen.

«Sumpf dort, Morast hier, schwarze Flanken auf beiden Seiten», hörte Tuomas plötzlich das vertraute Zischen.

«Erzähl mir mehr von Jaska. Wie würde er aussehen, wenn er sichtbar wäre?» fragte Tuomas interessiert.

«Er verändert sein Aussehen. Elfen erscheinen auch so, wie man sie sich vorstellt: als Zwerge in grauen Mänteln oder mit roten Zipfelmützen wie die Weihnachtsmann-Elfen. Vor denen hat man keine Angst,» erklärte Alma.

«Aber Elfen gibt es doch nur im Märchen,» meinte Tuomas skeptisch.

«Das könnte man denken … aber Jaska ist real,» erwiderte Alma mit einem geheimnisvollen Lächeln.

«Es wäre schön, Jaska zu sehen,» murmelte Tuomas.

Es zischte und schwirrte: «Man soll eine Katze nicht nach ihrem Fell beurteilen.» Plötzlich saß wieder die schwarze Katze mit den funkelnden roten Augen und dem Nasenring auf der Treppe.

Tuomas musste lachen: «Das ist doch nicht Jaska, oder?»

«Ich fürchte, das ist er,» bestätigte Alma.

«Aber er hat doch nicht die Kraft, mich vor einem Sturz zu retten, wie vorhin. Und er hat keine Hände,» stellte Tuomas fest.

«Du wirst staunen, was er alles kann. Pass gut auf, Jaska: Ich bitte dich, ein Auge auf Tuomas zu haben, damit er nicht stürzt und sich erneut verletzt. Ihr könnt zusammen trainieren,» sagte Alma mit einem Augenzwinkern.

Die Katze machte einen Buckel, miaute leise und verschwand dann im nächsten Augenblick.

Da seine Großmutter noch eine Weile in der Stadt bleiben würde, beschloss Tuomas, sich die Bibliothek anzusehen. Es war der einzige Raum im Haus mit einem weichen Teppichboden. An zwei Wänden reihten sich Bücherregale aneinander. Die Bücher wirkten alt und schwer, wie eine lange Reihe von Lexika, die vermutlich keine Wörter wie «Mondrakete» oder «Computer» kannten. Im untersten Regal entdeckte Tuomas dicke Fotoalben. Neugierig setzte er sich auf den Boden und begann zu blättern.

Tuomas verlor völlig das Zeitgefühl. Erschrocken zuckte er zusammen, als die Tür aufging, doch es war nur Alma. «Hier bist du also! Du hättest nach mir rufen können, wenn du Hilfe beim Aufstehen brauchst,» tadelte sie ihn sanft.

«Ich wollte mir nur die alten Fotos ansehen», erklärte Tuomas. Alma begann hastig, die Alben zurück ins Regal zu stellen. «Oma mag es nicht, wenn jemand in ihren Sachen herumstöbert,» tadelte sie ihn sanft.

«Aber die Fotos zeigen nur die Familie meines Vaters. Ich habe das Hochzeitsfoto von Oma und Opa gefunden und Bilder von meinem Vater als Kind. Von Oma und ihrer Familie gibt es keine Fotos.»

Alma seufzte und warf einen schnellen Blick zur Tür. «Es ist so ... deine Oma schämt sich für ihre Vergangenheit. Ihre Familie war arm, und ihre Eltern haben hier als

Knechte gearbeitet. Als deine Oma dann Hausherrin wurde, ließ sie die alte Hütte abreißen. Zum Glück waren ihre Eltern schon weggezogen. Aber jetzt raus hier, bevor Oma zurückkommt.

Irma kam erst am Abend nach Hause. Tuomas und Alma hatten bereits zu Abend gegessen. Irma wollte nichts essen, doch sie bewegte sich in der Küche wie ein Model. Ihr helles Haar war in einem stahlblauen Ton gefärbt, passend dazu trug sie einen Gürtel und einen Schal in derselben Farbe.

«Was hältst du davon, Alma?» fragte sie und drehte sich elegant.»

«Sehr Schick!», sagte Tuomas begeistert und sah seine Großmutter bewundernd an.

«Aha, der junge Mann hat Geschmack», lachte Irma und schenkte ihrem Enkel zum ersten Mal einen echten Blick. Dann drehte sie sich um und ging, während der Duft von Parfüm und Rotwein in der Luft zurückblieb.

«Sie war wieder im Restaurant und hat erneut Geld verpulvert! Als ob wir hier nicht schon genug finanzielle Probleme hätten ... und deine Badehose hat sie auch noch vergessen», murrte Alma verärgert.

Der Sommer näherte sich der Mittsommernacht, und Tuomas Vater hatte versprochen, zum Fest nach Hause zu kommen. Tuomas wollte seinen Vater mit einer besonderen Überraschung erfreuen und übte deshalb jeden Tag das Gehen, um die Krücken endlich wegwerfen zu können. Jaska begleitete ihn dabei, sobald Tuomas die Treppe betrat. Mit seinen unsichtbaren, aber überraschend starken Armen stützte Jaska den Jungen anfangs unter den Achseln. Als Tuomas zunehmend sicherer wurde, hielt Jaska ihn nur noch leicht am Arm. Glücklicherweise sah niemand außer Alma, die aus dem Küchenfenster beobachtete, wie Tuomas mit der Hilfe seines unsichtbaren Gefährten unsicher voranschritt. Anfangs ermüdete Tuomas schnell, doch das Gehen fiel ihm von Tag zu Tag leichter.

Nach einigen Wochen schaffte es Tuomas, ohne Krücken und fast allein von der Treppe des Gutshauses zum gegenüberliegenden Speicher zu gehen, wo er sich auf einer breiten Treppe ausruhte. Jaska holte die Krücken von der Treppe des Herrenhauses, legte sie neben ihn und setzte sich zu ihm.

Tuomas musste Jaska nicht mehr sehen, er konnte seine Präsenz fühlen. Er bat Jaska, ihm mehr über die Elfen und die anderen Geisterwesen zu erzählen, die vermutlich auf dem Hof ihr Unwesen trieben. Jaska versuchte zu antworten, aber ihm schienen die passende Worte zu fehlen. In diesem Moment tauchten in Tuomas' Kopf seltsame Gedanken auf, als ob Jaskas stumme Sprache direkt auf ihn übergegangen wäre. Ebenso flossen Tuomas' Fragen unmittelbar zu Jaska hinüber. Der wortlose Gedankenaustausch entwickelte sich in rasender Geschwindigkeit, wie ein hin- und herspringender Tischtennisball. Tuomas musste lachen: Wenn das Reden mit Menschen nur so schnell und unkompliziert wäre! Es war, als ob Gedankenblitze durch seinen Kopf zuckten.

Jaska erklärte, dass es früher im Haus Arkko und auf vielen anderen Höfen allerlei Geisterwesen gegeben hatte. Die Hauselfe wachte über alles, was im Haus geschah. Die Saunaelfe sorgte dafür, dass die Sauna nicht in Brand geriet, die Speicherelfe unterstützte die Katze bei der Jagd auf Mäuse und Ratten, die das Getreide fraßen und verunreinigten. Die Mühlenelfe verhinderte, dass sich die Mühlenflügel nicht im Sturm drehten.

«Ursprünglich war ich eine Mühlenelfe», erzählte Jaska stolz. «Aber dann ...» Jaskas Stimme wurde traurig und er wollte nicht weitersprechen, «... wurde das Getreide nicht mehr in der Windmühle gemahlen, sondern in die elektrische Mühle in der Stadt gebracht. Bald gab es kein Getreide mehr, kein Vieh und die Ställe standen leer. Die Sauna im Freien wurde nicht mehr beheizt. Die Elfen hatten nichts mehr zu tun, niemand glaubte mehr an sie, und so verschwanden sie, wie der Schnee im Frühling in den Erdspalten. Nur der arme Jaska ist noch hier, weil Alma versucht, ihn am Leben zu erhalten.

«Gibt es euch noch irgendwo anders?» Fragte Tuomas.

«In der alten Kirche sind noch einige,» antwortete Jaska. «Sie kamen mit dem Baumaterial aus Karelien. Die Kirche besteht aus abgetragenen Villen, in denen früher sicher alle möglichen Geisterwesen lebten, auch Feen und Kobolde. Irgendwo in der Kirche, auf dem Dachboden, im Glockenturm oder unter der Kanzel, leben sie immer noch. Und auf der anderen Seite der Bucht, auf dem Teufelsberg, gibt es auch seltsame Wesen. Aber das sind keine echten Elfen, sondern eher kleine Teufel.»

«Wie lange lebst du schon hier, Jaska?» fragte Tuomas.

«Jaska kann die Jahre nicht zählen. Aber Jaska ist schon mindestens so lange hier, wie es das Herrenhaus gibt,» antwortete Jaska.

15.

Wie versprochen kehrte Tuomas' Vater Olli zu Mittsommer nach Arkko zurück. Am Abend zuvor hatte er angerufen, kurz nachdem er am Flughafen von Helsinki gelandet war. «Ich habe dir etwas Schönes mitgebracht. Wir sehen uns morgen,» sagte er.

«Ich brauche nichts. Oder bring mir meinen Badeanzug von zu Hause mit, wenn er noch passt. Alma will nach Mittsommer mit mir schwimmen gehen,» sagte er.

Am nächsten Morgen waren Tuomas und Alma schon früh sehr beschäftigt. Alma bestand darauf, dass es Mittsommer-Leckereien geben sollte, wie es früher üblich war. Olli war schon lange nicht mehr zu diesem Fest nach Hause gekommen, und für Tuomas war es das erste Mal. In der Küche backte Alma *karelische Piroggen*, Kuchenböden und Zimtschnecken – oder *Korvapuusti* (Ohrfeigen), wie die Einheimischen sie nannten. Tuomas lernte am Küchentisch, wie man die Ränder der karelischen Piroggen richtig faltet.

Besonders viel Spaß machte es, die Zimtschnecken von einer großen Teig-Rolle abzuschneiden, mit verquirltem Ei zu bestreichen und dann mit etwas Hagelzucker zu bestreuen. Der Hagelzucker war das Beste an den Zimtschnecken! Tuomas dachte nach: Es war schade, dass so wenig Hagelzucker auf der runden Oberfläche haften blieb ... außer … Dann nahm er eine Schüssel, füllte sie halb mit Hagelzucker, tauchte eine bestrichene Zimtschnecke hinein und drehte sie ein wenig. Und siehe da:

Die Zuckerkörner hafteten nun gleichmäßig an der ganzen Zimtschnecke. Das wird lecker!

«Du könntest Bäcker werden. Darauf wäre ich nie gekommen, obwohl ich mein Leben lang gebacken habe», lobte Alma. Noch besser als das Backen schmeckten die ofenwarmen Zimtschnecken mit kalter Milch, obwohl der karamellisierte Zucker am Gaumen kleben blieb. Die karelischen Piroggen hingegen konnte man nach dem Backen nicht sofort essen. Alma tauchte sie in eine heiße Milch–Butter-Mischung und legte sie in eine große Schüssel, die sie mit Butterpapier und einem dicken Handtuch abdeckte. «Sonst werden sie hart wie Schuhsohlen», erklärte Alma.

Alma wirkte wie eine Elfe, als sie mit ihrer roten Schürze und dem Kopftuch durch die Küche eilte. Tuomas hatte sie noch nie so fröhlich erlebt. Doch die heitere Stimmung verschwand abrupt, als plötzlich Oma Irma in der Küche stand. Mit einem verächtlichen Blick musterte sie Tuomas' Backversuche. «Werden die Herren jetzt in die Künste der Küchenmagd eingeführt?» fragte sie spitz.

«Die Künste der Küchenmagd haben den Herrschaften in diesem Haus schon immer gefallen», entgegnete Alma, ohne Irma eines Blickes zu würdigen. Diese murmelte etwas Unverständliches, drehte sich um und verließ die Küche.

«Warum ist Oma so böse auf dich?», fragte Tuomas.

«Irma – deine Oma – hat ihre Gründe, aber ich kann nichts dafür. Zumindest nicht immer. Deine Oma war schon schwierig, als sie noch jung war. Aber sie würde keinen Tag ohne mich in diesem Haus auskommen.» Tuomas war erleichtert, dass Alma für Oma so unersetzlich war.

Als der Vater nach der Mittagspause in den Hof trat, war der Esstisch bereits reichlich gedeckt mit all den Köstlichkeiten, die er als Kind geliebt hatte: karibische Piroggen, mit Eibutter bestrichen, Herings- und Pilzsalat, knusprig gebratene Maräne und junge Kartoffeln. Auf einem Beistelltisch wartete ein Erdbeerkuchen mit Schlagsahne auf seinen Einsatz.

Oma Irma hatte sich den ganzen Morgen nicht blicken lassen. Obwohl sie gleichgültig wirkte, lauschte sie immer wieder den Geräuschen von draußen und kam schliesslich auf die Terrasse, um ihren Sohn zu begrüßen. Sie ließ sich von ihm auf die Wange küssen, fragte dann aber direkt: «Wie lange bleibst du diesmal?»

«Zwei Wochen,» antwortete Olli, «aber Tuomas und ich wollen vielleicht noch ein bisschen zusammen verreisen. Wir müssen erst mal sehen, wie es ihm geht.» Tuomas strahlte – er würde mit seinem Vater verreisen! Olli nahm Tuomas vorsichtig in die Arme, als hätte er immer noch Angst, sein Sohn könnte in seinen Händen zerbrechen. «Na, junger Mann, wie geht es dir?»

«Sehr gut. Jaska hat ...» begann Tuomas, doch sein Vater legte ihm rasch die Hand über den Mund und warf einen warnenden Blick in Richtung seiner Mutter. «Darüber reden wir später,» flüsterte er.

Alma hatte den Tisch festlich gedeckt. In der Mitte stand eine große Vase, gefüllt mit duftenden weißen Mittsommerrosen und violettem Flieder. Das weiße Tischduch war kunstvoll mit Fliederblüten übersät. Tuomas bedauerte, dass Alma nicht mit ihnen am Tisch sitzen konnte. Natürlich aß sie das dasselbe Essen in der Küche, aber eben allein. Während des Essens erzählte Olli von seinen Reisen um die Welt. «Du solltest auch mal verreisen, Mama,» sagte er zu Irma. «Zumindest könntest du einen Kurort in Estland besuchen.»

«Was soll ich da allein?» erwiderte sie.

«Es gibt dort viele andere Gäste. Du könntest Alma mitnehmen, sie ist noch nie verreist.» Irma lachte spöttisch. «Alma? Ich würde mich schämen.»

«Zum Glück hört Alma das nicht, weil sie in der Küche isst,» dachte Tuomas.

Nach dem Essen sagte Olli: «Mal sehen, was ich im Auto für dich habe.» Er ging zum Auto, wo er die Rückbank umgeklappt hatte, um mehr Platz zu schaffen. Auf der Abdeckung lag ein nagelneues Fahrrad. Vorsichtig hob Olli das Fahrrad heraus. Es war wunderschön, mit vielen Gängen.

«Jetzt üben wir das Fahren in den Ferien. In Helsinki haben wir dich nicht fahren lassen, weil dort so viel Verkehr ist.»

«Aber jetzt ruhst du dich erst mal aus, der Abend könnte lang werden,» fügte der Vater hinzu. Er hatte Tuomas versprochen, ihn zur traditionellen Mittsommerfeier im Bootshafen des Dorfes mitzunehmen. Dort würde es ein Johannisfeuer geben, Tanz und ein buntes Programm – ein richtiges Dorffest.

«Kommst du allein in dein Zimmer? Ich muss noch mit Alma sprechen,» sagte Olli.

Er ging in die Küche, und Tuomas neugierig wie er war, folgte ihm unbemerkt.

«Na, Alma, hat dir der Junge viel Arbeit gemacht?» fragte Olli.

«Natürlich nicht,» antwortete Alma «Aber eines muss ich dir sagen: Das Haushaltsgeld hat nicht gereicht. Ich musste im Laden mit meinem eigenen Geld bezahlen, als ich die Maränen gekauft habe.»

«Aber ich überweise doch jeden Monat fünfhundert Euro auf Irmas Konto, ausdrücklich als Essensgeld für Tuomas. Wenn das nicht ausreicht, zahle ich natürlich mehr,» sagte Olli.

«Von Irma habe ich nicht mehr bekommen als vorher – eher weniger. Und selbst das muss ich extra beantragen,» erwiderte Alma verärgert. «Das Geld wird für alle möglichen Dinge verschwendet, für Kleidung und Restaurantbesuche. Mein Lohn wird oft vergessen, und ich muss darum bitten. Es flattern sogar Mahnungen ins Haus. Auch wenn dein Vater seine Fehler hatte, die Finanzen hatte er im Griff. Er hatte mir noch mehr Lohn versprochen, bevor er nach Thailand verschwand.

Deine Mutter wollte davon nichts wissen. Ich will mich nicht beschweren, sie ist schließlich deine Mutter, aber ich habe ihr nie getraut, und das war auch richtig so. Da war von Anfang an etwas faul.»

«Jetzt übertreibt Alma. Was meinst du damit?» Ollis Stimme klang gereizt.

«Ich glaube nicht, dass du und Seijaliisa denselben Vater hattet. Damals gab es viel Klatsch und Tratsch. Obwohl Seijaliisa nur fünf Monate nach der Hochzeit geboren wurde, war sie kein Frühchen. Ich habe sie mit eigenen Augen gesehen.

«Pass auf, was du sagst, Alma! Ich kann das nicht glauben,» entgegnete Olli scharf.

«Jetzt ist es nicht mehr von Bedeutung. Ich sage nur, dass jemand hier die Zügel in die Hand nehmen muss – auch wegen Tuomas. Aber sprich nicht mit deiner Mutter darüber, sonst schimpft sie und schmollt wochenlang.»

Als Olli aus der Küche kam und in die Bibliothek ging, war Tuomas bereits verschwunden. Dort gab es lauten Streit.

Ollis Vater, Heikki Arkko, hatte Agrarwissenschaften studiert, aber kein Interesse an der Landwirtschaft. Das Gut war wohlhabend, und die Wälder, Felder und das Vieh brachten ein gutes Einkommen. Doch Heikki war mehr an Pferderennen und Wetten interessiert. Als er beim Tsunami in Thailand ums Leben kam, stellte Olli, als einziger Erbe, bei der Testamentseröffnung fest, dass sein Vater vor vielen Jahren alle Felder verpachtet und die meisten Ufergrundstücke an eine Firma verkauft hatte, die Ferienhäuser baute. Das Gut Arkko bestand nur noch aus baufälligen Gebäuden und etwas Wald. In einem Testament hatte sein Vater festgelegt, dass die Witwe Irma das Recht erhielt, das Gut zu verwalten und im Gutshaus zu wohnen, während Olli als Eigentümer eingetragen war.

Laut Vertrag sollte die Witwe im Gegenzug für das Wohnrecht alle laufenden Kosten übernehmen. Doch als Olli nun darauf bestand, die Buchhaltung einzusehen, behauptete seine Mutter, dass alles in einem Buchhaltungsbüro in der Stadt aufbewahrt werde. Trotzdem entdeckte er auf dem Schreibtisch am Fenster mehrere Rechnungen des Stromversorgers, alle mit dem roten Stempel «ZAHLUNGSERINNERUNG».

«Mama, weißt du eigentlich, dass der Strom abgestellt wird, wenn die Rechnungen nicht bezahlt werden?» Olli musste sich beherrschen, nicht zu schreien. Er ärgerte sich über seine Mutter, aber auch über sich selbst, weil er sie mit dieser Verantwortung allein gelassen hatte.

«Ich bekomme bald Geld, mach dir keine Sorgen.»

«Woher?»

«Ich verkaufe ein paar Grundstücke am Ufer. Wir werden dort keine Ferienhäuser bauen.»

«Bist du verrückt? Das Ufer ist das Wertvollste, was wir haben!» Olli konnte kaum fassen, was er da hörte.

«Du hast doch Geld bekommen – die Lebensversicherung des Vaters, die Witwenrente und die Pachtzahlungen. So teuer kann das Leben von zwei alten Frauen nun wirklich nicht sein.»

«Das musst du gerade sagen. Deine Stadtwohnung muss nicht renoviert werden. Diese Ruine hier sollte man am besten abreißen, aber weil sie angeblich historisch wertvoll ist, darf man das nicht. Ohne Elektroheizung würden wir im Winter erfrieren.»

«Warum hast du mir nie gesagt, dass die Zentralheizung kaputt ist?»

«Weil dich dieses Haus nicht interessiert. Und die Menschen, die darin wohnen, auch nicht», antwortete seine Mutter kühl.

«Das werden wir noch besprechen. Am Montag, wenn die Banken öffnen, mache ich einen Termin aus. Ich werde das in Ordnung bringen,» erklärte Olli entschlossen und verliess den Raum.

«Du wolltest mir von Jaska erzählen. Hast du ihn getroffen?», fragte der Vater, und setzte sich auf die Bettkante von Tuomas.

«Ja, wir haben uns unterhalten.»

«Ein besonderer Kerl. Schade, dass du seine Sprache nicht verstehst.»

«Man muss wissen, was in seinem Kopf vorgeht.»

«Das ist vermutlich noch schwieriger.»

Tuomas schwieg. Plötzlich wurde ihm klar, dass sein Vater nicht in der Lage war, mit Jaska zu kommunizieren. Wie konnte man diese Art der Verständigung überhaupt erklären? Vielleicht würde sein Vater denken, dass Tuomas durch den Unfall doch einen bleibenden Schaden davongetragen hatte.

16.

Am Abend fuhren Vater und Tuomas zum Mittsommernachtsfest am Strand des Dorfes. Obwohl es nur eine Viertelstunde zu Fuß war, hätte Tuomas die Strecke nicht geschafft. Ausserdem genoss er es, wieder im luxuriösen Auto seines Vaters zu sitzen. Leider musste er seine Krücken noch mitnehmen, denn sein Vater war skeptisch, ob Tuomas den Festplatz ohne sie bewältigen könnte. Die Straße zum Strand war gesäumt von parkenden Autos, und ein Securitas forderte den Vater auf, umzudrehen und weiter weg zu parken.

«Ich muss leider bis ans Ufer fahren, sehen Sie ...» Erklärte der Vater während er Tuomas' Ellbogenkrücken hochhielt, «mein Sohn kann nicht laufen».

«Na gut …», antwortete der Mann und gab dem Vater eine Sondererlaubnis, am Strand zu parken. Der Schein wurde unter den Scheibenwischer geklemmt, und sie fuhren bis zum Festplatz, wo ein weiterer Mitarbeiter ihnen einen freien Parkplatz zeigte. Erst als Tuomas aus dem Auto stieg, bemerkte er, dass auf dem Zettel «Behindertentransport» stand. Das war ihm unangenehm. Zum Glück kannte sie dort niemand, und sie mischten sich unter die Feiernden. Tuomas stützte sich nun betont auf seine Krücken – zumindest war er jetzt «offiziell» behindert. Begriffe wie Krüppel, Lahmer, Invalide schwirrten ihm durch den Kopf.

Am Strand hatten sich etwa zwei- bis dreihundert Menschen versammelt. Sie schlenderten von Stand zu Stand, aßen Würstchen, standen mit einem Pappbecher und einem Stück Kuchen in der Hand vor der Kaffeetheke oder kauften Lose am Stand des Frauenvereins und der Feuerwehr. Am Rande des Festplatzes stand ein prächtiges Feuerwehrauto als besondere Attraktion. Kleine Jungen wurden hoch in die Fahrerkabine gehoben, ihre Augen strahlten vor Glück. «Willst du auch mal rein?», fragte der Vater, als sie an dem roten Auto vorbeigingen.

«Ich bin kein kleiner Junge mehr», antwortete Tuomas kühl. «Auch wenn ich behindert bin.» Er wollte nicht zugeben, dass das Feuerwehrauto und alles, was mit Feuer zu tun hatte, ihn insgeheim faszinierten.

Damals, bei dem Autounfall, wäre er fast verbrannt, doch daran konnte er sich nicht mehr erinnern.

Ein paar Meter vom Ufer entfernt lag ein großer Holzstapel auf einem schwimmenden Floß, bereit, als Johannisfeuer angezündet zu werden. Die Konstruktion sorgte dafür, dass weder Kinder noch Betrunkene ins Feuer springen konnten und dass sich die Flammen nicht auf das Festland ausbreiten würden. Es war ein besonders trockener Frühsommer, und vielerorts war das Abbrennen von Feuern wegen Waldbrandgefahr verboten.

Plötzlich blieb der Vater vor dem Stand des Landfrauenvereins stehen. Tuomas entdeckte nichts Interessantes, nur ein paar Broschüren über Gartenschädlinge und biologische Pflanzenschutzmittel. Doch Olli starrte die Frau hinter dem Tisch an, die ebenfalls verwirrt wirkte.

«Anneli … wohnst du wieder in Arvola?»

«Schau an, der Herr von Arkko ist auch mal wieder unterwegs», entgegnete die Frau schnippisch.

«Komm, du bist doch zuerst weggegangen. Wann bist du zurückgekommen?»

«Ich lebe schon seit acht Jahren hier. Meinem Mädchen geht es in einem kleinen Dorf besser.»

«Hallo, das ist Miranda! Ich kommt in meine Klasse!» rief Tuomas, als ein blondes, blauäugiges Mädchen von ihrem Stuhl hinter der Frau aufstand und die Besucher unsicher anlächelte.

«Miranda ist sehbehindert. Es ist auch in Ordnung, blind zu sagen, denn das ist einfach die Wahrheit,» erklärte die Frau.»

«Aber sie liest wunderbar in diesem ... wie heißt es ... Buch für Sehbehinderte», sagte Tuomas. «Bist du das, Tuomas?» fragte das Mädchen und wandte ihr Gesicht in seine Richtung.

«Ja, genau. Ich bin der neue Schüler ... und das hier ist mein Vater, Olli,» sagte Tuomas und bemerkte, wie Miranda seltsam lächelte.

Neben ihnen standen einige ältere Frauen, die Olli prüfend musterten. Eine von ihnen trat näher und streckte die Hand aus. «Erinnerst Du Dich? Aino Koskinen. Du warst mit unserem Reijo in einer Klasse.»

Olli erinnerte sich an Reijo – ein wilder Junge, genauso wie er. Gemeinsam hatten sie so manchen Streich gespielt. An Reijos Mutter konnte er sich jedoch kaum noch erinnern.

«Wie geht es Reijo?» fragte Olli.

«Er ist vor drei Jahren mit seinem Motorschlitten im See ertrunken,» antwortete Aino.

«Das klingt nach dem echten Reijo – immer an vorderster Front, auch auf dünnem Eis. Mein Beileid», sagte Olli ernst.

Tuomas bemerkte, dass eine der Frauen Miranda ansah, die neben ihrer Mutter stand und dann wieder Olli. Ein leises Flüstern war zu hören: «Ist er wohl …?» Und noch einmal: «Wie Vater und …» Doch die Frauen schwiegen schnell. Wer flüsterte so, dass Tuomas es hören konnte? Die Frau hinter der Verkaufstheke beendete das Gerede und fragte: «Interessieren sich die Damen für biologische Schädlingsbekämpfung? Hier haben wir Broschüren und Musterpackungen, bitte sehr.» Die Frauengruppe murmelte etwas und zog weiter.

«Komm, Tuomas. Vielleicht sehen wir uns später wieder ... Es war ... interessant, dich zu treffen,» sagte Olli und zog Tuomas mit sich.»

Der Vater fand einen freien Platz auf einer Bank für Tuomas und ging, um Grillwürste zu holen. Vor Tuomas blieben drei Jungen stehen. «Sogar der Rotspecht ist hierher geflogen. Gut, dass es hier eine Feuerwehr gibt, falls dein Federbusch Feuer fängt,» spottete der langhaarige Mirko aus der künftigen Klasse. Die anderen lachten über den vermeintlich guten Witz. Noch bevor Tuomas reagieren konnte, kehrte der Vater mit den Würstchen zurück, und die Jungs verschwanden in der Menge.

«Hast du schon Freunde gefunden?», fragte sein Vater.

«Leider», murmelte Tuomas und biss in die Wurst.

Die Sonne stand noch tief am Horizont, als das Johannisfeuer entzündet wurde. Alle hatten sich am Ufer versammelt. Jemand ruderte mit einem Boot zum Floß und warf eine brennende Fackel auf den Holzstapel. Für einen Moment hüllte sich alles in Rauch, dann brach eine Flamme aus der Mitte des Haufens hervor. Die Menschen jubelten, als das Feuer alles erfasste und eine riesige funkenstiebende Flammensäule in den Himmel schoss.

Dann legte sich eine seltsame Stille über die Menge. Selbst die kleinen Kinder verstummten und starrten wie gebannt auf das Feuer, das sich im Wasser spiegelte. Tuomas spürte eine tief verborgene Verbindung zur fernen Vergangenheit in den Menschen um ihn herum, als hätte das lebendige Feuer einst Geborgenheit und Wärme geschenkt. Oder war diese Erinnerung nur in ihm? Das Feuer zog ihn unaufhaltsam an ... Wäre es an Land gewesen, hätte er sich näher herangewagt? Hätte er sich hineingeworfen? Ein seltsames Schwindelgefühl überkam ihn.

17.

In der folgenden Nacht wachte Tuomas durch ein Geräusch auf. Eine der Krücken, die an den Nachttisch gelehnt hatte, war zu Boden gefallen. Die andere schwebte bereits in der Luft in Richtung der Zimmertür, die sich wie unsichtbarer Hand geöffnet hatte. Tuomas setzte sich im Bett auf.

«Jaska, was fällt dir ein! Bring die Krücke zurück!» Die Krücke verschwand im Flur. Tuomas zögerte nicht lange, griff die verbliebene Krücke und humpelte hinterher. Als er den Flur erreichte, sah er, wie die Krücke schon über die Terrasse hinausflog. Es war eine helle Mittsommernacht – eher eine Dämmerung, denn die Sonne stand noch am Himmel.

Tuomas beobachtete, wie die Krücke über den Hof in Richtung der Garagen schwebte. Dort bemerkte er mehrere Männer, die sich an Vaters Auto zu schaffen machten. Einer hatte bereits sein nagelneues Fahrrad von der Wand genommen und schien sich für die Gänge zu interessieren. Ein anderer hockte neben dem Auto und versuchte, das Schloss mit einem Trick zu öffnen. Der dritte Mann stand rauchend daneben und beobachtete das Treiben seiner Komplizen.

Plötzlich schrie der Fahrraddieb vor Schmerz auf, ließ das Rad in den Sand fallen und schrie: «Was soll das? Wer hat mich geschlagen?»

«Niemand hat hier jemanden geschlagen», antwortete der Raucher. Gleich darauf schrie der Mann, der die Autotür öffnen wollte. Ein Schlag hatte sein Gesäß getroffen, der zweite seine Schulter. Der Mann sackte auf die Knie. «Verdammt, wer schlägt hier einen Kumpel? Mein Schlüsselbein ist gebrochen!»

Erst jetzt bemerkten die Männer, dass die Krücke in der mystischen Dämmerung der Nacht scheinbar von selbst durch die Luft schwebte – ein unglaublicher Anblick, selbst für hartgesottene Verbrecher.

«Hey, hier spukt es wirklich! Wir sollten besser abhauen», rief einer panisch..

«Ich kann nicht fahren, mein Arm ist im Eimer», stöhnte der Zweite.

«Meine Schulter ist ausgekugelt, ich kann auch nicht», jammerte der Dritte.

«Ich habe keinen Führerschein», fügte der Letzte unsicher hinzu.

«Egal, Hauptsache, wir kommen hier heil raus.»

Es war zu spät. Ihr eigenes Auto, das am Ende der Eichenallee geparkt war, hatte bereits einen heftigen Schlag abbekommen. Die Heckscheibe zersplitterte, dann knickten die Seitenspiegel ab. Die Männer rannten zu ihrem Auto, stürzten sich hinein, knallten die Türen zu, und der Mann ohne Führerschein startete den Wagen mit zitternden Fingern. Als der Motor ansprang, atmeten die Männer erleichtert auf – doch irgendetwas hielt den Wagen an Ort und Stelle.

«Lass die Bremse los!» «Leg den ersten Gang ein, du Idiot!»

«Ich bin im ersten, aber er fährt nicht!» Der Fahrer stöhnte und trat das Gaspedal durch. Plötzlich schoss der Wagen so heftig vorwärts, dass es den Insassen fast das Genick brach. «Geschafft!»

Zurück blieben eine schwebende Krücke und ein abgerissenes Nummernschild, die langsam in der Luft hin und her pendelten.

Jaska kehrte zum Haus zurück und präsentierte Tuomas stolz seine Trophäen.

«Danke Jaska! Danke, dass du mein Fahrrad und Papas Auto gerettet hast. Du bist stark! Aber was machst du mit dem Nummernschild?» fragte Tuomas neugierig.

Jaska summte leise die Melodie eines alten finnischen Schlagers und antwortete: «Deine Erinnerung ist mir teuer, wenn sonst nichts mehr da ist..»

Tuomas lächelte und fügte hinzu: «Jaska glaubt, dass der Polizei ein Auto ohne Nummernschild und mit all den Schäden sicher auffallen wird. Es ist nicht das erste Mal, dass so ein altes Herrenhaus ungebetene Gäste anzieht. Unter dem Boden der Mühle liegen schon viele Nummernschilder. Andere sammeln Briefmarken.»

18.

Am nächsten Morgen kam Olli in die Küche, bevor die anderen aufwachten, und fand Alma bereits beschäftigt.

«Na, war das Fest gestern schön?», fragte sie.»

«Das Programm war nicht besonders. Aber wusstest du, dass Anneli Mattila wieder in Arvola wohnt?», antwortete Olli.»

«Hast du sie getroffen?»

«Ja, wir haben miteinander gesprochen.»

Alma lächelte leicht: «Ihr wart in jungen Jahren ein wenig ineinander verliebt, oder?»

«Wie auch immer… Anneli ist damals vor mir von hier weggegangen», erwiderte Olli

«Sie wird ihre Gründe gehabt haben. Das hat man mir jedenfalls erzählt.»

«Welche Gründe?» hakte Olli nach.

«Sie ist mit einem blinden Kind zurückgekommen. Jetzt hilft sie ihren Eltern im Haushalt. Sie kann kaum auswärts arbeiten, weil sie das Mädchen zur Schule begleiten muss.»

Olli seufzte: «Schade, so ein hübsches Mädchen und blind.»

«Wahrscheinlich ein Erbfehler», lächelte Alma und sah Olli schief an.

Am Frühstückstisch im Esszimmer lag der gestrige Streit zwischen Irma und Olli noch in der Luft. Tuomas versuchte, die angespannte Stimmung zu durchbrechen.

«Alma backt gute Brötchen», wagte er es, das Schweigen zu brechen.

«Nach all den Jahren hat sie wohl doch etwas gelernt», meinte Irma und fuhr etwas freundlicher fort: «Na, wie war das Fest? Bekannte getroffen?»

«Nur ein paar. Anneli Mattila war mit ihrer Tochter da. Tuomas kommt im Herbst anscheinend in ihre Klasse.»

Irma verschluckte sich an ihrem Brötchenstück und musste heftig husten. Dann wurde schweigend gegessen.

Nach dem Frühstück schlug Olli vor: «Lass uns dein neues Fahrrad ausprobieren.» Er holte das Fahrrad aus der Garage ins Haus und setzte Tuomas auf den Sattel.

«Mal sehen, ob dir die Höhe passt. Du brauchst keine Angst zu haben, dass du runterfällst, ich halte dich fest», sagte Olli beruhigend.

Tuomas hatte das Radfahren in La Colombaia gelernt. Seine Cousine Chiara hatte ihm ihr Mädchenrad geliehen. Später hatte er Guidos altes Herrenrad ausprobiert, das weder Gänge noch eine Handbremse hatte, sondern nur eine Rücktrittbremse. Das Problem war nun die Oberschenkelmuskulatur, die kaum Kraft zum Treten hatte. Aber mit der Hilfe seines Vaters kam er langsam voran Die lange Eichenallee hatte gerade ein hellgrünes Blätterdach bekommen. In der Mitte zwischen den Bäumen führte ein schmaler Pfad durch das Getreidefeld zur alten Windmühle.

«Ich glaube, das ist Gerste. Oder Weizen. Es könnte aber auch Hafer oder Roggen sein», rätselte Olli über das Saatfeld und grinste. «Wie du siehst, habe ich keine Ahnung von Landwirtschaft. Ich bin eben ein Stadtbauer....»

«Können wir die Mühle besichtigen?», fragte Tuomas neugierig.

Er hatte die Mühle bisher nur aus seinem Schlafzimmerfenster gesehen. Aus der Nähe war sie riesig. Am beeindruckendsten waren die meterlangen Flügel, die an der Spitze befestigt waren.

«Die Mühle besteht aus zwei Teilen. Unten ist der breite, kegelartige Sockel, der an den Rock alter Frauen erinnert, weshalb man sie Mamselmühle nennt. Der obere Teil, wo sich die Flügel befinden, lässt sich drehen, sodass die Flügel immer in den Wind zeigen können,» erklärte der Vater.

Er holte einen großen Eisenschlüssel aus der Tasche und steckte ihn ins Türschloss. Quietschend öffnete sich die Tür und der Geruch von Getreide und Mehlstaub schlug ihnen entgegen. Der Innenraum war beeindruckend und zugleich verwirrend: Holztreppen führten von von einer Plattform zur nächsten. Überall ragten massive Holzkonstruktionen empor, die sich kreuz und quer durch den Raum zogen, alle sorgfältig mit Eisen und Schrauben befestigt und ineinander verschachtelt. Große und kleine Holzräder waren überall zu sehen.

«Wie hat das bloß alles funktioniert? Wer behielt da den Überblick?» fragte Tuomas erstaunt.

«Der Müller war ein angesehener Fachmann», antwortete der Vater. «Er hatte all das Wissen von seinem Vorgänger übernommen. Der Beruf wurde oft vom Vater auf den Sohn übertragen, ähnlich wie bei Königen, die ihre Macht vererben.»

«Könntest du hier arbeiten?»

«Ich verstehe kaum etwas davon», gab der Vater zu. «Das Getreide wurde in diese riesigen hölzernen Trichter geschüttet, und dann fiel es zwischen die Mühlsteine, die sich durch die Kraft der Achse und der Flügel drehten. Ich habe das jedoch nie in Aktion gesehen. Wahrscheinlich gibt es niemanden mehr, der sich damit auskennt. Außer vielleicht... Jaska. Weißt du, ob Jaska noch hier wohnt?»

Tuomas zuckte mit den Schultern. Er wollte nicht erwähnen, dass er eine schwarze Katze mit Nasenring gesehen hatte, die unter der Mühle verschwunden war. Vielleicht war Jaska immer noch nachtragend, weil sein Vater fortgezogen war.

In den folgenden Tagen übte Tuomas das Fahrradfahren. Manchmal ließ der Vater den Gepäckträger los, und Tuomas fuhr allein. Doch er fühlte sich nie wirklich allein – die ganze Zeit spürte er Jaskas unsichtbare Gegenwart.

19.

Obwohl alle wichtigen Beamten und Geschäftsleute in Finnland seit dem Mittsommerfest im Sommerurlaub waren, gelang es Olli Arkko einen Termin bei der Bank zu bekommen, um die Finanzen des Hofes zu klären. Als er aus der Stadt zurückkam, holte er Alma aus der Küche und ging mit ihr zu Irma in die Bibliothek. Tuomas lauschte mit dem Ohr an der Tür. Ollis Stimme blieb fest und ruhig, als spräche er in das Cockpit-Mikrofon: «*Liebe Passagiere, wir haben zehntausend Meter erreicht…*». Oma dagegen klang sehr aufgeregt und schien sogar zu weinen. Alma murmelte nur: «Lass alles so, wie es ist».

Als das Gespräch beendet war, kam der Vater in Tuomas Zimmer – Tuomas hatte rechtzeitig aufgehört zu lauschen.

«Worüber habt ihr gestritten?» fragte Tuomas.

«Eigentlich haben wir uns gar nicht gestritten, aber deine Oma ist manchmal etwas aufgebracht. Alma bekommt ihr Gehalt jetzt direkt auf ihr eigenes Konto überwiesen und muss Oma nicht mehr fragen. Am einfachsten wäre es, wenn sie Online-Banking benutzen würde. Könntest du ihr das beibringen? Ich könnte ihr einen Computer kaufen.»

«Ich kann es versuchen,» antwortete Tuomas.

Von nun an wurden alle Rechnungen des Hofes automatisch vom Konto abgebucht, und nur Alma hatte Zugriff auf das Konto, das für Tuomas' Bedürfnisse eingerichtet worden war.

Irma wurde wütend: «Du vertraust einer Fremden mehr als deiner eigenen Mutter.»

«So ist es», antwortete Olli ruhig. Irma brach in Tränen aus. Olli drohte ihr noch, sie unter Vormundschaft zu stellen, falls sie versuchen sollte, ohne sein Wissen Land zu verkaufen.

Insgesamt war die Stimmung beim Mittagessen angespannt. Aber Tuomas versuchte es tapfer: «Vater, du hast versprochen, dass wir zusammen verreisen.»

«Geh nur und lass uns hier in Ruhe», schimpfte Oma. Bevor Olli etwas erwidern konnte, klingelte sein Telefon. Er entschuldigte sich und ging in den Flur.

Als er zurückkam, sagte er: «Es tut mir leid, Tuomas, aber ich muss wieder an die Arbeit. Viele Kollegen haben sich einen Magenvirus eingefangen und jetzt ist Touristensaison. Wir müssen unsere Reise verschieben. Ich bin sicher, dass ich im Herbst ein paar zusätzliche Urlaubstage bekomme, und dann holen wir die Reise nach.»

Tuomas war sehr enttäuscht. Als ob die Flugzeuge ohne Tuomas Vater nicht in der Luft bleiben würden!

«Kannst du mich nicht nach La Colombaia bringen?», flehte Tuomas.

«Das geht nicht. Die Treppen dort sind zu eng und zu steil für dich. Außerdem hat Chiara noch Schule und muss viel im Restaurant helfen.»

Natürlich. Für Tuomas hatte niemand Zeit. Chiara wurde bereits zur Nachfolgerin ihres Vaters ausgebildet.

Olli Arkko fuhr noch am selben Abend nach Helsinki. Er umarmte Tuomas und sagte, es tue ihm sehr leid, aber der Sommer habe gerade erst begonnen. Sie könnten noch vielerlei tun! Tuomas antwortete nicht. Er war wütend, enttäuscht – und traurig. Er hatte nur diesen einen und einzigen Menschen, seinen Vater, und nicht einmal für ihn war er wichtig.

20.

Am nächsten Tag bemerkte Alma, wie niedergeschlagen Tuomas war. «Wie wäre es, wenn wir heute an den Badestrand gehen? Das Ufer dort ist ziemlich flach und das Wasser wird schnell warm. Du kannst doch schwimmen, oder?»

Natürlich war Tuomas schon in Schwimmbädern gewesen, aber noch nie in einem See, wo Fische und Krebse und Blutegel herumschwammen. Das konnte er Alma nicht erzählen, sie würde ihn nur auslachen. Ein finnischer Junge, der den See fürchtet!

Nachdem Alma ihre morgendliche Arbeit in der Küche beendet hatte, packte sie Saft und belegte Brote in eine Kühltasche. Der arme Junge hatte am Morgen kaum etwas gegessen. Die Krücken nahm sie vorsichtshalber mit, war aber überzeugt, dass Tuomas auch ohne sie zum Wasser laufen könnte. Die Badehose hatte Tuomas auf Almas Rat hin schon zu Hause unter die Jeans gezogen, sodass er am Strand nicht in die Umkleidekabine musste. Alma selbst nahm nur eine große Decke mit, denn sie hatte nicht vor zu schwimmen.

Das Badeufer lag in einer Bucht mit feinem Sand. Ein langer Steg führte hinaus ins tiefere Wasser, von dem aus die Schwimmer hinein sprangen. Viele Schüler waren an den Strand gekommen, denn die Sommerferien hatten gerade begonnen. Verärgert stellte Tuomas fest, dass Mirko und seine Freunde den Steg für sich beansprucht hatten. Wenn sie von einem Ende zum anderen stürmten, um in den See zu springen, mussten die anderen Kinder auf dem Steg ausweichen. Wer zu langsam war, den schubsten die

Jungs gnadenlos ins Wasser, ohne zu fragen, ob er überhaupt schwimmen konnte.

Alma breitete ihre Decke im Schatten einer Silberweide aus und legte sich hin.

«Schaffst du das alleine?», fragte sie Tuomas, seufzte zufrieden und schloss die Augen.

Tuomas zog seine Kleider aus und legte sie ordentlich neben Almas Decke. Während viele andere im Frühsommer noch keine Bräune hatten, fühlte sich sein eigener Körper blass wie ein Laken an. Unsicher betrachtete er die Menschen am Strand: junge Mütter, die ihre Kinder beaufsichtigten, während diese mit kleinen Eimern zwischen dem Wasser und ihren Sandburgen hin und her liefen.

Mädchen, die sich in Bikinis auf Badetüchern räkelten und durch Sonnenbrillen nach Jungs Ausschau hielten. Vorsichtig machte Tuomas sich auf den Weg zur Wasserkante. Das Wasser fühlte sich schrecklich kalt an, aber er wusste, dass ihn viele Augen beobachteten, und so ging er ohne zu zögern tiefer und tiefer, bis das Wasser ihm bis zur Brust reichte. Nach dem ersten Schock empfand er das Wasser als angenehm, fast wie eine sanfte Umarmung. Seine Füße und Hände fanden ihren Rhythmus und Tuomas genoss es, ans Ufer zu schwimmen.

«Könnte ich auch vom Steg springen?», überlegte er. Er ging an Land und dann zur Mitte des Stegs, wo eine Gruppe Gleichaltriger stand, viele wahrscheinlich aus seiner zukünftigen Schule.

«Der Rotspecht will sich die Federn nass machen!», rief jemand laut und alle brachen in Gelächter aus. Natürlich war es der verdammte Mirko!

«Kann der Vogel auch fliegen?», spottete Mirko weiter, und erneut ertönte schallendes Gelächter. Mirko rannte zum Anfang des Stegs und sprintete auf Tuomas zu. Die andern traten ihm hastig aus dem Weg, um nicht selbst ins Wasser gestoßen zu werden. Tuomas blieb regungslos stehen, obwohl Mirko mit rasender Geschwindigkeit auf ihn zuraste, überzeugt, dass sein Gegner im letzten Moment ausweichen würde.

Tuomas wusste, dass es sinnlos war, sich Mirko entgegenzustellen, aber dennoch … aus den tiefsten Schichten seines Bewusstsein stieg ein fremder, unbezwingbarer Wille auf, begleitet vom Bild eines Kilometersteins, der am Straßenrand gegenüber der Eichenallee des Gutshauses stand … eine massive, graue Granitplatte, Hunderte von Kilo schwer. Kein Junge, nicht einmal ein erwachsener Mann, hätte den Stein bewegen können.

Im letzten Moment blitzte Panik in Mirkos Augen auf, als er erkannte, dass Tuomas fest an Ort und Stelle blieb, doch es war zu spät, um abzubremsen. Mit voller Wucht prallte er gegen etwas Unsichtbares. Ein Schmerzensschrei entrang sich ihm, als er abrupt zurückgeschleudert wurde, über den Steg rollte und schließlich über die Kante ins Wasser stürzte. Tuomas blieb wie versteinert stehen und bemerkte die ungläubigen Blicke der anderen Kinder.

«Hilfe!» Ein ängstlicher Ruf hallte unter dem Steg wider, und mehrere von Mirkos Freunden sprangen ins Wasser, um zu sehen, was mit ihrem Anführer geschehen war. Tuomas ging ruhig zum Ende des Kais, sprang ins Wasser, schwamm eine Runde und kletterte dann an den Strand zurück. Alma hatte das Essen auf einem großen Tuch ausgebreitet. In der Ferne sah Tuomas, wie die Jungen Mirko an den Strand halfen. Sein Gesicht war vor Schmerz verzerrt, und auf seinem Bauch prangte ein dunkelrotes Rechteck, in dessen Mitte die Zahl 31 und ein Pfeil eingedrückt waren.

«Warum 31?» Fragte sich Tuomas. Er erinnerte sich, dass auf dem alten Kilometerstein, an den er gedacht hatte, die Zahl 13 stand – die Entfernung zur nächsten Stadt. Dann dämmerte es ihm: Beim Aufprall hatte sich das Spiegelbild der Zahl auf Mirkos Körper eingeprägt. Aber dieser Kilometerstein war doch nur in Tuomas Fantasie gewesen! Wie konnte so etwas passieren? Hatte Jaska etwa seine Finger im Spiel?

Am Abend fragte Tuomas Jaska, ob er ihm am Strand geholfen habe.

«Jaska kann nicht so weit weg sein. Jaska muss immer hier sein. Woanders verschwindet Jaska wie … wie …» Jaska zögerte.

«Wie ein Furz in der Sahara?», schlug Tuomas vor.

«Genau!» kicherte Jaska.

Noch im Bett schauderte es Tuomas, als er über das Geschehene nachdachte. «Wie war das möglich? Wenn ich ganz allein war und mir vorgestellt habe, ich wäre ein Kilometerstein, und ich bin es wirklich geworden … dann kann ich doch nicht ganz normal sein.» Und wie normal war es überhaupt, mit einem unsichtbaren Wesen wie Jaska zu sprechen.

21.

Tuomas' Beinmuskeln begannen sich dank des Fahrradtrainings erstaunlich zu kräftigen. Jaska folgte ihm weiterhin wie ein treuer Hund, wenn er durch die Eichenallee fuhr, aber er jetzt musste nicht mehr geschoben oder gestützt werden. Der Therapeut war von Tuomas' Fortschritten so beeindruckt, dass er Vater Olli vorschlagen wollte, die Therapiebesuche zumindest vorerst einzustellen.

Es sah so aus, als ob Tuomas bald selbstständig mit dem Fahrrad zur Schule fahren könnte. Die Schule war weniger als zwei Kilometer vom Hof Arkko entfernt und es gab einen sicheren Fahrradweg. Alma müsste ihn nicht mit dem Auto zur Schule fahren, – wieder ein Grund weniger, ihn zu hänseln.

Tuomas ging nun ohne Alma frühmorgens schwimmen, bevor Mirko und seine beiden Freunde, die schlimmsten Plagegeister, überhaupt wach waren. Wenn sie ihm jedoch auf dem Weg begegneten, schenkten sie ihm nur finstere Blicke und gingen wortlos vorbei. Es war offensichtlich, dass sie nur auf den richtigen Moment warteten, um sich zu rächen.

Während des Sommers hatte Tuomas kaum Kontakt zu seiner Großmutter Irma. Sie verbrachte die Tage meist in ihrem eigenen Zimmer, im Schlafzimmer, in der Bibliothek oder im Esszimmer. Manchmal bat sie Alma, einen Liegestuhl in den Garten zu stellen, wo sie im Schatten der Apfelbäumen lag und in Zeitschriften blätterte. Mehrmals in der Woche fuhr sie mit dem Auto in die Stadt und kam mit Einkaufstüten aus Modegeschäften zurück.

«Was macht sie nur mit all den Kleidern? Sie bekommt nie Besuch. Die Dorfbewohner sind ihr nicht fein genug», sagte Alma einmal.

«Dann muss sie wirklich sehr einsam sein.»

«Selbst Schuld.»

Tuomas brauchte die Gesellschaft seiner Großmutter nicht. Er hatte Alma, Jaska und seinen Vater, mit dem er regelmäßig via Skype kommunizierte. Gerade skypte er mit ihm, als Oma plötzlich in seinem Zimmer stand.

«Da kommt Besuch, ich muss aufhören», sagte Tuomas und klappte seinen Laptop zu.

Oma setzte sich auf den Schreibtischstuhl, von dem Jaska sich im letzten Moment auf Tuomas Bett retten konnte. Tuomas unterdrückte ein Grinsen: Was würde Oma wohl sagen, wenn er ihr erzählte, dass sie den Mühlenelf fast platt gemacht hätte?

«Hast du mit deinem Vater gesprochen?», fragte sie.

Oma roch wieder nach Cognac.

«Ja.»

«Also fängst du hier in Arvola mit der Schule an?»

«Ja.»

«Hast du überhaupt ordentliche Kleidung? Die Kinder vom Gutshof Arkko laufen nicht in Lumpen herum.»

Oma Irmas Blick glitt abwertend auf Tuomas' Jeans, die am Knie zerrissen war – ein Modeaccessoire, das sie nicht verstand.

«Mein Vater hat alle meine Kleider und Bücher hierher gebracht. Ich habe alles, was ich brauche.»

«Alma sollte das überprüfen. Männer haben da keine Ahnung. Und Alma muss dich zum Friseur bringen. Du siehst aus wie ein Mädchen mit diesen langen Haaren. Für die Farbe kannst du leider nichts.»

Oma stand auf, seufzte «Na dann» und ging, ohne Tuomas noch einmal anzusehen.

Am ersten Schultag beobachtete Tuomas, wohin Mirandas Mutter ihre blinde, lockige Tochter brachte, und folgte ihnen durch den Flur. Einige bekannte Gesichter bewegten sich in die gleiche Richtung – darunter natürlich auch Mirko und seine «Bodyguards», wie Tuomas die beiden Jungen nannte, die sich an Mirko klammerten. Im Klassenzimmer setzte die Lehrerin Tuomas wieder in die erste Reihe zwischen Miranda und Mirko. Jeder Schüler hatte sein eigenes Pult, sodass die Sitzordnung für Gruppenarbeiten flexibel verändert werden konnte.

Tuomas warf Mirko einen kurzen Blick zu, woraufhin dieser die Zunge herausstreckte. «Warte nur…», dachte Mirko, und Tuomas spürte die stille Drohung. Doch er beschloss, sie zu ignorieren. Wenigstens war er froh, dass Alma ihn vor Schulbeginn zum Friseur gebracht hatte. Mit seinen kurzen, ordentlich geschnittenen roten Haaren gab es vielleicht weniger Anlass für Spott.

Der Vorfall am Strand hatte sich offenbar herumgesprochen, denn einige Schüler musterten Tuomas zu Beginn des Schultages misstrauisch. Er beschloss, sich so unauffällig wie möglich zu verhalten. Bis zum Biologieunterricht am Nachmittag verlief alles reibungslos. Die Lehrerin, Paula Puntanen – von den Schülern einfach Paula genannt – begann die Stunde mit einer Ankündigung zur Herbstlagerwoche. Die Klasse jubelte vor Begeisterung.

«Wir übernachten im Susiniemi Camp. Wir machen Wanderungen und lernen Pflanzen, Moose und Pilze kennen. Wer von euch kennt zum Beispiel–»

Tuomas streckte die Hand auf.

«Na, Tuomas? Was möchtest du fragen?»

«Maiglöckchen», sagte Tuomas.

«Wie bitte?»

«Maiglöckchen», wiederholte Tuomas.

«Das Maiglöckchen ist die Nationalblume Finnlands.»

Die Lehrerin sah ihn erstaunt an. «Woher wusstest du, dass ich das fragen würde?»

Im Raum herrschte absolute Stille, dann brachen die Schüler in schallendes Gelächter aus. Paula musste schließlich mit dem Zeigestock auf den Tisch schlagen, um Ruhe zu schaffen.

«Wie hast du eine Frage beantwortet, die ich noch gar nicht gestellt habe?»

Tuomas wäre am liebsten im Boden versunken. Was sollte er sagen? Er wusste selbst keine Erklärung. Die unausgesprochene Frage der Lehrerin war einfach in seinem Kopf aufgetaucht.

«Es ist nur … es ist mir einfach eingefallen.»

«Sehr bemerkenswert. Aber versuch bitte, ab jetzt erst auf Fragen zu antworten, wenn sie tatsächlich gestellt werden.»

22.

In der Pause zog sich Tuomas hinter die großen Kiefern auf dem Schulhof zurück, um allein zu sein. Nach dem peinlichen Zwischenfall im Biologieunterricht wollte er keine Gesellschaft. Aus seinem Versteck heraus beobachtete er, wie Mirko und seine Kumpane um die Fahrradständer hinter der Schule herumschlichen. Plötzlich schnappte sich einer von ihnen Tuomas' neues Fahrrad. Grinsend trugen die Jungs das Rad in Richtung Wald, obwohl es abgeschlossen war. Sie hoben es einfach an und schleppten es weg.

Der Trubel war am ersten Schultag so groß, dass weder die aufsichtführenden Lehrer noch die Schüler den Diebstahl bemerkten. In der Nähe der Schule floss ein Bach in durch einen tiefen Graben. Auf der Brücke, die über den Graben führte, hielten die Jungen an. Mit einem triumphierenden Grinsen hob Mirko das Fahrrad hoch und warf es in den Graben. Tuomas konnte die Jungen von seinem Versteck aus beobachten, wollte aber nicht eingreifen. Er wusste, dass es andere Wege gab, mit der Situation umzugehen.

Er spürte wieder die gleiche unkontrollierbare Kraft in sich aufsteigen, die ihn schon auf dem Steg erfüllt hatte. Die Jungs hatten es verdient. Wenn sie so sehr an seinem Fahrrad hingen, sollten sie es behalten!

Als das Fahrrad auf den Grund des Grabens fiel, konnte Mirko plötzlich seine Hände nicht mehr vom Lenker nehmen und wurde vom Gewicht des Fahrrads mitgerissen. Wasser spritzte hoch, und als sein Turnschuh auf einem glatten Stein ausrutschte, fiel Mirko kopfüber ins Wasser, das schwere Fahrrad noch immer auf sich ziehend. Von oben ertönte das höhnische Gelächter seiner Freunde, was Mirko nur noch wütender machte.

«Ihr Schafsköpfe! Idioten! Ich bin gestolpert!»

«Komm hoch, bevor jemand kommt!», rief einer der Jungen.

«Ich kann das Lenkrad nicht loslassen, meine Finger sind verkrampft. Zieht mich hoch!», fauchte Mirko.

Die Jungs bildeten eine Kette. Matias kletterte in den Graben hinunter und streckte die Hand nach Mirko aus. Der schwerere Väinö blieb oben auf der Brücke und sicherte Matias Hand, während er Mirko herauszog. Nach heftigem Fluchen standen schließlich alle drei wieder auf der Brücke – Mirko klatschnass und immer noch das Fahrrad fest umklammert.

«Satanskrampf!», fluchte Mirko wütend.

«Die Schule fängt bald wieder an. Wir müssen zurück, sonst merken die Lehrer etwas», sagte Väinö besorgt und wollte losgehen.

«Ihr lasst mich hier nicht allein!», rief Mirko verärgert.

Es war nicht zu befürchten, dass die Freunde Mirko verlassen würden, denn es stellte sich heraus, dass keiner von ihnen die Hände voneinander lösen konnte. Mirko hielt mit seiner rechten Hand den Lenker fest, während Matias Mirkos linke Hand umklammerte und Väinö wiederum Matias festhielt. Wären da nicht die erschrockenen Gesichter der Jungen gewesen, hätte man fast an drei unzertrennliche Freunde denken können, die einen ewigen Pakt geschlossen hatten.

Ihre merkwürdige Prozession – drei Jungen und ein Fahrrad – sorgte für großes Gelächter, als sie auf dem Schulhof ankamen. Einer der aufsichtführenden Lehrer trat hinzu, um herauszufinden, was los war. Mitfühlend sah er auf den tropfnassen Mirko herab.

«Wie ist das zu erklären?» fragte der Lehrer misstrauisch.

«Nun ja… jemand hatte das Fahrrad in den Straßengraben geworfen, und wir wollten es zurückholen», erklärte Matias schnell. «Wir wollten es zum Fahrradständer bringen, wahrscheinlich gehört es einem Schüler.»

«Gut gemacht, das ist löblich! Aber Mirko, du musst jetzt nach Hause gehen und dich umziehen, sonst erkältest du dich noch. So durchnässt kannst du nicht in den Unterricht kommen. Bleib den Rest des Tages zu Hause.»

Mit Hilfe seiner Freunde schob Mirko das Rad zurück in den Fahrradständer. In dem Moment, als es sicher abgestellt war, lösten sich seine Finger plötzlich vom Lenker, und auch die Hände der anderen Jungen trennten sich wie von selbst.

Die Schulglocke läutete und die Schüler stürmten ins Gebäude. Tuomas war einer der Letzten, denn er überprüfte, ob sein Fahrrad in Ordnung war.

In der Klasse warfen Mirkos Freunde heimlich misstrauische Blicke zu Tuomas, konnten sich aber keinen Reim auf den merkwürdigen Vorfall machen. Schließlich war Tuomas nicht in der Nähe gewesen, als sie das Fahrrad mitgenommen hatten. Tuomas selbst war tief erschüttert. Diese rätselhafte Kraft hatte ihn erneut überwältigt, und die Folgen hätten verheerend sein können. Mirko hätte sich schwer verletzen können, vielleicht sogar mit dem

Kopf auf einem Stein aufschlagen. Stattdessen war er «nur» erschrocken und klatschnass davon gekommen.

Doch welche Kraft war das? Woher kam sie? Tuomas hatte sich nie ernsthaft mit der Existenz von Himmel und Hölle beschäftigt, aber jetzt fragte er sich, ob er … besessen sein könnte? War er ein Werkzeug finsterer Mächte, vielleicht sogar des Teufels selbst? Engel schienen jedenfalls nicht im Spiel zu sein, denn alles Himmlische sollte doch positiv wirken. Aber jetzt hatte er schon zweimal Menschen verletzt, wenn er wütend wurde. Was, wenn er beim nächsten Mal etwas viel Schlimmeres anrichten würde – vielleicht sogar jemanden töten?

«Wenn ich doch nur mit jemandem reden könnte», dachte Tuomas verzweifelt. «Aber meinem Vater kann ich nichts sagen, er macht sich schon Sorgen um mich. Alma würde mich für verrückt halten. Oma kommt nicht in Frage... Vielleicht der Therapeut ... aber da gehe ich ja nicht mehr hin. Ich muss mit jemandem darüber sprechen, sonst werde ich wirklich noch verrückt».

23.

Nach der Schule ging Tuomas zur Windmühle. Sofort tauchte Jaska auf und setzte sich neben ihn auf die Treppe. Er spürte sofort, dass der Junge mit etwas zu kämpfen hatte, das er selbst im zwischen ihnen sonst so vertrauten Gedankenaustausch nicht klar ausdrücken konnte.

«Tuomas spuck's aus, was los ist», zischte Jaska schließlich.

«Na ja, ich glaube, ich bin ein bisschen verrückt.»

«Das ist doch jeder», antwortete Jaska trocken.

«Glaubst du an Engel und Teufel?»

«Was? Jaska hat lange gelebt, aber Engel und Teufel sind ihm nur in den Menschen begegnet. Manche waren beides. Warum fragst du sowas?»

Tuomas seufzte tief und begann von seinen Zweifeln zu erzählen – von den seltsamen Kräften, die ihn überwältigten und ihn Dinge tun ließen, die für einen normalen Menschen unmöglich waren. Jaska hörte aufmerksam zu und dachte nach.

«Jaska hat noch nie jemanden getroffen, der so mit ihm reden kann wie du. Aber obwohl du etwas Besonderes bist, glaubt Jaska nicht, dass du ein Teufel bist, nicht einmal ein kleiner. Aber was, wenn du ein Kobold wärst?»

«Das fehlt mir gerade noch! Ich bin ein Mensch», sagte Tuomas bestimmt.

Jaska konnte ihm zwar nicht wirklich helfen, aber das Gespräch erleichterte Tuomas ein wenig – auch wenn Jaska nur ein Mühlenelf war.

«Sag mal, warum redest du eigentlich wie ein kleines Kind? ‹Jaska will es so und Jaska glaubt es.› Kannst du nicht einfach sagen: ‹ICH mache das? ICH glaube das oder ICH glaube es nicht›?».

«Auf dem Gutshof wurden die Knechte immer mit dem Vornamen angesprochen. Also heißt es: Alma räumt jetzt auf und Jussi spannt das Pferd an. Und Jaska ist einer der Knechte. Wenn man sich einmal daran gewöhnt hat, kommt man nicht mehr raus. Jaska lernt nichts Neues mehr», erklärte der Elf.

«Warum haben sie das so gemacht?»

«Ich denke, die Herren wollten sich so über die Knechte stellen.»

«Für mich bist du kein Diener und kein minderwertiges Wesen, sondern ein echt guter Kerl. Ein Freund.»

«Niemand hat Jaska je einen Freund genannt...» Jaska wischte sich mit dem Ärmel über die Nase.

«Aber weinen brauchst du deswegen nicht, sonst nehme ich alles zurück», sagte Tuomas mit einem Lächeln.

24.

Kein Kind will etwas Besonderes sein, es will einfach nur wie alle anderen sein. Auch Tuomas wollte ein ganz normaler finnischer Junge sein. Zum Glück sah man ihm nicht an, dass er nur ein Halbfinne war. Seine Augen waren nicht schokoladenbraun wie die seiner Mutter und der restlichen italienischen Familie. Stattdessen hatte Tuomas saphirblaue Augen, wie viele Finnen. Und neben den blonden Finnen gab es in Finnland auch Rothaarige wie ihn.

In der Schule und im ganzen Dorf wusste niemand, dass Tuomas der Sohn einer Italienerin war. Sein Vorname Tuomas war durch und durch finnisch. Zwar etwas altmodisch, aber alte Namen waren wieder in Mode gekommen, sodass Jungen nun oft Hugo, Eino oder Onni hießen, und Mädchen Hilma, Helmi oder Sohvi.

Die nächsten Wochen in der Schule verliefen ohne Zwischenfälle, doch Tuomas fühlte sich weiterhin wie ein Fremdkörper sowohl in der Schule als auch im Dorf. Selbst seine Sprache unterschied ihn von den anderen. Der Slang der Hauptstadt klang anders als der Dialekt der Leute in Arvola. Sobald er den Mund aufmachte, spürte er die Gedanken der anderen (er konnte sie lesen, wenn er wollte): Aha, ein Stadtmensch. Aus Helsinki. Passt nicht hierher.

Immerhin hatte er seine Wut im Griff und war nie ausgerastet, auch nicht, als ihm in der Pause jemand die Mütze wegnahm und auf einen Ast des Vogelbeerbaums warf, wo sie tagelang blieb, bis der Wind sie herunterwehte.

Nicht einmal, als ihm jemand im Flur ein Bein stellte. Selbst die Hänseleien wegen Miranda, dass er in sie verliebt sei, brachten ihn nicht aus der Ruhe. Es stimmte zwar, dass Miranda trotz ihrer Blindheit ein bezauberndes Mädchen war, aber Tuomas sah sich nur als ihr Beschützer und bewunderte ihr außergewöhnliches Talent.

Wie konnte jemand nur mit den Fingerspitzen Buchstaben und Zahlen erkennen! Eigentlich brauchte Miranda keinen Schutz, weder von Tuomas noch von jemand anderem. Sie war im Dorf akzeptiert, und jeder kannte sie und ihre Mutter. Obwohl Miranda schön war, waren die anderen Mädchen nicht eifersüchtig auf sie, denn sie wussten, dass Miranda sich nie im Spiegel betrachtete, nie stolz auf ihr Aussehen war und sich nie mit anderen vergleichen konnte. Selbst die Jungen, selbst die schlimmsten, gingen mit Miranda vorsichtig um: Wie konnte man jemandem einen Streich spielen, der sich nicht verteidigen konnte und den Angreifer nicht einmal sah?

25.

In Arvola gab es kein Hallenbad. Da Schwimmunterricht Teil des Sportunterrichts war, fuhren zwei Klassen alle zwei Wochen mit dem Bus in die Schwimmhalle der Stadt. Tuomas liebte den Schwimmunterricht, weil er im Wasser fast genauso gut war wie die anderen Jungen. In der Schulturnhalle musste er viele Übungen auslassen, weil er seinen durch den Unfall geschwächten Körper nur langsam trainieren durfte. Der Sportlehrer ließ ihn auf der Bank sitzen, während die anderen an den Ringen oder der Sprossenwand turnten oder Übungen auf auf dem Bock übten. Tuomas' Knochen durften nicht erneut brechen, und auch seine Muskeln waren noch zu schwach und unflexibel, nachdem er so lange im Krankenbett gelegen hatte.

Bevor die Schüler das Schwimmbecken betraten, mussten sie alle losen Gegenstände wie Uhren, Schmuck und Anhänger ablegen, die ins Wasser fallen und vom Beckenablauf angesaugt werden könnten. Tuomas steckte seine Uhr und den Steinanhänger, den er von seiner Nonna bekommen hatte, in eine Socke und stopfte diese in seinen Schuh. Auch nachts trug Tuomas den Anhänger um den Hals, weil er das Gefühl hatte, damit wenigstens einen geliebten Menschen bei sich zu haben.

Als Tuomas nach dem Schwimmunterricht in die Umkleidekabine zurückkehrte, fand er seine Schuhe ordentlich nebeneinander unter der Bank stehen, doch in der Socke steckte nur noch die Uhr. Der Anhänger war verschwunden.

«Wer hat meine Sachen geklaut?», rief Tuomas empört. Die Jungs in der Umkleide schauen sich an und zucken mit den Schultern. Keiner wollte etwas bemerkt haben. Tuomas sah jedoch, wie Väinö heimlich in Mirkos Richtung schielte, und er war sich ohnehin sicher, dass nur Mirko der Dieb gewesen sein konnte. Aber wie sollte er das beweisen? Er konnte ja schlecht Mirkos Sachen durchsuchen oder es dem Lehrer melden. Verzweifelt durchsuchte er alle Umkleiden, doch der Anhänger blieb verschwunden. Das machte ihn sehr traurig, denn es war sein einziges Andenken an seine Nonna.

Als die Klasse in der Eingangshalle des Schwimmbades auf den Bus wartete, sagte plötzlich jemand: «Hier riecht es verbrannt». Alle schnupperten, bis plötzlich ein Schrei ertönte:

«Hey Mirko, aus deiner Hose kommt Rauch! Mirkos Hintern brennt!»

Alle lachten, nur Mirko schrie vor Schmerz:

«Es brennt! Was brennt denn an mir?»

Er sprang auf der Stelle und schlug mit seiner Hand auf seine Hosentasche, aus der es nach verschmortem Stoff roch und immer dichterer Rauch aufstieg. Schließlich schlüpfte Mirko aus seiner Hose, griff nach den Hosenbeine und schüttelte sie heftig. Der Rauch breitete sich weiter aus. Plötzlich flog ein Gegenstand aus der Hosentasche auf den Boden – Tuomas' Anhänger. Mirko stürzte sich im Schutz der Rauchwolke auf den Anhänger, bevor die anderen es merkten und realisierten, dass er der Dieb war. Doch kaum hatte er den Anhänger in seiner Hand versteckte, schrie er erneut auf und warf ihn weit weg.

«Das verdammte Ding glüht wie heiße Kohle!»

Die anderen Schüler vergaßen Mirko in seiner Unterhose und scharten sich um den unschuldig aussehenden Steinanhänger. Ein großer Junge aus der Parallelklasse versuchte lachend, den Anhänger zu packen, musste ihn aber wieder loslassen, weil der Stein auch ihn verbrannte und er seine schmerzenden Finger lecken musste. Keiner traute sich mehr, den Stein anzufassen. Tuomas schob sich durch die Reihen, bückte sich, um seinen Anhänger aufzuheben, zog ihn über den Kopf und ließ den Stein durch die Öffnung seines T-Shirts auf seine nackte Brust gleiten.

«Was ist hier los?», ertönte die Stimme des Lehrers hinter ihm.

«Alle in Doppelreihe raus! Der Bus wartet.»

Niemand wollte neben Mirko im Auto sitzen, denn um ihn herum hing immer noch ein Hauch von beißendem Rauch. Aus irgendeinem Grund blieb auch der Platz neben Tuomas leer. Tuomas schloss während der Rückfahrt die Augen und genoss die Kühle des Anhängersteins auf seiner Haut.

26.

Die Zeit des Herbstschullagers war gekommen. Die Klasse würde eine Woche lang in einem kleinen Camp auf einer Halbinsel verbringen, Pflanzenproben im Wald sammeln und untersuchen und abends am Lagerfeuer sitzen – insgesamt eine entspannte Schulwoche, auch wenn die Schulbücher mitgenommen wurden. Neben der Klassenlehrerin begleiteten drei weitere Erwachsene die Gruppe – Mias Mutter, eine ausgebildete Naturführerin, Mirandas Mutter und Kais pensionierter Großvater, der sich um das Brennholz kümmerte. Das Frühstück und Abendessen wurden vor Ort zubereitet, während die anderen Mahlzeiten von der städtischen Schulküche geliefert wurden. Angesichts der verschiedenen Ernährungsbedürfnisse – Vegetarier, Veganer, Gluten-, Laktose- und Erdnussallergiker – wären die Begleitpersonen ansonsten überfordert gewesen.

Die Schüler waren überzeugt, dass vier Erwachsene, nicht verhindern könnten, dass während der Campwoche heimlich mit Smartphones und Laptops gespielt wird. Doch es kam anders. Als der Bus die holprige Waldstraße hinter sich ließ und das Lagerzentrum erreichte, sammelten die Lehrerin und Mias Mutter beim Aussteigen alle Telefone, Laptops und Spiele ein. Alles wurde in gelbe Müllsäcke gesteckt und mit Namen beschriftet. Empörte Proteste verhallten schnell, denn Frau Puntanen genoss großen Respekt, mehr noch als ihre männlichen Kollegen. Es war bekannt, dass sie in ihrer Freizeit Karate trainierte, an Schießwettbewerben teilnahm und lange Wanderungen mit schwerem Rucksack in Kuusamo unternahm. Sie hatte sich sogar freiwillig zum Wehrdienst gemeldet, diesen aber abgebrochen, weil sie es leid war, immer um Hilfe bitten zu müssen, wenn sie mit ihrer knapp eineinhalb Meter großen Statur etwas aus hohen Schränken holen musste.

Paula Puntanen erklärte den Schülern die Lagerregeln: «Wir sind jetzt in der Natur. Hier gibt es genug zu tun für eine Woche. Im Notfall könnt ihr mein Handy benutzen, und eure Eltern können mich direkt anrufen, wenn etwas zu Hause ist. Wir sind nicht auf dem Mond – Arvola ist nur ein Dutzend Kilometer entfernt.

Alle brachten ihre deutlich leichteren Rucksäcke und Schlafsäcke zu ihren Etagenbetten. Die Mädchen und Jungen hatten getrennte Schlafräume, die Gruppenleiter zwei eigene Zimmer. Opa Kuitunen bekam ein kleines Zimmer, während das andere von Mirandas und Mias Müttern sowie der Lehrerin bewohnt wurde.

«Während der Lagerwoche werden wir uns mit Pilzen und Moosen im Wald beschäftigen», begann Paula Puntanen, als alle im Aufenthaltsraum auf den Bänken Platz genommen hatten

«Welche Pilze kennt ihr schon?»

«Den Fliegenpilz.»

«Dummkopf, der ist giftig», rief jemand.

Damit endete das Pilzwissen der Klasse. Im Laufe der Woche würde es noch viel zu lernen geben.

Die Schülerinnen und Schüler würden die gefundenen Pilze und Moose mit Lupen und Mikroskopen untersuchen, die Informationen mit dem Lexikon vergleichen und in ihre Arbeitsblätter eintragen. Die Lehrerin und Mias Mutter würden die Kinder in den Wald führen, während Mirandas Mutter und Opa Kuitunen im Lagerhaus blieben und sich um das Camp und die Verpflegung kümmerten.

Bevor es in den Wald ging, gab Mias Mutter, die Naturführerin, eine kurze Einführung:

«Ihr seid jetzt Detektive auf Verbrecherjagd. Zuerst müsst ihr den Verdächtigen aufspüren, dann müsst ihr ihn fangen und schließlich herausfinden, wer er ist. Hat er helle, braune, gelbe, gefleckte oder gestreifte Haut? Hat er dünne oder dicke Füße? Ist sein Kopf rund, trichterförmig, vielleicht sogar faltig oder behaart? Stinkt er? Schmeckt er schlecht, wenn man hineinbeißt? Es gibt Tausende von Pilzarten in Finnland, und ich hoffe, dass wir diese Woche einige davon kennen lernen.»

Sie betonte, dass man die Pilze nicht aus dem Boden reißen darf, sondern sie vorsichtig drehen muss, um das Myzel nicht zu beschädigen. Das Myzel versorgt die umliegenden Bäume mit Nährstoffen, während die Bäume den Pilzen Zucker liefern – eine seltsame, aber entscheidende Freundschaft für das Wachstum des Waldes.

Die blinde Miranda konnte sich nicht an der Suche beteiligen, saß aber gemütlich unter den Bäumen, während die anderen Proben sammelten.

Nach der ersten Sammelrunde wurde die «Beute» vorsichtig auf Gartentische im Camp ausgeschüttet, um die einzelnen Pilze zu bestimmen. Dass dies so schwierig sein könnte, hatten die Schülerinnen und Schüler nicht erwartet. War der Pilz gewölbt, trichter- oder glockenförmig, walzenförmig, flach oder spitz? Hatte die Unterseite Lamellen, Stacheln oder Röhren? Enthielt der Pilz Flüssigkeit, und wenn ja, welche Farbe hatte sie – weiß, gelb, orange, rot oder farblos?

In den Pilzbüchern suchten die Schüler nach passenden Namen für ihre Funde. Die Namen waren so amüsant, dass die Schüler ihre eigentliche Aufgabe schnell vergaßen und begannen, sich gegenseitig nach Pilzen zu benennen.

«Hei, Väinö ist ein Flaschenstäubling! So rund.»

«Du selbst bist ein Kuhmaul!»

«Tuomas ist ein Rötling!»

Das war zu erwarten. Jetzt war das Lernen vorbei. Es war abzusehen, dass der Unterricht nun zu einem ausgelassenen Spiel wurde. Namen und Gelächter flogen nur so hin und her, bis Paula die Idee hatte, dass jede Tischgruppe die fünf lustigsten Namen und zusätzlich den längsten Namen, den sie im Pilzführer finden konnten, auf einen Zettel schreiben sollte. Die Gewinner sollten ein Eis bekommen.

Paula hatte ihre Schüler noch nie so begeistert bei einer Aufgabe gesehen. Die Pilzführer wurden so eifrig durchgeblättert, dass die Seiten fast aus den Büchern flogen, während die Schüler Wörter kritzelten, lachten und miteinander plauderten. Am Ende der 15-minütigen Wettbewerbszeit durfte jede Gruppe ihre Namensvorschläge vorlesen. Alle hatten so lustige Namen, dass es keinen eindeutigen Sieger gab – also bekamen alle ein Eis.

Der längste Name war suippumyrkkyseitikki, (cortinarius speciosissimus). «Sieht ganz hübsch aus, ist orangerot, riecht nach nichts, schmeckt nach nichts, ist aber tödlich giftig», erklärte die Lehrerin und zeigte auf das Bild. Alle waren erleichtert, dass sie kein solches Exemplar gefunden hatten.

Der Tag endete mit einem gemütlichen Grillabend. Tuomas hatte das Gefühl, dass Mirko und seine Freunde etwas Unangenehmes mit ihm vorhatten. Als er sich schlafen legte, kam ein seltsamer Geruch aus seinem Bett. Er hob sein Kopfkissen an: Zwischen Matratze und Schlafsack steckte ein orange-roter Pilz. Natürlich. Tuomas drehte die Matratze einfach um und legte sich schlafen – aber nicht, bevor er eine kleine Gegenmaßnahme ergriffen hatte.

Am nächsten Morgen beim Frühstück zeigte Mirko keine Anzeichen von Schadenfreude. Vielleicht lag es daran, dass sich das Pilzmus, das Tuomas unter seinem Kopfkissen gefunden hatte, in der Nacht auf mysteriöse Weise in Mirkos Schlafsack bewegt hatte.

Nach dem Frühstück machte sich die Klasse auf die Suche nach Moosen und Flechten. Über Moose wussten die Schüler noch weniger als über Pilze – bisher war Moos für sie nur ein weicher Teppich zwischen den Bäumen.

Die Lehrerin erklärte: «Moose sind wahre Superhelden der Pflanzenwelt. Sie können sowohl im Wasser als auch an Land leben, auf Baumstämmen, Felsen und sogar auf blankem Eis. Sie trotzen Trockenheit, Hitze, Frost, Umweltgiften und sogar radioaktiver Strahlung. Moose eroberten die Erde vor 450 Millionen Jahren, lange bevor andere Pflanzen auftauchten. Sie waren also lange vor uns hier und werden wohl auch noch lange nach uns auf der Erde existieren. Es sind 250'000 Arten bekannt, von denen mindestens 884 in Finnland vorkommen. Wissenschaftler planen, eine bestimmte Moosart auf mehrjährige Weltraummissionen mitzunehmen, um daraus Medikamente für Astronauten herzustellen. Vielleicht könnte es sogar auf dem Mond oder dem Mars überleben.»

Als die Schülerinnen und Schüler nach einigen Stunden mit ihren Betreuern ins Camp zurückkehrten, gab es nur einen kleinen Zwischenfall: Der schwerfällige Väinö war bis zu den Knien im Sumpf stecken geblieben und musste herausgezogen werden. Dabei hatte er eine Handvoll Torfmoos erwischt.

Kaum saßen die Schüler an ihren Arbeitstischen, hatte Mirko auch schon eine Frage. «Hei Paula, suchen wir heute wieder lustige Namen?»

«Willst du wieder Eis?» fragte Paula mit einem Lächeln.

«Ja, aber die Namen sind einfach zu komisch,» antwortete Mirko.

Die Erlaubnis kam und im Nu war die Klasse voller Eifer und Freude beim Suchen.

«Hei, das ist gut: Wimpern-Krause! Elli, du bist eine Wimpern-Krause!»

Nach einer Viertelstunde waren die Listen voll. «Wer denkt sich denn solche Namen aus? Der spinnt doch,» meinte jemand.

Bevor es zur Preisverleihung ging, hatte Mirko noch eine Frage: «Ist das Fluchen oder Verspotten, wenn man Menschen solche Namen gibt?»

Paula Puntanen überlegte kurz. «Ich glaube nicht, dass Pflanzennamen jemanden beleidigen können. Es gibt viele Mädchen, die zum Beispiel Lilie oder Rose heißen.»

Es hätte sich gelohnt, länger darüber nachzudenken, denn ihre Antwort löste einen solchen Sturm aus, dass sie später in der Schule noch die Konsequenzen spüren sollte.

«Hei, in diesem Fall ist Mias Mutter ein klarer Birkenlochschwamm!»

Daraufhin hagelte es Namen für das gesamte Lehrerkollegium, über die später noch lange auf den Schulfluren gekichert wurde. Paula konnte ihre aufgeregte Klasse nur mit Mühe – und Eis – beruhigen. Vorsichtshalber sammelte sie alle Pflanzenführer ein. Nach dem Mittagessen standen Mathematik und Englisch auf dem Programm, und gegen Abend beruhigte sich die Stimmung schließlich.

Am Abend verkündete Opa Kuitunen stolz, dass er die Strandsauna aufgeheizt hatte. «Es ist verdammt heiß!», prahlte er.

Die Mädchen zögerten und beschlossen, erst nach den Jungs in die Sauna zu gehen, wenn es etwas abgekühlt war. Das Lager war so altmodisch, dass es im Hauptgebäude keine Duschen gab. Der Warmwasserboiler lieferte genug heißes Wasser nur für die Küche. Die Jungs wollten ihren Mut in der Sauna unter Beweis stellen, vor allem, wenn man nach dem heißen Saunagang in den See springen musste und das Wasser schon eiskalt war.

«Mal sehen, was das Stadtleder aushält», grinste Mirko. Jeder wusste, dass Tuomas in Helsinki aufgewachsen war. Zum Glück wusste niemand, dass Tuomas nicht wirklich viel Saunaerfahrung hatte. Die Wohnung in Helsinki hatte keine eigene Sauna, und die Gemeinschaftssauna im Keller des Hauses gefiel Tuomas' Eltern nicht. Irgendwann im Schwimmbad hatte sich Tuomas einmal kurz mit seinem Vater auf die Saunaliege gesetzt, aber die Gesellschaft schwitzender Fremder war ihm unangenehm, sodass er schnell wieder verschwand. In La Colombaia und Italien kannte man keine Sauna. In Arkko benutzte man nur das Bad und die Dusche.

Tuomas antwortete Mirko nicht, holte nur sein Handtuch aus dem Rucksack und ging hinter den anderen in die Strandsauna. Die Hitze würde er schon aushalten, schließlich war seine Haut zumindest halb finnisch.

Im Vorraum zogen sie sich aus. In die finnische Sauna geht man nackt, nur Touristen bedecken ihren Intimbereich mit Badekleidung, obwohl so ein enges Kleidungsstück aus Kunstfaser beim Schwitzen sehr unangenehm ist. Für die Jungs war die Nacktheit also kein Prüfstein, stattdessen waren die Sitzlatten unter dem nackten Hintern so heiß, dass selbst das Sitzen Grimassen verursachte.

Alle zehn – Tuomas, Mirko, Matias, Huugo, Väinö, Onni, Toivo, Ville, Jesse und Roope – hockten oben auf der langen Liege wie Hühner auf der Stange. Mirko saß am nächsten zum Saunaofen und war für den Aufguss zuständig. Opa Kuitunen hatte die Sauna ordentlich eingeheizt.

Schon der erste Schöpflöffel Wasser erzeugte eine riesige Dampfwolke, die die Badenden einhüllte und fast alle dazu zwang, sich tiefer zu bücken. Alle außer Mirko und Tuomas. Mirko grinste verschmitzt und warf die nächste Kelle Wasser auf die heißen Steine. Wieder füllte heißer Dampf die Sauna. Die Jungs saßen gebückt, schützten ihre Gesichter mit den Handflächen und versuchten gar nicht erst, sich aufzurichten. Mirko starrte Tuomas grimmig an.

«Ich glaube, der Typ ist in der Sauna geboren und auf dem Saunaofen aufgewachsen», sagte er und musste allein über seinen Witz lachen.

Noch eine Schöpfkelle und die Gruppe setzte sich in Bewegung.

«Du verbrennst uns in dieser Hölle!»

«Das hält kein Teufel aus!»

«Willst du uns alle umbringen?»

Die ersten stürmten durch die Tür in den kühlen Saunavorraum und weiter zum Strand. Bis in die Sauna war das Geschrei zu hören, als die Jungs ins kalte Wasser stürzten. Auf der Liege saßen außer Mirko und Tuomas noch Huugo, Matias und Väinö, der so dick war, dass die Wärme nicht durch seine dicke Haut drang.

«Nur die Schwachen fallen auf dem Weg des Lebens», zitierte Mirko ein altes Sprichwort und warf wieder eine Portion Wasser auf die Ofensteine. Auf den Pritschen keuchte und schnaufte es. Der Temperaturmesser an der Wand zeigte über hundert Grad, und das spürte man auf der Haut. Mirko starrte Tuomas an, der regungslos dasaß.

«Ihr müsst nicht hier bleiben, wenn euch schwindelig wird», sagte Mirko zu seinen Freunden. «Du kannst auch gehen, Väinö. Das ist eine Sache zwischen mir und dem verdammten Tuomas.»

Väinö, Matias und Huugo brauchten keine weiteren Anweisungen. Sie rannten nicht zum Ufer, sondern blieben im Saunavorraum, um den weiteren Kampf hinter der Wand zu verfolgen.

«Hält das Stadtleder noch?»

Besorgnis schwang in Mirkos Stimme mit, vielleicht wegen sich selbst.

«Kein Problem. Schön warm hier», bemerkte Tuomas.

Und das war nicht einmal gelogen. Er wusste nicht, warum es so war, aber die Hitze fühlte sich nicht unangenehm oder bedrohlich an. Die heiße Luft in der Sauna streichelte eher seine Haut und brannte auch nicht beim

Atmen. So etwas hatte er noch nie erlebt und wunderte sich, warum die anderen den Dampf mieden.

Mirko warf Tuomas einen finsteren Blick zu und goss eine weitere Kelle Wasser auf die Ofensteine – und gleich noch eine. Die aufsteigende Dampfwelle war so intensiv, dass sogar Mirko sich kurz nach vorne beugen musste. Doch Tuomas blieb gelassen, richtete sich noch aufrechter hin und legte die Arme entspannt auf die Rückenlehne.

«Es ist bequemer, wenn man mehr Platz hat», bemerkte er ruhig, ohne Mirko anzusehen.

Nach ein paar qualvollen Minuten sprang Mirko plötzlich auf und schrie: «Verdammt, bist du überhaupt ein Mensch?»

Er schnappte sich einen Wassereimer und kippte den gesamten Inhalt auf einmal auf die Steine, die knackten, splitterten und ächzten – doch als sich die gewaltige Dampfwelle in der Sauna ausbreitete, war Mirko schon im Vorraum und knallte die Tür hinter sich zu.

Die anderen Jungs starrten auf die geschlossene Saunatür und erwarteten, dass Tuomas jeden Moment halbtot hinauswanken würde – oder dass sie ihren bewusstlosen Mitschüler aus der Sauna schleppen müssten. Schließlich wollten sie keine Mörder sein, sondern Helden.

Minuten vergingen, vielleicht fünf oder sogar mehr, doch die Zeit schien unendlich langsam zu verstreichen.

«Wir müssen ihn holen», flüsterte Väinö nervös.

«Wenn er stirbt, kommen wir ins Gefängnis,» fügte er hinzu.

«Wir sind minderjährig und kämen höchstens in eine Erziehungsanstalt», korrigierte Matias.

Noch ein paar bange Minuten verstrichen, dann sprang Mirko plötzlich auf, rannte zur Saunatür und riss sie auf. Die anderen folgten ihm dicht auf den Fersen. Tuomas saß immer noch auf der Saunaliege, die Augen geschlossen. Als er die Jungs im Türrahmen bemerkte, öffnete er langsam die Augen und sagte ruhig:

«Von mir aus könnt ihr weitermachen. Es ist genug Hitze für alle da. Ich glaube, ich gehe jetzt schwimmen.»

Er stand langsam auf, stieg von der Liege und ging hinaus. Die vier Jungs blieben im Vorraum zurück, stumm und verwirrt, selbst Mirko fand keine Worte mehr. Sie starrten sich nur schweigend an.

Nach einer Weile murmelte Mirko schließlich: «Lass uns auch zum See gehen.»

Auf dem Weg zum See begegnete Tuomas Onni, Toivo, Ville, Jesse und Roope, die bereits auf dem Rückweg zur Sauna waren.

«Brrr ... das Wasser war verdammt kalt! Es fühlte sich an, als ob man in ein Eisloch gesprungen wäre,» erzählte einer von ihnen.

«Du hast doch keine Ahnung von Eislöchern.»

«Doch! Ich bin mal mit Schlittschuhen durchs Eis gebrochen.»

«Blödmann, das ist nicht dasselbe. Aber lass uns schnell zurück in die Sauna gehen, solange die beiden Verrückten nicht wieder da sind.»

Tuomas ging an ihnen vorbei zum Wasser, schwamm eine Runde und kam gerade aus dem Wasser, als er die Schatten von vier Jungen in der Dunkelheit sah, die sich an den Händen hielten und offenbar gemeinsam vom Steg springen wollten. Kurz darauf hörte er ein lautes Platschen, als das Quartett ins Wasser sprang. Tuomas ging zurück in die Sauna, um sich umzuziehen.

«Wer ist da gerade zum Steg gerannt?», fragten die Jungs im Vorraum.

«Mirko, Matias, Huugo und Väinö», antwortete Tuomas.

«Ist Väinö auch gesprungen?», fragte Onni besorgt.

«Sie sind zusammen gerannt und gesprungen und Väinö hat wahrscheinlich einen Tsunami ausgelöst», scherzte Tuomas.

«Väinö kann doch gar nicht schwimmen!»

In diesem Moment wurde Tuomas klar: Wenn die drei Freunde Väinö nicht über Wasser hielten, könnte er ertrinken. Ohne zu zögern, drehte er sich um und rannte den Weg hinunter zum Strand, die anderen folgten ihm dicht auf den Fersen.. Aus der Dunkelheit tauchten drei nackte, lachende Jungen auf: Mirko, Matias und Huugo.

«Wo ist Väinö?» rief Tuomas besorgt.

«Der kommt bestimmt gleich. Er ist etwas langsamer,» antwortete einer der Jungen.

«Er kann nicht schwimmen. Habt ihr nach dem Sprung seine Hand losgelassen?»

«Der Griff hat nicht gehalten... oh verdammt – Väinö!»

Die ganze Gruppe rannte zum Strand. Die Herbstnacht war dunkel, der Himmel wolkenverhangen und das Wasser schwarz. Die Jungen riefen nach Väinö und starrten auf die Wasseroberfläche – aber es war nichts zu sehen und nichts zu hören.

Auch Tuomas konnte Väinös Kopf nirgends entdecken, aber er erinnerte sich an die Stelle, an der die Jungen zusammen vom Steg gesprungen waren. Ohne zu zögern sprang er ins Wasser und tauchte unter. Auf dem Steg regte sich etwas, dann hörte er ein Platschen: Mirko und Matias waren ebenfalls ins Wasser gesprungen, um nach Väinö zu suchen. Keiner von ihnen war ein besonders guter Taucher, aber sie hielten tapfer die Luft an und suchten den Grund ab. Als sie wieder auftauchten, stießen sie zusammen.

«Väinö?» – «Väinö?» «Nein, hier ist nur Mirko. Ich konnte nichts finden.»

«Ich auch nicht. Verdammt!»

Auch Tuomas verlor langsam die Hoffnung, denn auf dem Grund des Sees war von Väinö nichts zu sehen, obwohl er als Nichtschwimmer eigentlich hätte untergehen müssen. Dann bemerkte er, dass unter dem Steg im tiefen Wasser zwei Beine zappelten, gefolgt von einem bleichen menschlichen Körper. Väinö hatte sich mit aller Kraft am Ring zur Bootsverankerung festgehalten. Nur sein Gesicht ragte knapp aus dem Wasser – er sah aus wie eine Wasserratte, von der man beim Schwimmen nur Augen und Nasenlöcher sieht. Als Tuomas neben ihm auftauchte und seinen Rücken berührte, erschrak Väinö so sehr, dass er den Griff losließ und unterging. Tuomas packte ihn schnell, zog ihn wieder an die Oberfläche und begann, ihn wie ein großes Walbaby ans Ufer zu schleppen. Dort zog er Väinö aus dem Wasser.

«Väinö ist da!», rief er, und bald war die ganze Suchgruppe um die beiden versammelt.

«Lebt er?» «Kann ihn jemand wiederbeleben?» «Holt Puntanen und die Erwachsenen.»

«Auf keinen Fall, sonst kriegen wir nur Ärger!»

Onni hatte bereits begonnen, rhythmisch auf Väinö's Brustkorb zu drücken. Onni gehörte zur Jugendabteilung der Dorffeuerwehr, und dort lernten sie künstliche Beatmung, denn auch Opfer von Rauchvergiftungen mussten manchmal wiederbelebt werden. Gerade als Onni ihm Luft in den Mund blasen wollte, regte sich Väinö und murmelte: «Du brauchst mich nicht zu knuddeln». Ein erleichtertes Lachen erklang über den dunklen Strand. Väinö grinste, setzte sich und murmelte: «Ich glaube, ich sollte wirklich schwimmen lernen.»

«Aber wie bist du überhaupt zum Steg zurückgekommen, wenn du nicht schwimmen kannst?» fragte einer der Jungs.

«Ich glaube, Tuomas hat ...» Väinö stoppte plötzlich, als ihm die seltsamen Augen einfielen, die er unter dem Steg in der Dunkelheit gesehen hatte. Zwei rotglühende Punkte. Ein Schauer lief ihm über den Rücken, und das lag nicht nur an der Kälte.

Als sich alle fertig angezogen hatten, sagte Mirko bestimmt: «Darüber reden wir nicht.»

Die Lehrerin und die anderen Erwachsenen waren sichtlich überrascht über das ungewöhnliche Schweigen der Jungen, als diese aus der Sauna zurückkehrten.

Später, als Tuomas in seinem Bett lag, dachte er über Mirkos Frage nach: "Bist du überhaupt ein Mensch?» Natürlich war er ein Mensch – er hatte Hunger, Durst, wurde müde und musste zur Toilette. Aber dann kam ihm in den Sinn, dass auch Jesus ein Mensch war und gleichzeitig Gott oder zumindest Gottes Sohn, oder was auch immer. Wie konnte man beides zugleich sein? Tuomas begann zu zweifeln. Etwas stimmte nicht mit ihm. Wenn er kein Mensch war, was war er dann?

27.

In der Nacht hatte es stark geregnet, und der Wald war am Morgen noch nass. Deshalb ordnete Puntanen für den Vormittag normalen Unterricht an. Nach dem Mittagessen sollte Großvater Kuitunen, ein leidenschaftlicher Angler, den Schülern etwas über die finnischen Fische erzählen, und vielleicht würde man sogar angeln gehen. Am späten Abend war dann noch ein Überraschungsprogramm geplant.

Im Laufe des Vormittags verzogen sich die Wolken, und das Wetter wurde zunehmend sommerlicher, fast schwül. Die Angler hatten jedoch keinen Erfolg. «Vor Gewittern beißen die Fische nicht an», erklärte Großvater Kuitunen.

Von dem Überraschungsprogramm am Abend versprachen sich die Schüler mehr. Mirandas Mutter musste jedoch gegen Abend nach Hause. Sie hatte Hühner, die eine ältere Nachbarin füttern sollte, aber Anneli Mattila traute der leicht dementen Frau nicht ganz. Zum Glück hatte sie ihr eigenes Auto ins Camp mitgenommen, falls es einen Notfall geben sollte und jemand zum Arzt oder ins Krankenhaus musste.

Nach dem Abendessen verriet Puntanen schließlich die Überraschung: «Heute Abend machen wir eine Nachtwanderung in den Wald. Wir gehen in drei Gruppen, jede mit einem Erwachsenen als Anführer. Leider kann Mirandas Mutter nicht mitkommen. Ihre Nachbarin ist gestürzt und hat sich etwas gebrochen. Mirandas Mutter musste sie ins Krankenhaus bringen. Ich habe ihr versprochen, dass wir uns um Miranda kümmern, damit ihre Mutter nicht mitten in der Nacht zurückkommen muss.

Die Lehrerin fuhr fort: «Jede Gruppe entfernt sich mindestens einen Kilometer vom Lagerzentrum. Wir setzen uns irgendwo im Wald hin, bleiben ganz still und lauschen, was nachts dort passiert. Welche Tiere bewegen sich in der Dunkelheit? Welche Geräusche sind zu hören? In kleinen Gruppen sind wir leiser. Die Gruppenleiter dürfen Taschenlampen mitnehmen, die wir am Zielort auslöschen. Am nächsten Morgen soll jeder aufschreiben, was er in der Nacht erlebt hat.

«Was ist, wenn es hier Wölfe gibt?», fragte jemand zögerlich.». «Diese Halbinsel heißt doch Susiniemi, Wolfsinsel.»

«Hier gibt es keine Wölfe... und selbst wenn, Wölfe haben Angst vor Menschen», beruhigt Mias Mutter die Gruppe.

Nach dem Abendessen spielten die Kinder Brettspiele, bis der Wald um das Lagerhaus dunkel und unheimlich wurde. Der Himmel war wieder von schwarzen Wolken bedeckt.

«Es ist so drückend. Hoffentlich gibt es kein Gewitter», murmelte Großvater Kuitunen, der zum Gruppenleiter befördert worden war.

«Nicht im September», antwortete die Lehrerin optimistisch.

Die Gruppen machten sich auf den Weg, die Rückkehr war für Mitternacht geplant. Innerhalb einer halben Stunde hatten sich alle drei Gruppen weit genug vom Lagerzentrum und voneinander entfernt. Jede Gruppe fand einen geeigneten Platz und setzte sich unter die Bäume, um das nächtliche Leben im Wald zu beobachten. Gerade als sie sich an die Stille gewöhnt hatten – einige waren schon fast eingeschlafen – erhellte plötzlich ein greller Blitz den Himmel, gefolgt von einem zweiten und dritten. Ein Windhauch erhob sich in den Espenwäldern, der sich bald zu einem lauten Brausen steigerte und den Wald erfüllte. Ein dumpfes Grollen erfüllte die Luft, und die ersten schweren Regentropfen fielen durch die Baumkronen auf den Boden.

Bei einem Gewitter im Wald zu sein, war gefährlich – das wussten alle Erwachsenen, die für die Schüler verantwortlich waren, und nun tobte fast ein Orkan durch den Wald. In allen Gruppen wurde entschieden, sofort ins Camp zurückzukehren. Die Kinder liefen aufgeregt hin und her, die Gruppenleiter schwenkten ziellos ihre Taschenlampen. In der Dunkelheit wurde geweint und geflucht, als die Schüler über Baumwurzeln und Steine stolperten oder gegen Äste prallten.

Nach und nach sammelten sich die Verirrten um die Lichtkegel der Taschenlampen, und der Rückweg konnte beginnen. Alle paar Minuten erhellten Blitze den Himmel, fast ununterbrochen donnerte es. Der Wind heulte in den Ästen, die großen Bäume schwankten bedrohlich, und irgendwo in der Dunkelheit hörte man das Krachen von fallenden Bäume. Es regnete in Strömen, und niemand hatte einen Regenschutz dabei. Alle hatten sich in T-Shirts und kurzen Hosen in das nächtliche Abenteuer gestürzt und waren nun bis auf die Haut durchnässt.

«Wie kriegen wir die alle wieder trocken?», dachte Paula besorgt. «Die Kinder müssen morgen sofort nach Hause, sonst wird die ganze Klasse krank.»

Schon von weitem erhellten die Außenlichter des Camps die Dunkelheit. Aus drei Richtungen durchdrangen Lichtpunkte die Nacht, während alle fluchend, lachend und schreiend auf das erleuchtete Gebäude zuliefen – der Schreck war bereits überwunden. Es war ein Abenteuer, das sie so schnell nicht vergessen würden!

Als sich alle in der großen Aula versammelt hatten, rief die Lehrerin alle Namen auf, um sicherzustellen, dass niemand fehlte.

«Wo ist Miranda?», fragte Mia besorgt. Die Lehrerin blickte auf die durchnässte Gruppe am Boden, doch Mirandas blonder Lockenkopf war nirgends zu sehen.

«Habt ihr sie allein im Wald gelassen?» Die Lehrerin war entsetzt.

«Sie saß noch bei uns, als der Blitz einschlug und es fürchterlich donnerte. Wir sind aufgestanden und losgerannt ... niemand hat daran gedacht, Miranda an die Hand zu nehmen. Es war so ein Chaos ...».

Zu allem Unglück löschte der nächste Blitz den Strom im ganzen Gebäude. Sie saßen im Dunkeln.

«Die Lichter gehen gleich wieder an», versuchte Opa Kuitunen zu beruhigen, «der Generator springt automatisch an und produziert Strom.»

Doch es verging eine Minute, dann noch eine – nichts geschah.

«Ich fürchte, wir haben hier keinen Generator», vermutete Paula vorsichtig.

«Dann ist wohl eine Sicherung durchgebrannt», schlug Opa Kuitunen vor. Mit einer Taschenlampe ging er zum Eingang, um den Sicherungskasten zu überprüfen. Doch auch dort fand der keinen Fehler. Es blieb dunkel. Jetzt suchten sie in den Schränken nach Kerzen, die schließlich auf Tellern und in Tassen auf dem langen Stubentisch verteilt und angezündet wurden.

«Wir müssen Miranda sofort suchen! Sie ist ganz allein da draußen. Könnt ihr euch vorstellen, wie sie sich fühlen muss?», sagte Paula besorgt.

Ihr graute schon bei dem Gedanken, Mirandas Mutter alles erklären zu müssen. Obwohl Miranda in Opa Kuitunens Gruppe gewesen war, trug die Lehrerin die Verantwortung.

«Mädchen, ihr müsst kommen und zeigen, wo ihr Miranda zuletzt gesehen habt.»

«Ich gehe nicht mehr raus. Ich weiß nicht einmal, wo wir waren», rief eines der Mädchen entsetzt.

«Wir sind einfach Opa Kuitunen gefolgt und ich habe überhaupt nicht auf den Weg geachtet.»

«Dann muss uns Opa Kuitunen den Weg zeigen», entschied Paula.

Doch Kais Großvater machte keine Anstalten aufzustehen. Er saß auf der Bank, duckte sich und hielt sich die Brust.

«Es tut so weh ... in der Brust. Mein Herz macht schon wieder Probleme.»

Schon wieder! Mitten im dunklen Wald hatte sich das schwächste Glied der Gruppe verirrt, und nun versagte auch noch die einzige männliche Stütze. Großvater Kuitunen musste dringend ins Krankenhaus! Paula Puntanen zog ihr Handy aus der Tasche und wählte die Notrufnummer. Es dauerte eine Weile, bis jemand antwortete – vermutlich waren die Leitungen aufgrund des Sturms überlastet –, aber schließlich konnte die Lehrerin dem diensthabenden Arzt die Notsituation schildern. Nachdem das Gespräch beendet war, drehte sich Paula kurz von der Klasse weg, um sich zu sammeln.

«Hilfe ist unterwegs, aber das Elektrizitätswerk hat gemeldet, dass der Sturm Bäume umgestürzt hat. Die Stromleitungen sind ebenfalls beschädigt, daher haben wir hier keinen Strom.»

«Und was, wenn ein Hubschrauber kommt?», fragte jemand, der ausländische Rettungsfilme im Fernsehen gesehen hatte.

«Und wenn ein Hubschrauber käme?», fragte jemand, der zu viele ausländische Rettungsfilme gesehen hatte.

«In diesem Sturm würde kein Hubschrauber fliegen und bei dieser Dunkelheit könnte er nicht auf unserem kleinen Hof landen. Außerdem sind die Hubschrauber 150 Kilometer entfernt in Kuopio stationiert. Auf die können wir uns nicht verlassen.»

«Und wenn Opa stirbt?», weinte Kai.

«Und was ist mit Miranda? Was, wenn sie stirbt? Wenn der Blitz sie trifft! Oder wenn Wölfe kommen und sie ganz alleine ist!» Die Mädchen gerieten zunehmend in Panik.- Selbst Paula kämpfte innerlich gegen die aufkeimende Panik an, obwohl sie den Kindern ein Vorbild sein musste. Schließlich hatte sie in der Armee gedient und einen Erste-Hilfe-Kurs absolviert. Sie wandte sich an Opa Kuitunen, der auf der Bank lag:

«Kannst du ungefähr sagen, wo deine Gruppe war?»

Der alte Mann antwortete mühsam: «Wir gingen in Richtung der Spitze der Halbinsel. Da gab es einen Pfad.»

Paula wies Mias Mutter an: «Du bleibst als einzige Erwachsene hier bei den Schülern und kümmerst dich um Kuitunen. Deck ihn warm zu und gib ihm etwas zu trinken. Ich nehme die Taschenlampe und gehe Miranda suchen. Die Schüler sollen sich trockene Kleider anziehen, so gut es im Dunkeln geht, und dann ab in die warmen Schlafsäcke.»

In der allgemeinen Aufregung hatte niemand bemerkt, dass Tuomas sofort das Haus verlassen hatte, als Miranda vermisst wurde. Er hatte sich bewusst Opa Kuitunens Gruppe angeschlossen, weil er sich Sorgen um Miranda machte, die sich allein im Wald nicht zurechtfand. Doch die anderen Mädchen hatten ihre blinde Kollegin so gut geführt, dass Tuomas nicht ahnte, dass sie Miranda im Chaos zurückgelassen hatten.

Als Letzter der Gruppe hatte sich Tuomas die Abzweigungen des Weges genau eingeprägt. Nun rannte er mit voller Geschwindigkeit durch den dunklen Wald. Eigentlich war der Wald für Tuomas gar nicht dunkel; er brauchte keine Taschenlampe, um die Steine und Wurzeln auf dem Weg zu erkennen. Er konnte im Dunkeln sehen wie eine Katze, auch wenn ihm selbst das nicht bewusst war. Er verstand nicht, warum andere im Dunkeln hilflos waren. Jetzt flog er fast über den Weg, und erreichte bald die kleine Mulde, wo sie auf das nächtliche Waldtheater gewartet hatten. Wo war Miranda geblieben? War sie in ihrer Angst weiter in den Wald gerannt? Vielleicht bis zum Strand, ins Wasser gefallen und ertrunken?

«Miranda!», rief Tuomas. «MIRANDA!», schrie er erneut in alle Richtungen. Schließlich bemerkte er eine Bewegung unter einem kleinen Tannenbaum – es war Miranda!

Als Paula Puntanen alleine draußen war, gab sie ihrer Verzweiflung nach und brach in Tränen aus. Es fühlte sich an wie eine Katastrophe. Eine Schülerin vermisst, möglicherweise tot, ein Teilnehmer in Lebensgefahr, keine Hilfe in Sicht, und all ihre Schüler würden für den Rest ihres Lebens von diesem schrecklichen Erlebnis gezeichnet sein. Tränen vermischten sich mit den Regentropfen auf ihren Wangen, aber Paula stolperte tapfer weiter und suchte mit der Taschenlampe den kaum erkennbaren Pfad, den die Blaubeerensucher niedergetrampelt hatten.

Gerade als sie eine kleine Lichtung betrat, erhellte ein Blitz eine große schwarze Gestalt auf der gegenüberliegenden Seite, die sich auf sie zubewegte. War es ein Bär oder ein Elch? Vor Schreck blieb Paula beinahe das Herz stehen. Doch dann schlug der nächste Blitz direkt in das seltsame Wesen ein. Es sah aus, als hätte die Gestalt eine Lichtkuppel um sich, die kurz aufleuchtete, bevor sie krachend und Funken sprühend im Boden versank.

Miranda hatte sich unter der Tanne vor Angst so steif zusammengekauert, dass Tuomas sie mit Mühe hochziehen musste. Doch das Mädchen war so geschockt, dass es keinen Schritt mehr machen konnte, obwohl Tuomas versuchte, sie zu beruhigen und an der Hand vorwärtszuziehen. Miranda war etwas älter und schwerer als Tuomas. Wenn sie nicht selbst laufen wollte, wie sollte er sie dann tragen?

Tuomas erinnerte sich an einen alten Film, in dem der riesige Gorilla King-Kong ein blondes Mädchen auf seinen

Händen trug. «Wenn ich jetzt die Kräfte eines solchen Wesens hätte», dachte Tuomas. Plötzlich geschah etwas Unfassbares. Ein fremdes Wesen tauchte auf, packte die vor Kälte und Angst zitternde Miranda, nahm sie in seine Arme und sprang mit großen Sätzen den Weg zurück in Richtung Camp. Es erreichte den Waldrand zur gleichen Zeit wie Paula. Gerade als es Miranda sanft auf den Boden gleiten ließ, wurde es von einem gewaltigen Blitz getroffen.

Das Wesen bildete mit seinen Armen ein schützendes Dach über dem Mädchen, und die tödliche Energie des Blitzes floss über seinen Körper in den Waldboden, weiter durch die knorrigen Wurzeln einer Kiefer, deren Stamm für einen Moment glühte und dann schwarz verkohlte. Die seltsame Gestalt hinter Miranda verschwand und nur Tuomas blieb zurück, als Paula mit ihrer Taschenlampe auf die beiden zulief.

«Hallo Paula, Miranda ist hier. Sie ist ein bisschen nass.»

«Miranda!» Paula eilte zu dem Mädchen und nahm es in die Arme.

«Geht es dir gut, mein armes Kind?»

«Ja, es geht mir gut. Tuomas hat mich gefunden.»

Paula ließ Mirandas Hand keinen Moment los, bis sie sicher das Lagerzentrum erreichten, wo sie mit Jubel empfangen wurden. Paula dankte Tuomas für seine mutige Tat, doch sie fragte sich insgeheim, wie er Miranda in der Dunkelheit so schnell hatte finden können. Und war der Blitz wirklich auf ihn eingeschlagen? Oder hatte ihr die Angst nur einen Streich gespielt?

Inzwischen hatte ein Arzt aus der Notaufnahme des Krankenhauses Mias Mutter telefonisch Anweisungen zur Behandlung von Opa Kuitunen gegeben. Bei Tagesanbruch sollten Holzfäller den Weg für den Krankenwagen freimachen, und der Patient würde zur Untersuchung ins Krankenhaus gebracht werden. Kuitunen lag in einem warmen Bett und klagte zumindest nicht mehr über Schmerzen.

Die Schüler hatten im Schein von Kerzen und Taschenlampen trockene Kleidung in ihren Rucksäcken gefunden, doch niemand wollte schlafen gehen. Als die Lehrerin, Miranda und Tuomas zurückkamen, setzte schließlich die Müdigkeit ein. Die nassen Kleider blieben auf den Bänken und Stühlen liegen.

Der Tag war gerade angebrochen, als man aus dem Wald bereits von weitem das laute Dröhnen von Kettensägen hörte. Statt eines Krankenwagens standen zwei Sanitäter mit einer Trage vor der Tür. Kuitunen war wach und entschuldigte sich für die Umstände.

«Ich glaube, ich habe mich ein bisschen übernommen. Ich habe vergessen, meine Nitro-Tabletten mitzunehmen».

«Die Ambulanz wartet im Wald. Näher konnten wir nicht heranfahren. Es war letzte Nacht ganz schön stürmisch. Sonst alles in Ordnung hier?»

Die Sanitäter überprüften noch den Puls und den Blutdruck von Kuitunen, hoben ihn vorsichtig auf die Trage, und bald war der Patient auf dem Weg zum Krankenwagen und ins Krankenhaus. Nach dem Frühstück packten die Schüler ihre Rucksäcke und warteten auf den Bus, der sie abholen würde, so bald die Straße wieder befahrbar war. Damit war die Lagerwoche zu Ende. Sie hatten genug Naturerlebnisse gesammelt, meinte der Schuldirektor.

Mirandas Mutter schimpfte zunächst heftig mit der Lehrerin wegen der mangelnden Aufsicht, beruhigte sich dann aber und nahm die Entschuldigung an. Tuomas hingegen wurde von Mirandas Mutter unter Tränen verabschiedet. Miranda hatte ihr von Tuomas Beteiligung an der Rettung erzählt.

Zu Hause betrachtete Tuomas seinen nackten Körper im Badezimmerspiegel: Ein ganz normaler, schmächtiger Schuljunge starrte ihn an! Keine Spur von King-Kong! Was eine allzu lebhafte Fantasie so alles anrichten kann...

In der folgenden Woche kam Mirko in der Pause zu Tuomas, diesmal ohne seine üblichen Begleiter. Er schaute sich um, um sicher zu sein, dass niemand in Hörweite war.

«Was will der schon wieder?», dachte Tuomas misstrauisch.

«Tut mir leid, Tuomas, ich war so ungerecht im Lager. Du tickst schon richtig. Das wollte ich nur sagen.»

«Schwamm drüber.»

«Weißt du, ich glaube, ich war ein bisschen neidisch auf dich, weil du so einen Vater hast und in so einem schicken Haus wohnst. Mein Vater, ... er war nur ein einfacher Arbeiter. Er ist durch eine Dummheit mit dem Motorschlitten ertrunken, als meine kleine Schwester noch ein Baby war. Dein Vater war ein Freund meines Vaters, als sie noch jung waren, hat mir meine Großmutter erzählt.

«War es ein Reijo? Ich habe davon gehört.»

«Ja, das war mein Vater.»

«Das tut mir auch leid. Ich sehe meinen Vater auch nicht oft, obwohl er lebt. Und das Haus von Arkko ist eigentlich ein Schrotthaufen.»

Mirko zuckte die Schultern und schlenderte weiter. Wenn nicht eine dicke Freundschaft, so doch ein dünner Frieden herrschte jetzt zwischen den beiden Jungen.

28.

In den Weihnachtsferien löste der Vater sein Versprechen ein und unternahm mit seinem Sohn eine Reise. Er hatte sich die Woche vor Weihnachten Urlaub genommen und München als Ziel gewählt, um seinem Sohn den berühmten Christkindlmarkt zu zeigen. Sie würden fliegen, in einem Hotel wohnen und durch die Straßen voller Lichter, Glanz, Musik, weihnachtlicher Düfte und Geschenkideen aus aller Welt schlendern. Es wäre eine ganz andere Erfahrung als in Arvola, wo vor dem Geschäft nur ein einzelner Weihnachtsbaum mit einer bescheidenen Lichterkette stand.

«Da findest du bestimmt schöne Weihnachtsgeschenke für Alma und Oma. Außerdem besuchen wir die berühmten bayerischen Filmstudios – die Bavaria Filmstadt – und sehen uns die Kulissen an, wo zum Beispiel die «Unendliche Geschichte» und die U-Boot-Filme gedreht wurden.»

Tuomas war begeistert von der Idee der Reise. Ein Weihnachtsurlaub in Arvola wäre längst nicht so spannend gewesen. Dort hätte er keine Freunde getroffen, und die Eisbahn war noch nicht geöffnet. Der Winteranfang war ungewöhnlich mild, alles war nass und dunkel. Besonders aufregend war es jedoch, mit seinem Vater zu fliegen, egal wohin. Tuomas war stolz, als er am Flughafen von den Freunden und Kollegen seines Vaters begrüßt wurde. Sein Vater legte ihm die Hand auf die Schulter und sagte: «Das ist mein Sohn Tuomas».

Gleich am nächsten Tag in München begannen sie nach dem Frühstück im Hotel ihre Erkundungstour durch die Stadt, wobei der Christkindlmarkt natürlich an erster Stelle stand. Der Bummel startete am Marienplatz, der in ein Meer aus Lichtern getaucht war und von einem 30 Meter hohen, prächtig geschmückten Weihnachtsbaum überragt wurde. Überall in der Weihnachtsstraße erklang festliche Musik, und der Duft von Glühwein lag in der Luft. Die funkelnden Lichter, die leuchtenden Farben und der festliche Glanz schienen die Sinne zu überwältigen.

Auf beiden Seiten der festlich geschmückten, für den Verkehr gesperrten Straße reihten sich hunderte Marktstände aneinander, die weihnachtliche Leckereien, Geschenkartikel und Kunsthandwerk anboten. Tausende Menschen schlenderten friedlich von Stand zu Stand – Reisegruppen, Familien, Paare und Einzelpersonen genossen die festliche Atmosphäre.

Während des Bummels hatte der Vater so viel Glühwein getrunken, dass er schließlich an der Toilette anstehen musste. Tuomas hingegen hatte bereits eine Schneekugel für Alma gekauft, in der bei jedem Schütteln zarte Schneeflocken auf eine Alpenlandschaft fielen. Jetzt wollte er Postkarten aussuchen, die er Oma und Alma schicken konnte. Auch wenn das Verschicken von Karten heutzutage altmodisch war, wusste er, dass Alma sich über eine echte Karte freuen würde, die sie auf ihre Kommode stellen könnte.

Plötzlich spürte Tuomas einen brennenden Schmerz in der Brust. Es dauerte einen Moment, bis er bemerkte, dass der Nonna-Stein, den er unter seinem Hemd trug, glühte.

«Was willst du mir damit sagen, Nonna?», fragte er in Gedanken, denn er wusste, dass der heiße Stein eine Botschaft von seiner italienischen Großmutter übermittelte. Dann hörte er aus der Ferne schrille Polizeipfeifen, Rufe und Schreie. Die Menge um ihn herum wurde unruhig. Die Leute reckten ihre Köpfe, um zu sehen, was am Anfang der Straße vor sich ging. Tuomas, kleiner als die Erwachsenen, konnte nichts erkennen. Plötzlich begann die Menge, hinter die Verkaufsstände zu flüchten. In der Ferne erblickte Tuomas einen großen Lastwagen, der schnell auf die flüchtenden Menschen zuraste.

«Das ist ein Terrorist!», schoss es ihm durch den Kopf, denn er hatte im Internet und im Fernsehen von Fanatikern gehört, die wahllos unschuldige Menschen attackierten. Der Lastwagen kam immer näher, und die Menschen rannten um ihr Leben.

Tuomas wollte ebenfalls in Sicherheit rennen, doch dann sah er einen Mann, der mit seinem Rollstuhl mitten auf der Straße stehen geblieben war, offenbar so verwirrt von dem plötzlichen Chaos, dass er seinen Rollstuhl nicht mehr bewegen konnte und die drohende Gefahr nicht bemerkte. Es war klar, dass der Mann in wenigen Augenblicken vom Lastwagen überrollt werden würde. Keiner der Flüchtenden half ihm – jeder war auf sein eigenes Überleben konzentriert.

In Tuomas' Erinnerung blitzte die Szene am Strand auf, als er sich in eine steinerne Kilometersäule verwandelt hatte, um sich vor Mirko zu schützen, der ihn ins Wasser stürzen wollte. Eine Säule würde hier nicht ausreichen, es musste etwas viel Größeres sein... Vor seinem inneren Auge sah Tuomas das mächtige Stallgebäude des Arkko-Hofes, dessen jahrhundertealte Mauern aus riesigen Granitblöcken wie die einer Burg bestanden.

Am Steuer des Lastwagens saß ein Terrorist, der von seinen Auftraggebern mit starken Drogen vollgepumpt worden war, um die schreckliche Tat ausführen zu können. Für einen flüchtigen Moment erblickte er von seinem hohen Fahrersitz aus einen jungen Mann im Rollstuhl und neben ihm einen Jungen mit Mütze. Keiner der beiden wich aus, als das Fahrzeug bedrohlich näherkam. Doch mehr konnte der Fahrer nicht registrieren, denn im nächsten Augenblick starb er, als der Lastwagen gegen ein unsichtbares Hindernis prallte. Ein ohrenbetäubender Knall ertönte, gefolgt von dem metallischen Geräusch zerberstender Teile. Dann herrschte eine kurze, unheimliche Stille, bevor panische Schreie ertönten und die Menschen zur Unfallstelle eilten. Der Anblick war schockierend: Die Motorhaube und das Führerhaus des Lastwagens waren wie eine Ziehharmonika zusammengefaltet. Der Fahrer musste später aus den Trümmern herausgeschweißt werden.

Ein Polizist, der an der Straßensperre postiert war, traf als Erster ein. Er hatte keine Chance gehabt, den Lastwagen zu stoppen, war jedoch sofort hinterhergelaufen, die Waffe im Anschlag, bereit, auf den Fahrer zu schießen, sollte das Fahrzeug anhalten. Doch das Auto raste weiter. Der Polizist erreichte die Unfallstelle und zielte mit seiner Maschinenpistole auf das Wrack.

Schnell versammelten sich weitere Polizisten und Sicherheitskräfte um das Fahrzeug und drängten die neugierigen Schaulustigen zurück – es bestand die Möglichkeit, dass sich eine Bombe im Lastwagen befand. Stattdessen entdeckten sie im Laderaum drei weitere Terroristen, die durch die Kollision umhergeschleudert worden waren und ihre Maschinengewehre verloren hatten. Obwohl der

Anschlag scheiterte, waren die Folgen tragisch: Mehrere Menschen starben unter den Rädern des Lastwagens, Dutzende wurden schwer verletzt.

Tuomas hatte den Rollstuhlfahrer durch die Menge geschoben. Der Mann verstand kaum, was geschehen war, und niemand konnte erklären, mit was der Lastwagen kollidiert war. Der gerettete junge Mann hing schlaff und mit schiefem Kopf in seinem Rollstuhl. – die Muskelschwundkrankheit war bereits so stark fortgeschritten, dass er weder sprechen noch schreiben konnte, als die Polizei ihn befragen wollte.

In der Vorweihnachtszeit wurde das Ereignis von vielen als Weihnachtswunder betrachtet. Einige Augenzeugen behaupteten, das Jesuskind und die Jungfrau Maria seien erschienen, um den hilflosen Invaliden und die anderen Menschen auf der Straße zu beschützen.

In einem schnell improvisierten Gottesdienst in der Heilig-Geist-Kirche wurde Gott dafür gepriesen, dass er einen Engel gesandt hatte, um die Christen zu beschützen, die sich auf die Geburt Jesu vorbereiteten. Weihnachtslieder erklangen, Tränen flossen, und der Opferstock im Vorraum musste mehrfach geleert werden, da er überquoll.

Doch die Journalisten ließen nicht locker und versuchten, jedes Detail aus dem Leben des Rollstuhlfahrers zu erfahren. Schließlich galt er, wenn nicht durch seine Taten, so doch durch seine bloße Anwesenheit als Lebensretter für viele Menschen. Als bekannt wurde, dass der Mann mit seiner betagten Mutter in einer Wohnung lebte, die eher einem Rattenloch glich, wurde eine Spendenaktion organisiert, um den beiden den Umzug in eine bessere Wohnung zu ermöglichen. Leider verstarb der junge

Mann ein Jahr später an seiner Krankheit. Die Wohnung wurde gekündigt, und seine Mutter verschwand irgendwo im Labyrinth der Altenpflege.

Tuomas ahnte nicht, was geschehen würde, als er den Mann im Rollstuhl vor einem Verkaufsstand allein ließ, um seinen Vater zu suchen. Da dieser zum Zeitpunkt des Attentats auf der Toilette war, erkannte er erst jetzt, in welcher Gefahr sein Sohn geschwebt hatte. Tuomas war bleich und sichtlich aufgewühlt. Er bat darum, sofort ins Hotel zurückkehren zu dürfen. Auf dem Weg dorthin bemerkte sein Vater:

«Wo ist deine Mütze? Setz sie auf, es ist Winter.»

«Äh ... die muss in dem Chaos verloren gegangen sein,» stammelte Tuomas.

In Wirklichkeit hatte er die Mütze dem Mann im Rollstuhl aufgesetzt, bevor er ging. Der Mann hatte stundenlang ohne Kopfbedeckung in der Kälte gesessen. Tuomas hatte allerdings auch die leise Vorahnung, dass die Polizei nach ihm suchen würde. Die Mütze mit den Sternen war auf den Bildern der Überwachungskameras leicht zu erkennen, doch jetzt trug sie jemand anders. Dass unter der Mütze ursprünglich ein roter Lockenkopf hervorlugte, war in dem Chaos wohl niemandem aufgefallen.

Im Fernseher des Hotelzimmers liefen bereits die Nachrichten über den Anschlag auf dem Christkindlmarkt. Die Kamera zeigte die schreckliche Fahrt des Lastwagens durch panisch fliehende Menschenmenge, bis – eine Störung – das Bild plötzlich unscharf und überbelichtet wurde. Erst als die Polizisten das Wrack umstellt hatten, kehrte die Schärfe zurück. Tuomas atmete erleichtert auf: Keine Spur von ihm war zu sehen.

Sein Vater wollte zum Abendessen ins Hotelrestaurant gehen, aber Tuomas hatte keinen Appetit. Er schlug vor, dass Tuomas sich etwas ausruhen sollte. Der Sohn hatte bei einem ähnlichen Autounfall seine Mutter, seinen Onkel und beinahe sein eigenes Leben verloren. Das Geschehen auf der Straße rief sicher schmerzhafte Erinnerungen wach. Ruhe würde ihm gut tun.

Nachdem der Vater gegangen war, legte sich Tuomas auf sein Bett – jedoch nicht, um zu schlafen, sondern um nachzudenken. Er hatte Angst, große Angst. Gerade hatte er einen Mord begangen. In den Nachrichten wurde berichtet, dass der Terrorist, der den Lastwagen gefahren hatte, tot sei. Er erinnerte sich an den starren Blick des Mannes hinter der Windschutzscheibe, als das Fahrzeug unaufhaltsam auf sie zuraste. Bis ... bis es wieder passiert war. Dieser Gedanke ängstigte ihn am meisten. Was war er wirklich? Welche dunklen Kräfte schlummerten in ihm, dass solche Dinge geschahen?

Was hatte Mirko in der Hitze der Sauna gerufen: «Bist du überhaupt ein Mensch?» War er ein Mensch oder etwas anderes, etwas Schreckliches? Ein Werkzeug der Hölle?

Er sehnte sich verzweifelt danach, sich jemandem anvertrauen zu können, aber es gab niemanden. Sein Vater, Alma, die Großmutter – alle wären entsetzt. Vielleicht würden sie ihn sogar fürchten und in eine Heilanstalt stecken. Tuomas schwor sich erneut, nie wieder Wunder zu vollbringen. Nie wieder ein Übermensch, nie wieder ein Held!

29.

Den Rest der Ferien in München war Tuomas so still, dass sein Vater sich ernsthaft Sorgen machte. Er rief zu Hause an, um Oma und Alma zu versichern, dass alles in Ordnung sei. Bevor sie zurückkehrten, warnte er sie nochmals, Tuomas keine Fragen über den Anschlag zu stellen. Der Junge war offensichtlich traumatisiert und sollte die schrecklichen Ereignisse so schnell wie möglich vergessen.

Nach der Landung in Helsinki äußerte Tuomas den Wunsch, sein altes Zuhause zu besuchen. Olli Arkko hatte von einem Pilotenkollegen, der nach Dubai zog, eine möblierte Dreizimmerwohnung in Nord-Haaga erworben. Der Preis für die Wohnung in dem älteren Wohnblock war günstig, und die Möbel des Kollegen waren schlicht und bescheiden – perfekt für den neuen Besitzer. Als Olli seine junge italienische Frau mit in die Wohnung brachte, begann sie, dem Heim ihren eigenen, weiblichen Geschmack zu verleihen: bunte Perserteppiche auf den Böden, Porzellanengel und Ballettfiguren auf den Regalen, sowie kunstvolle Plastikblumenarrangements in den Vasen.

Als sie den Fahrstuhl betraten, kam Tuomas alles seltsam vertraut und doch fremd vor. Die Namensschilder an den Türen hatten sich kaum verändert. Frau Pietarinen von nebenan, die ihn früher immer wegen der schmutzigen Stiefel ermahnt hatte, schien noch immer dort zu wohnen. Die Briefkastenklappe bei den Laaksos öffnete sich leicht, als ihr Hund neugierig in den Flur starrte. Ein

Stapel alter Post, Gratiszeitungen und Werbeprospekte lag achtlos vor der Tür, über den sie steigen mussten. Tuomas wurde schwindelig, als er aus dem fünften Stock hinunterblickte – nach so langer Zeit, in der er nur Apfelbäume und die Windmühle vor seinem neuen Zuhause gesehen hatte. Am schwersten fiel es ihm, die Abwesenheit seiner Mutter in der Wohnung zu spüren. Vertrocknete Blumen hingen aus den Töpfen, die seiner Mutter so viel bedeuteten. Überall hatte sie einst Zierpflanzen und Blumentöpfe aufgestellt.

«Die armen Blumen... sie sind auch gestorben. Ich war so selten hier. Alles fühlt sich so leer an,» flüsterte Tuomas leise.

Vorsichtig bewegte er sich durch die Räume, hoffend und zugleich fürchtend, auf Spuren seiner Mutter zu stoßen. Auf dem Sessel lag ihr Lieblingsschal, in den sie sich immer einwickelte, wenn sie fernsah – im finnischen Winter fror sie immer. Unter dem Sessel ragten ihre Hausschuhe hervor. Das war zu viel für Tuomas. Die aufgestauten Emotionen brachen hervor, und er fing an zu weinen.. Sein Vater nahm ihn in den Arm und zum ersten Mal weinten sie gemeinsam.

«Jetzt verstehst du, warum ich dich nicht hier lassen konnte. Bei Oma und Alma bist du nicht allein,» sagte sein Vater sanft.

Es war wahr. Der Vater stand schließlich auf und verschwand in der Küche. Tuomas ging zum Bücherregal, wo zwischen den Büchern und den kleinen Porzellangegenständen mehrere Fotos in goldenen Rahmen standen. Hochzeitsfoto... seine Mutter als junge Stewardess... seine Mutter, strahlend, mit dem neugeborenem Tuomas auf dem Arm. Sanft strich er mit den Fingerspitzen über das Bild. Plötzlich hört er ein leises Flüstern. Er schaut sich um, doch der Raum war leer.

«Tuomas … Tommaso mio …». Die Stimme seiner Mutter. Sie kam nicht von außen, sondern hallte in seinem Kopf wider – genau wie das Gespräch mit Jaska.

«Sono sempre con te. Prenditi cura di tuo padre. Ti amo …»– «Ich bin immer bei dir. Pass auf deinen Vater auf. Ich liebe dich.»

So schnell, wie sie erschienen war, verschwand die Stimme wieder. Tuomas' Herz schlug wild. Seine Mutter musste doch noch irgendwo existieren. Da trat sein Vater ins Wohnzimmer und sah, wie Tuomas das Bild seiner Mutter in den Händen hielt.

«Du kannst es mitnehmen, wenn es dich nicht zu traurig macht. Vergangenes ist vergangen. Man kann es nicht zurückholen, egal wie sehr man trauert.»

«Mutter ist nicht ganz weg.»

«Ja, ja … Mutter lebt in unseren Erinnerungen. Ich finde es nur traurig, dass ihr Grab in Italien ist. Wir können ihr nicht einmal Blumen bringen.»

«Mutter hat ihre ganze Familie bei sich in Marradi.»

«Du sprichst so weise. Gut, dass ich dich noch habe.»

Tuomas sammelte alles in der Wohnung ein, was er mit aufs Land nehmen wollte: alte Fotoalben seiner Mutter, Spiele, Kleidung. Schließlich packte er ein großes, flauschiges Federkissen seiner Mutter in eine Plastiktüte. Es roch noch immer leicht nach Mutters Haar.

«Darf ich jemals wieder hier wohnen?», fragte Tuomas.

«Vielleicht, wenn du allein zurechtkommst – oder wenn du in Helsinki zu studieren beginnst. Oder wenn ich beruflich in Finnland bleibe und öfter zu Hause bin», antwortete sein Vater.

Also nie. Olli Arkko würde erst aufhören zu fliegen, wenn er in Rente ging, und es würde ewig dauern, bis er selbst ein Studium beginnen könnte – wenn er es überhaupt wollte. Also für immer in Arvola bleiben ...

Noch am selben Abend kehrten sie nach Arkko zurück. Tuomas freute sich, als Jaska ihn später in seinem Zimmer besuchte. Ihm konnte er alles erzählen – und immer wieder die gleichen Fragen stellen.

«Wo kommt das alles her? Ein Mensch kann so etwas nicht tun. Wenn ich kein Mensch bin, was bin ich dann?»

«Du bist kein Elf, kein Kobold und auch kein Kirchengeist. Seltsam, wirklich seltsam ...», murmelte Jaska und schien selbst besorgt zu sein.

Am Abend nahm Tuomas das Foto seiner Mutter mit ins Bett. Im Schein der Nachttischlampe strich er über das Bild und versuchte, sich an alles zu erinnern: ihren Duft, ihre Bewegungen, ihr Lächeln und die Art, wie sie seinen Namen auf Italienisch aussprach: «*Tommaso, caro Tommaso, angelo mio*».

«Mama, Mama, was bin ich? Ich habe Angst.»

Er lauschte den Stimmen in seinem Kopf. Hatte da jemand geflüstert?

«*Non avere paura ... Nonna ha un segreto* ... Geheimnis ... nicht erzählt ... frag Nonna ...».

Tuomas' Mutter hatte die Angewohnheit, verschiedene Sprachen zu mischen, was oft zu Verwirrung führte. Welches Geheimnis hatte Nonna? Hatte es etwas mit ihm zu tun? Tuomas erinnerte sich an Nonna, seine italienische Großmutter, deren strahlend blaue Augen denen von ihm ähnelten. Seine Mutter hingegen hatte warme, braune Augen und dunkelbraunes Haar. «Von wem habe ich nur diese feuerroten Haare?» fragte sich Tuomas. Hatte Nonna solche Haare? Tuomas wusste es nicht, denn sie trug immer ein schwarzes Kopftuch.

Tuomas blätterte eifrig in dem alten Fotoalbum seiner Mutter. Seltsam: Es gab kein Hochzeitsfoto seiner Großeltern. Morgen würde er Chiara fragen. Vielleicht hatte Nonna ihr das Geheimnis anvertraut, was auch immer es war.

Das Leben auf dem Landgut Arkko war erträglich geworden. Alma tat ihr Bestes, um Tuomas mit der Geschichte des Hauses vertraut zu machen. Sie stellte ihm die Menschen vor, die Wände schmückten: Offiziere, Geistliche, Politiker, Geschäftsleute. Ein beachtlicher Stammbaum, dachte Tuomas.

Alma fuhr mit ihm durchs Dorf und erzählte: Hier hatte früher ein Dorfladen gestanden, dort eine Bäckerei. Da waren mal ein Kino und dort die Polizeistation ... Vor dem Bahnhof hatten sich damals die Fahrgäste gedrängt ... Tuomas unterbrach Alma: «Du redest ständig von früher, aber hier ist nichts mehr. Was ist passiert? UFO-Angriff? Wohin ist alles verschwunden?»

Alma seufzte: «Die Welt verändert sich, auch in Arvola. Die Leute fahren heute mit dem Auto in die Stadt, und hier verschwinden nach und nach alle Geschäfte und Dienstleistungen. Schauspieler aus dem Fernsehen sind bekannter als die eigenen Nachbarn. Niemand interessiert sich mehr für das, was im Dorf geschieht. Man grüßt sich nicht einmal auf der Straße. Wie wird das erst sein, wenn du in meinem Alter bist?»

30.

Der erste Winter an der neuen Schule verlief bereits routiniert. Die Jungs trafen sich oft auf der Eisbahn, um Eishockey zu spielen, und Tuomas wurde dort voll akzeptiert. Es fühlte sich gut an, Teil einer Gruppe zu sein. Nur selten dachte er noch an seine Eigenheiten – vielleicht war es ja nur eine vorübergehende Phase.

Die Schlittschuhbahn in Arvola war bescheiden, aber für die Dorfjugend völlig ausreichend. Für die jungen Birkendorfer jedoch übte sie eine besondere Anziehungskraft aus. Ihr Wohnort galt zwar als Stadtteil, lag aber weit entfernt vom Stadtzentrum, an der Straße nach Arvola. Auf den Eisbahnen der Stadt wurden die Jungs aus Birkendorf von der «richtigen» Stadtjugend verspottet. «Bauerntrampel unterwegs! Riecht's hier schon wieder nach Kuhmist?» Die Beleidigten wollten diese Schmach weitergeben und fuhren nach Arvola, um zu zeigen, was für harte Städter sie waren.

An einem verschneiten Sonntagnachmittag ging Kai Kuitunen, ein Klassenkamerad von Tuomas, mit seiner älteren Schwester Maija zum Schlittschuh laufen. Die Eltern hatten ihre Kinder mit dem Auto gebracht, gingen in die Dorfkneipe, um ein Bier zu trinken, und versprachen, Pizza mitzubringen, wenn sie die Geschwister in ein paar Stunden wieder abholten.

Maija, die drei Jahre älter als ihr Bruder war und das Down-Syndrom hatte, war nur am Wochenende zu Hause. Jetzt stand sie allein auf dem Eis, während Kai mit seinen Freunden Eishockey spielen wollte.

«Du schaffst es! Los!», hatte ihr Bruder gerufen und war verschwunden.

Maija konnte zwar Schlittschuh laufen, aber die vielen Menschen auf dem Eis verunsicherten sie. Sie lehnte sich an die Bande, mit einem sanften Lächeln im Gesicht, wie es oft bei Menschen mit Down-Syndrom zu sehen ist. Tuomas spielte am anderen Ende der Eisbahn Eishockey, hatte aber schon seit einiger Zeit die vier großen fremden Jungen im Blick, die sich auffällig benahmen. Sie führten Kunststücke auf, schubsten absichtlich kleinere Kinder und schienen nur auf Ärger aus zu sein. Nun bemerkte er, dass die Jungen auf Maija zugingen und sie umringten.

«Was macht dieses hübsche Mädchen hier ganz allein? Hast du auf mich gewartet?», grinste einer der Jungen. Maija war verlegen, ahnte aber nichts Böses und lächelte noch breiter. Der Junge hob ihr Kinn an.

«Darf ich das Fräulein küssen?»

Er rückte noch näher an sie heran. Maija erschrak und sah sich hilfesuchend um. Auch die Freunde des Jungen kamen näher und lachten höhnisch.

Blitzschnell war Tuomas auf seinen Schlittschuhen bei ihnen. Sein Vorsatz «nie mehr Heldentaten und Wunder» war in diesem Moment vergessen.

Gerade als der Anführer der Gruppe seinen Mund auf Maijas Lippen drücken wollte, drehte er sich plötzlich um, packte seinen Freund und küsste ihn leidenschaftlich, so heftig, dass ihre Nasen zusammenstießen. Beide Jungen sahen schockiert aus, aber der Kuss hörte nicht auf. Sie schienen aneinander festzukleben, während die anderen beiden Jungen angewidert zurückwichen.

«Hey, hört auf, hier sind Leute!», rief einer der Freunde panisch.»

Inzwischen hatten sich auch andere Eisläufer um sie versammelt, allen voran Matias, der natürlich sein Handy gezückt hatte und das Ganze filmte. «Das ist fantastisch! Die leidenschaftlichen Birkendorfer Jungs auf dem Eis!», rief er belustigt.

«Kamera weg, du Teufel!» schrie einer der Jungen und versuchte, Matias das Handy aus der Hand zu schlagen. Doch der Schlag ging daneben, und er drehte sich um die eigene Achse, bevor er an den sich küssenden Jungs hängen blieb. Auch der vierte Junge rutschte ungeschickt in sie hinein. Matias filmte unbeeindruckt weiter, während Maija inzwischen sicher auf der anderen Seite der Eisfläche stand.

«Wenn ihr uns noch einmal belästigt, landet das Video im Internet, und dann sehen wir, wer zuletzt lacht», sagte Tuomas ruhig Die Gruppe löste sich auf, und schließlich konnten auch die Küsser wieder durchatmen

«Was zur Hölle hast du gemacht?», schimpfte einer der Jungen und wischte sich angewidert den Mund ab.

«Du hast doch angefangen», entgegnete der andere grinsend, «aber ehrlich gesagt war es gar nicht so schlecht ...».

Der dritte Junge versetzte dem Sprecher einen leichten Schlag auf die Wange. «Lass uns abhauen.» Die Gruppe verließe die Eisbahn und verschwand in Richtung ihres Autos.

«Idioten ...», sagte Matias. «Aber das Video ist mega geworden!»

31.

Im Frühjahr erhielt Tuomas eine beunruhigende E-Mail von Chiara: Nonna Olivia hatte angekündigt, dass sie bald sterben würde und und sich vorher noch mit ihm treffen wollte. «Heute Morgen hat Nonna Nudeln für das Kühllager gemacht und gesagt, sie seien für ihre Beerdigung. Mama hat gelacht, weil Nonna nie krank war, aber sie schien es ernst zu meinen, deshalb schreibe ich dir.» berichtete Chiara.

Obwohl Nonna dünn wie ein Besenstiel war und wahrscheinlich mindestens neunzig Jahre alt (niemand hatte je ihre Geburtsurkunde gesehen), war es schwer zu glauben, dass sie bald sterben würde. Dennoch stimmte Tuomas' Vater Olli zu, dass er Nonna besuchen durfte, wenn sie es sich wünschte, denn die beiden hatten immer eine enge Beziehung gehabt. Tuomas war schließlich wieder gesund, und so stand der Reise nichts mehr im Wege. Aus familiären Gründen bekam er eine Woche schulfrei, und auch Olli nahm sich ein paar Tage frei. Sie flogen zuerst nach Florenz und fuhren von dort mit einem Mietwagen weiter zu den Verwandten.

Als sie am Abend das kleine Städtchen Marradi erreichten und den Hügel hinauf zum Ristorante La Colombaia fuhren, wurde Tuomas von einem lauten Grillenkonzert empfangen, als er aus dem Auto stieg. In Finnland war es kalt gewesen, hier duftete es nach frisch gemähtem Heu, und die Kletterrosen um die Steinsäulen der Terrasse standen in voller Blüte. Aus dem Hinterhof kam das dumpfe Bellen des alten Bruno, der an einer schweren Kette lag, damit er die Gäste nicht erschreckte.

Im Erdgeschoss des Hauses brannten alle Lichter. Das Restaurant war, wie an jedem Samstag, voll besetzt. Der Parkplatz vor dem Haus und sogar die Einfahrt waren überfüllt, aber Olli fuhr routiniert auf die Rückseite des Hauses. Vater und Sohn betraten das Haus durch die Seitentür und gingen direkt in die Küche, wo sie Sofia umarmten, die schwitzend an einer großen Bratpfanne Steaks wendete. Die Kellnerinnen huschten zwischen Küche und Gastraum hin und her, die Arme voller Teller mit Bestellungen.

«Nonna ruht sich in ihrem Zimmer aus», berichtete Sofia. «Chiara macht noch Hausaufgaben, kommt aber gleich zum Essen. Nonna weiß, dass ihr da seid, und sie hat ausdrücklich gebeten, dass Tommaso zu ihr zu kommt, sobald ihr ankommt. Was sie ihm sagen will, weiß ich nicht.»

Sofia war sichtlich verärgert darüber, dass Nonna mit Tommaso über etwas Privates sprechen wollte, was nicht einmal Chiara hören durfte.

«Geh du zu Nonna, ich will erst etwas essen. Diesen Gerüchen kann man einfach nicht widerstehen», sagte Olli.

Tuomas nahm seinen Rucksack, stieg die knarrende Holztreppe hinauf, klopfte leise an Nonnas Zimmertür, bevor er eintrat. Eine kleine Lampe auf dem Nachttisch warf schwaches Licht in das dunkle Zimmer. Nonna richtete sich mühsam im Bett auf, um ihn zu begrüßen. Wie klein sie geworden war! Oder war es Tuomas, der über den Winter so gewachsen war?

«Mio caro Tommaso! Bello mio!», rief Nonna und streckte ihm die Arme entgegen.

Nonna drückte Tuomas an ihre sschmale Brust, die unter dem Nachthemd kaum zu spüren war. Tränen liefen ihr über die faltigen Wangen.

«Endlich bist du da. Ich wollte nicht sterben, bevor ich mit dir sprechen konnte. Danke, dass du gekommen bist!»

«Ach, Nonna, du wirst noch lange nicht sterben», flüsterte Tuomas, als sie ihn losließ.

«Aber ich weiß, wann meine Zeit gekommen ist. Es gibt so vieles, das du wissen musst. Geheimnisse, die nur du erfahren wirst, niemand sonst. Nicht Chiara, nicht Sofia, nicht dein Vater. Auch deiner Mutter und deinem Onkel Carlo habe ich nichts gesagt, weil es nicht nötig war. Ich danke dem Schicksal, dass sie den richtigen Tod sterben durften.»

Den «richtigen Tod»? Nonna war dankbar für den Tod ihrer Kinder? Tuomas runzelte die Stirn und sah sie verwirrt an. War Nonna etwa nicht mehr bei klarem Verstand? Sie hatte ihren Kopf wieder auf das Kissen gelegt, und zum ersten Mal seit langem trug sie ihr ewiges schwarzes Kopftuch nicht. Auf dem Kissen lag eine Mähne von Haaren, so rot wie die von Tuomas.

«Weißt du, Tommaso», begann sie «ich wollte anfangs keine Kinder. Ich war schon alt, als deine Mutter und dann Carlo, dein Onkel, geboren wurden. Lange Zeit hatte ich Angst, dass meine Kinder für meine Taten bestraft würden – für meinen Ungehorsam. Dass mein Volk sie für sich beanspruchen würde. Das Volk des Vulkans. Deshalb sind wir hierhergezogen, weit weg von Sizilien, dein Großvater und ich. Hier wurden die Kinder geboren und ich konnte aufatmen. Ich dachte, es wäre vorbei. Doch als du geboren wurdest und ich das erste Foto von dir sah, wusste ich, dass das Erbe des Lava-Volkes in dir weiterlebt. Du hast meine Augen, meine Haare und vermutlich alles andere geerbt. Vielleicht wurde dieses Erbe durch deine finnische Familie sogar verstärkt? Schließlich habt ihr im Norden starke Geister. Vielleicht gibt es Zauberer oder Hexen in der Familie deines Vaters?»

Was erzählte Nonna da für Geschichten? Tuomas verstand kein Wort. Doch je länger Nonna sprach, desto fesselnder wurde die Geschichte, und er vergaß fast zu atmen, während er lauschte. Die Geräusche aus der Küche – das Klappern von Geschirr, Sofias Schimpfen, das Lachen der Restaurantgäste – drangen durch den Boden, aber Tuomas hörte nur Nonna. Ihr Flüstern schien die ganze Welt um sie herum auszublenden.

«Tommaso, alles, was ich dir jetzt sage, ist wahr. Und es ist meine Pflicht, es dir zu sagen. Du hast doch sicher einen kleinen Laptop, oder? Alle Kinder haben einen, auch Chiara.»

«Ich habe ein Tablet in meinem Rucksack», antwortete Tuomas.

«Gut, nimm es heraus und zeichne alles auf, was ich dir jetzt erzähle. Noch verstehst du nicht alles, und du wirst dich auch nicht an alles erinnern. Aber du wirst es später wieder hören müssen.»

Tuomas holte sein Tablet aus dem Rucksack, legte es auf den Rand von Nonnas Nachttisch, startete es und aktivierte die Sprachaufnahme. Nonna seufzte erleichtert, schloss die Augen und begann zu sprechen.

«Tommaso ... es gibt Wesen und Lebensformen auf dieser Welt, von denen die Menschen nichts ahnen. Sieh mich an: Ich bin kein richtiger Mensch. Ich gehörte einst dem Volk der Lava an.»

«Das Lava-Volk?» Davon hatte Tuomas noch nie gehört.

«Was ist ... das Lava-Volk?»

«Das Lava-Volk entstand vor langer Zeit, lange vor den Menschen. Am Anfang war die Erde kein fester Planet, sie bestand nur aus Gasen. Millionen Jahre lang probierte das Leben verschiedene Formen aus. Viele Arten kamen und gingen, einige überlebten und entwickelten sich weiter. Doch nicht alles Leben war sichtbar – wie Tiere, Pflanzen oder später der Mensch. Zu Beginn der Zeit entstand auch eine unsichtbare Lebensform, wie Gas, pure Energie: das Lava-Volk.»

«Und wo lebt dieses Lava-Volk?»

«Lava-Völker leben in den Kratern von Vulkanen auf der ganzen Welt. Mein Volk lebt im Ätna auf Sizilien.»

«Wie kannst du dann hier als Mensch leben, Nonna?»

«Ich habe mich in einen Menschen verliebt, in deinen Großvater. Das ist verboten, und das Volk der Lava bestraft solche Verbindungen hart. Deshalb sind wir aus Sizilien geflohen.»

«Wie sehen diese ... Lavawesen aus, wenn man sie nicht sehen kann?»

«Wir können unsere Energie nach Belieben verändern. Ich kann wie ein Mensch aussehen, die Gestalt eines Tieres annehmen, wie ein Vogel fliegen oder sogar als Blume wachsen. Ich muss mich nicht einmal verändern – ich kann das Gehirn jedes Lebewesens beeinflussen, sodass es mich so sieht, wie ich es möchte, oder es das tut, was ich will».

«Ist das so etwas wie Hypnose?»

«Man könnte es so nennen.»

«Tut mir leid, Nonna, aber das klingt unglaublich. Wie kann man wissen, ob jemand so… anders ist?» Tuomas tat sich schwer damit, über das Lava-Volk zu sprechen.

«Erinnerst du dich an den Unfall, bei dem deine Mutter und dein Onkel Carlo ums Leben kamen? Es tut mir leid, dass ich darüber sprechen muss, auch wenn es schmerzhaft ist.»

«Ich erinnere mich an nichts. Ich bin erst Wochen später im Krankenhaus aufgewacht, wo man mich zusammengeflickt hat.»

«Hast du je darüber nachgedacht, wie du überleben konntest, während die anderen starben und das Auto in Flammen aufging? Als man dich rettete, hattest du Knochenbrüche und warst bewusstlos. Deine Kleidung war verbrannt, aber du hattest keine Verbrennungen, keine Rauchvergiftung. Nicht einmal deine Haare waren angesengt. Jetzt verstehst du: Feuer kann einem Lavamenschen nichts anhaben.»

Plötzlich erinnerte sich Tuomas daran, wie oft die Ärzte in sein Zimmer gekommen waren. Wenn sie dachten, er schlafe, führten sie hitzige Diskussionen darüber, ob sein Überleben überhaupt möglich sei. Sie vermuteten, er sei nicht im Auto gewesen, als der Unfall passierte, oder er sei ausgestiegen, bevor es Feuer fing. Und dann war da die Situation in der Sauna während des Lageraufenthaltes: Während die anderen Jungs den heißen Dampf kaum ertrugen, fühlte sich die Hitze für ihn nur wie eine sanfte Berührung an.

«Du besitzt wahrscheinlich Kräfte, von denen du noch nichts weißt. Du musst lernen, sie zu kontrollieren, damit du sie nicht missbrauchst».

Nonnas Geschichte klang unglaublich, aber ... Tuomas begann, sich an andere seltsame Ereignisse zu erinnern, die ebenso unglaublich waren. Zum Beispiel an den Kilometerstein am Strand – oder noch schlimmer, als der Lastwagen gegen die Steinmauer prallte, die er sich nur vorgestellt hatte. Und dann war da noch die Sache mit King Kong…

«War Mama auch so besonders? Oder Onkel Carlo? Chiara?»

«Nein, sie waren es nicht. Das Erbe der Lava-Völker kann wie eine Krankheit von Generation zu Generation überspringen und dann umso heftiger ausbrechen. –so wie bei dir.»

Nonna streckte die Hand aus und strich sanft über Tuomas' rotes Haar.

«Verstehst du jetzt, Tommaso? Du bist nicht verbrannt, weil du zum Volk der Lava gehörst. Feuer kann uns nichts anhaben, giftige Gase schaden uns nicht. Wie könnten wir sonst in den Kratern leben? Wenn du darüber nachdenkst, wirst du herausfinden, in welchen anderen Dingen du anders bist. Überleg mal: Was nimmt Chiara mit, wenn sie im Dunkeln hinausgeht.»

«Eine Taschenlampe natürlich.»

«Und du?»

«Ich habe nie so recht verstanden, wozu man eine Taschenlampe braucht – ich kann doch auch ohne sehen.»

«Genau. Andere Menschen können im Dunkeln nicht so sehen wie du und ich. Die Lava-Völker haben immer tief unter der Erde gelebt, wo es keine Sonne gibt. Selbst in menschlicher Gestalt besitzen wir die Nachtsicht einer Katze.»

Tuomas' Mund stand offen vor Staunen. Das war der Grund? Deshalb war er immer so mühelos durch den Wald gelaufen, auch im Dunkeln, während die anderen über Hindernisse stolperten und fluchten. Er hatte nie daran gedacht, dass die anderen nachts nicht sehen konnten.

«Gibt es noch mehr von von uns... besondere Menschen auf dieser Welt?»

«Es hat immer Rebellen unter den Lava-Bewohnern gegeben, denen das Leben unter den Menschen gefiel. Im Laufe der Jahrtausende müssen Hunderte, vielleicht Tausende von ihnen die Krater verlassen haben. Sie haben Familien gegründet, Generationen von Kindern und Enkeln hinterlassen. Doch zum Glück ist das Erbe des Lava-Volkes nur bei wenigen erwacht, so wie bei dir. Und bei dir ganz besonders.»

Warum sagst du ‹zum Glück›?»

«Menschen mit diesen Fähigkeiten entwickeln oft außergewöhnliche Talente. Manche werden Spitzensportler, Wissenschaftler, berühmte Künstler oder einflussreiche Politiker, Führer ihrer Völker. Doch sie wissen nicht, woher ihre Kräfte kommen, und glauben, sie hätten alles aus eigener Kraft erreicht. Sie werden arrogant, grausam, genießen es, andere zu beherrschen. Einige von ihnen werden sogar zu Diktatoren.»

«Es gibt viele böse Menschen. Woher weiß man, ob ihre Vorfahren zum Lava-Volk gehörten?»

«Schau dir deine Nonna an. Sieh in den Spiegel. Du wirst diejenigen, die wie du sind, erkennen.»

Obwohl Nonnas Körper alt und zerbrechlich war, mit tiefen Falten im Gesicht, breitete sich ihr rotes Haar wie ein flammendes Meer auf dem Kissen aus, ohne ein einziges graues Haar. Und ihre Augen, die auf Tuomas gerichtet waren, leuchteten immer noch in jenem saphirblauen Glanz, der auch in seinen Augen strahlte.

Nonna wirkte erschöpft.

«Hast du meine Kette aufgehoben?»

«Ich musste sie am Flughafen abnehmen, weil sie aus Metall ist. Sonst trage ich sie immer als Erinnerung an dich.»

Tuomas zog den Anhänger aus seinem Rucksack und hängte ihn sich um den Hals.

«Dieser Stein stammt aus der Heimat meines Volkes. Gib ihn niemandem. Du hast sicherlich gemerkt, dass es kein gewöhnlicher Stein ist. Ich werde immer bei dir sein, auch wenn ich nicht mehr lebe.»

«Nonna, du darfst nicht sterben!»

«Alle Menschen sterben, Tommaso. Doch nur mein Körper stirbt. Der Geist, mit dem du jetzt sprichst, wird frei sein. Aber ich kann nicht zu meinem Volk zurückkehren, denn ich habe als Mensch gelebt. Ich hoffe, meinen geliebten Maurizio und unsere beiden Kinder auf der anderen Seite zu treffen... irgendwo. Das Lava-Volk kennt den Tod nicht, aber ich weiß nicht, was mit uns Menschen geschieht. Jede Religion hat dazu ihre eigenen Erklärungen.»

«Hast du dein Zuhause jemals vermisst? Deine Familie war doch dort.»

«Ich habe meine Wahl getroffen. Meine Familie war hier. Maurizio, Carlo, Angela, Chiara, und du, Tommaso... ihr seid meine Familie».

Von unten drangen das Klappern von Geschirr und fröhliches Gelächter herauf. Der Duft von Steaks und Pommes frites stieg durch die Ritzen des Fußbodens. Tuomas bemerkte, dass sein Magen laut knurrte, dass Nonna es hören konnte.

«Armer Tommaso, du bist hungrig und nach der langen Reise sicher erschöpft. Geh essen und ruhe dich aus. Sag Sofia, dass ich morgen früh keine Nudeln mehr machen werde. Diese Aufgabe gehört nun ihr.»

In diesem Moment ging die Tür auf, und Chiara stürmte herein. Freudestrahlend umarmte sie Tuomas. «Tommaso, du musst mit zum Essen kommen. Mama hat es angeordnet. Und dein Vater wartet. Nonna, darf ich dir etwas Suppe oder Nudeln bringen?»

«Danke, mein liebes Kind, aber ich brauche nichts. Es freut mich, dass Tommaso gekommen ist, um mich zu sehen.»

Chiara nahm ihren Cousin bei der Hand und zog ihn zur Tür. Tuomas blickte noch einmal zu Nonna.

«Nonna... ich habe so viele Fragen...»

Nonna hob leicht die Hand zum Abschied. Es war das letzte Mal, dass Tuomas seine Nonna lebend sah. Später am Abend, als Tuomas und sein Vater bereit in ihrem Zimmer waren, bemerkte Tuomas, dass er sein Tablet auf Nonnas Nachttisch hatte liegen lassen. Doch er wollte

Nonna so spät nicht mehr stören – vielleicht schlief sie schon. Seltsamerweise schaltete sich das Tablet von selbst aus.

Am nächsten Morgen, als Nonna nicht wie gewohnt in die Küche kam, um Nudeln zu machen, ging Sofia nach ihr sehen. Nonna lag tot in ihrem Bett. Sie war gegangen, wie sie es gesagt hatte.

Obwohl Tuomas tapfer bleiben wollte, konnte er nicht aufhören zu weinen. Chiara brach völlig zusammen. Die beiden Kinder zogen sich in Chiaras Zimmer zurück, um den Erwachsenen aus dem Weg zu gehen. Sofia ließ einen Arzt kommen, der den Totenschein ausstellte und bestellte ein Fahrzeug vom Bestattungsinstitut, um Nonnas Leichnam abzuholen. Als der lange schwarze Wagen das Ristorante La Colombaia verließ, erhob der alte Bruno hinter dem Haus ein klagendes Heulen.

32.

Tuomas nahm den Laptop vom Nachttisch seiner Nonna und drückte das Gerät fest an seine Brust. «Nonna, Nonna, du hast mir versprochen, alles zu erzählen», jammerte er leise.

«Was hat Nonna dir denn erzählt?», fragte Chiara mit tränenerstickter Stimme.

«Vieles... Dinge, die nur mich betreffen Aber jetzt bleibt alles ungesagt, und ich werde nie mehr erfahren, was sie mir noch sagen wollte.»

Doch Nonna hatte ihr Versprechen gehalten. Als Tuomas später die Tonaufnahme abspielen wollte, natürlich mit Kopfhörern, damit niemand von Nonnas Geheimnis erfuhr – stellte er fest, dass sie weitergesprochen hatte, nachdem er den Raum verlassen hatte. Ihre Stimme war schwach, und die Pausen zwischen ihren Sätzen so lang, dass Tuomas fast dachte, die Aufnahme sei zu Ende. Doch dann kam wieder ein Seufzer, ein Husten – und Nonna sprach weiter, als stünde er noch neben ihrem Bett. Aber jetzt konnte Tuomas keine Fragen mehr stellen, wenn er etwas nicht verstand. Nonna war fort, unerreichbar.

«Tommaso,» sagte sie in der Aufnahme, «es fällt dir sicher schwer, an so etwas wie das Lava-Volk zu glauben. Doch sie existieren, so wie die Menschen. Nur, wo der Mensch eine vergängliche Erscheinung ist, ist das Lava-Volk ewig.»

Nonna klang stolz auf ihr Volk. Es folgte eine lange Pause, dann ein tiefer Seufzer.

«Alle Vulkane der Erde sind durch unendliche Höhlensysteme miteinander verbunden, so auch die Lavavölker,» erklärte Nonna. «Ihr jungen Leute kennt das Internet. Wir haben das ‹Vulkan-Net›. Meine Eltern – so würdet ihr sie wohl nennen – waren die Anführer des Lava-Volkes im Ätna. Wie ein Königspaar, könnte man sagen. Das macht mich zu einer Prinzessin. Und als mein Enkel wärst du, Tommaso, für die Menschen so etwas wie ein Prinz.»

Tuomas riss sich verblüfft die Kopfhörer aus den Ohren. Ein Lava-Prinz! Warum nicht gleich König? Und sein «Königreich» war nichts Geringeres als ein ganzer Vulkan! Als er sich wieder gesammelt hatte, setzte er die Kopfhörer auf und spulte die Aufnahme zurück, um den verpassten Teil noch einmal zu hören.

«...ein Prinz. Manchmal, zur Unterhaltung, beobachten wir das Leben der Menschen. Aber es ist strengstens verboten, mit ihnen in Kontakt zu treten. Als Erbin des Häuptlingspaares wurde mir jedoch vertraut, und ich durfte oft bei den Bewohnern der Vulkanhänge verweilen. Manchmal saß ich als Katze auf einer Fensterbank und beobachtete, wie die Familien beim Abendessen zusammensaßen. Oder ich ließ unbemerkt Pfirsiche und Oliven zu Boden fallen und amüsierte mich, wenn die Menschen sich wunderten.

Bei einem dieser Ausflüge lernte ich Maurizio kennen. Seine Eltern hatten ein Haus am Hang des Ätna. Maurizio war ein gutaussehender junger Mann, und obwohl ich kein Mensch war, verliebte ich mich in ihn. Bald wollte ich wie ein Mensch leben – als Maurizios Geliebte. Das war streng verboten.

Das Lava-Volk darf sich niemals mit den niederen Menschen vermischen... Es wäre genauso unnatürlich, wie wenn ein Mensch einen Affen oder Gorilla heiraten würde. Ich dachte, ich wäre vorsichtig, aber jemand hatte mich beobachtet. Die Lava-Leute beschlossen, Maurizio zu töten und alle Häuser und Menschen im Tal zu zerstören, damit eine solche Schande nie wieder vorkäme – dass sich ein Lava-Mädchen in einen wertlosen Menschen verliebt.

Als der Vulkan ausbrach und die Lava zu fließen begann, rannte ich entsetzt zu Maurizios Elternhaus, aber es war niemand dort. Ich konnte das Haus vor der glühenden Lava retten. Als Maurizio zurückkehrte, wartete ich auf ihn. Ich war jung und schön, mein Haar leuchtete wie flüssige Lava. Maurizio verliebte sich in mich, und wir wollten zusammen leben. Doch ich hatte Angst vor der Rache meines Volkes und überredete ihn, weit fortzugehen.

Hier, in La Colombaia, habe ich gelernt, wie eine menschliche Frau zu leben. Auch Angela und Carlo waren ganz normale Kinder. Aber du, Tommaso, gehörst zum Lava-Volk, und damit bist für immer in Gefahr, dass mein Volk dich zurückholen will. Ich werde dir noch erklären, warum. Doch du musst eines nie vergessen: Vertraue niemandem. Niemals. Das ist unser Geheimnis. Verrate es niemandem.»

Die letzten Worte waren nur noch ein Flüstern.

«Ich muss mich jetzt ausruhen... ich bin so müde ... *Ah, Maurizio, mio caro! Aspetta! Aspetta!*»

Danach war nur noch das leise Ticken der Uhr auf dem Nachttisch zu hören und das leise, traurige Weinen von Bruno, das durch das offene Fenster drang. Nonnas Leben war zu Ende. Aber was wollte sie ihm noch sagen?

Nonnas unglaubliche Geschichte über das Lava-Volk bedrückte Tuomas so sehr, dass er kaum noch atmen konnte. Er zog sich in sein Zimmer zurück, warf sich aufs Bett und starrte an die Decke. Allmählich begann er zu begreifen, woher die seltsamen Kräfte stammten, die ihn immer wieder überkamen.

Was hatte Nonna gesagt, dass die Lavamenschen allein mit ihrer Willenskraft jede Gestalt annehmen konnten, sichtbar oder unsichtbar, und dass sie über gewaltige Kräfte verfügten? Was, wenn er diese Kräfte nicht unter Kontrolle bringen konnte? Er könnte ungewollt Katastrophen auslösen! Und dann war da noch Nonnas Warnung, dass das Lava-Volk die Nachkommen der Abtrünnigen zurückholen wollte? Warum wollten sie das?

Tuomas fühlte sich verloren. Außer Nonna gab es niemanden, der ihm helfen konnte – und jetzt war auch sie fort. Andererseits gab es auch niemanden mehr, der dieses Geheimnis kannte. Vielleicht, wenn er versuchte, alles zu vergessen, könnte er ein ganz normales Leben führen, wie jeder andere Junge. Tuomas fasste den Entschluss, Nonnas Geschichte von seinem Computer zu löschen, damit niemand sie je zu hören bekäme. Vor allem nicht Chiara, die überall ihre Nase hineinsteckte.

Die Beerdigung von Nonna war schlicht und unspektakulär. Nonna hatte sich nie groß am gesellschaftlichen Leben beteiligt, nicht einmal im Kirchenchor, obwohl Pater Alberto sie oft dazu eingeladen hatte. Die Erbteilung war bereits zu Nonnas Lebzeiten geregelt worden: La Colombaia gehörte nun Sofia, der Witwe von Carlo.

Doch dann kam eine Überraschung. In Nonnas Unterlagen fand sich: ein offizielles Testament, in dem sie Tuomas ein Haus in Sizilien vermachte. Bis dahin hatte niemand an die sizilianischen Wurzeln der Familie Costa gedacht. Das Haus hatte einst Maurizios Eltern gehört, war dann auf Maurizio übergegangen und schließlich auf Nonna Olivia. Nun war Tuomas als Urenkel der rechtmäßige Erbe.

Sofia wollte das Testament nicht anfechten. Das Haus in Sizilien, nach über einem halben Jahrhundert, war wahrscheinlich ohnehin nur noch ein verfallener Steinhaufen. Außerdem hatte Sofia mit dem Restaurant La Colombaia genug zu tun.

33.

Nach der Testamentseröffnung beschloss Olli Arkko, dass es am besten wäre, die Erbschaftsangelegenheit direkt in Sizilien zu regeln, solange sie in Italien waren. Das bedeutete allerdings, dass sie entweder einen Anwalt beauftragen oder selbst nach Sizilien reisen müssten, um sich darum zu kümmern.

Eine Reise könnte Tuomas nach Nonnas Tod guttun, und der Junge schien ohnehin großes Interesse an Sizilien und dem Haus seiner Großeltern zu haben. Als Olli ihm den Vorschlag machte, begann Tuomas sofort, auf seinem Tablet nach Karten, Ortsnamen und weiteren Informationen über Sizilien zu suchen.

«Wusstest du, dass der Ätna mit 3300 Metern der höchste Vulkan Europas ist? Stell dir vor, er bricht aus, während wir da sind!»

«Das hoffen viele Touristen – ein Nervenkitzel fürs Leben», grinste sein Vater.

«Der Ätna ist vor 500.000 Jahren entstanden. Die Menschen haben keine Angst, an seinen Hängen zu leben, weil die Lava so langsam fließt, dass man flüchten kann. Es sei denn, es kommt zu ... pyroklastischen Eruptionen, die mit der Geschwindigkeit eines Schnellzugs den Hang hinabrasen und alles verbrennen, was ihnen im Weg steht.»

«Das klingt gefährlich. Sieh mal hier!» Tuomas zeigte auf sein Tablet. «Im Jahr 1669 öffnete sich eine riesige riesige Spalte in der Flanke des Ätna, und Lava strömte in Richtung der Stadt Catania. Die Lava erreichte sogar den Hafen von Catania, nachdem die Stadtmauern unter ihrem Gewicht nachgegeben hatten. Und später brach der

Ätna noch viele Male aus. 1929 wurde die Stadt Mascali unter Lava begraben, aber die Menschen konnten sich und ihr Hab und Gut rechtzeitig in Sicherheit bringen, weil der Lavastrom so langsam war.»

«Gut, dass wir in Finnland keine Vulkane, Überschwemmungen, Lawinen oder Orkane haben. Fast langweilig,» bemerkte sein Vater scherzhaft.

«Aber vor Millionen Jahren gab es auch in Finnland Vulkane, und das ganze Land war mit Lava bedeckt,» fügte Tuomas hinzu.

«Zum Glück sind wir ein bisschen später geboren», lachte Olli.

Tuomas dachte kurz nach: Gab es damals wohl auch Lavamenschen? Und könnten sie vielleicht auch in Finnland gelebt haben?

Er wandte sich wieder an seinen Vater: «Das Haus, das im Testament erwähnt wird, liegt in der Nähe der Stadt Mascali. Die genaue Adresse habe ich bei Google Maps nicht gefunden, aber die Stadt gibt es noch, und ich bin sicher, wir werden das Haus ausfindig machen».

«Wahrscheinlich gibt es im Stadtarchiv alte Karten», meinte sein Vater.

«Verrückt, wenn man sich vorstellt, dass Nonno und Nonna damals wirklich dort gelebt haben,» sagte Tuomas nachdenklich.

«Vater, wusstest du eigentlich, dass wir Menschen auf der Erde wie auf einer Fähre fahren?»

«Wie meinst du das? Ich werde auf dem Meer leicht seekrank,» scherzte Olli.

«Die Erdkruste besteht aus riesigen Platten, die auf einer Schicht geschmolzener Lava schwimmen. Und genau am Ätna stoßen zwei dieser Kontinentalplatten zusammen und versuchen, sich gegenseitig nach unten zu drücken.»

«Bald bist du ein Experte für den Ätna», lobte sein Vater. Es tat gut zu sehen, dass Tuomas sich auf etwas anderes konzentrieren konnte als auf den Tod seiner Nonna. Olli selbst hatte wenig Interesse an der Beschaffenheit des Bodens. Für ihn begann die Faszination erst in 10.000 Metern Höhe – dort, wo der Planet aus der Perspektive eines Flugkapitäns spannend wurde.

Die Spuren vergangener Vulkanausbrüche waren kaum noch sichtbar. An den Hängen wuchsen bereits dichte Wälder, und die Dörfer sowie die Stadt Mascali waren wiederaufgebaut. Die Menschen waren zurückgekehrt, und in den Gärten rund um ihre Häuser blühte es prächtig. Die vulkanische Mischung aus Lava, Asche und Erde erwies sich als äußerst fruchtbar.

An den oberen Hängen des Vulkans, die noch von erkalteten Lavaströmen bedeckt waren, wuchsen nur spärliche Grasbüschel und Sträucher. Im Winter lag dort Schnee und ein Skilift lud zu Abfahrten ein. Die Straße zum Gipfel des Ätna führte bis zu einem Restaurant, auf dessen Parkplatz Touristen ihre Autos abstellten, um den letzten Abschnitt zu Fuß zum höchsten Punkt des rauchenden Vulkans zu erklimmen.

Es war strengstens verboten, in den Krater hinabzusteigen, doch jedes Jahr wagten es einige Waghalsige oder erlitten Unfälle. Dann mussten Rettungsteams, ausgestattet mit Gasmasken und Seilen, hinabsteigen, um die Opfer zu bergen. Die unsichtbaren Gase, die aus den Spalten des Kraters aufstiegen, waren tödlich – ganz im Gegensatz zum Rauch, der seit Jahrhunderten ruhig in den Himmel stieg.

Am Hang des Vulkans stand, abgesehen vom Restaurant, nur ein einziges Haus. Seine grauen Steinwände und das Dach aus Schieferplatten ließen es nahezu mit der Umgebung verschmelzen. Nur der dichte Garten, der das Haus umgab, verriet seine Anwesenheit. Ein kleiner Bach durchzog den verwilderten Garten, und hohe Steinmauern umschlossen das Grundstück von drei Seiten. Für die Tiere war dieser Garten ein Paradies, doch die Dorfbewohner – selbst die Jäger – mieden ihn und warnten Spaziergänger davor, ihn zu betreten.

Die Erklärungen, die sie gaben, waren vage und voller Aberglaube: *«La sposa del vulcano»* – die Braut des Vulkans – *«la strega di lava»* – die Lavahexe – oder *«gli spiriti malvagi»* – böse Geister. Lokale Reiseveranstalter hatten mehrfach versucht, das alte Häuschen als Raststätte für Wanderer zu erwerben, aber das städtische Immobilienbüro konnte den Eigentümer nicht ausfindig machen. Jene, die es wagten, das Haus zu betreten, kehrten verwirrt zurück.

«Dieses Haus hat eine schlechte Ausstrahlung», sagten sie. «Es ist schwer, dort zu atmen, als ob Gas in der Luft wäre – vielleicht wegen des Vulkans?» Sogar die Tiere dort schienen seltsam, fast verzaubert? Sie flohen nicht, sondern starrten einen an und verschwanden dann plötzlich. Im Herbst legte niemand Netze unter die Olivenbäume, um die reiche Ernte aufzufangen, wie es sonst üblich war. Reife Äpfel blieben unberührt und fielen als Futter für Wildkaninchen und Rehe auf den Boden. Auch die Weinstöcke, die sich an den Hauswänden hochrankten, wurden von niemandem gepflegt. Die Familie Costa, die laut den Aufzeichnungen die letzten Besitzer des Hauses gewesen war, wurden nach dem Vulkanausbruch nicht mehr gesehen und galt als verschollen oder tot.

34.

Vater Olli und Tuomas flogen nach Sizilien. Vom Flughafen Catanio-Fontanarossa nahmen sie ein Taxi zu dem Hotel, in dem Olli am Vortag ein Zimmer reserviert hatte. Nachdem die Mittagssiesta vorbei war, wollte Olli im Katasteramt von Catania nachsehen, ob sich in den Archiven Unterlagen zu Nonnas Haus finden liessen. Bereits vor der Abreise hatte er dort telefonisch nachgefragt.

Olli vermutete, dass in der Provinzhauptstadt Dokumente aufbewahrt wurden, die im Vulkanausbruch von Mascali verloren gegangen waren. Das Verwaltungsgebäude war nur ein paar Straßen vom Hotel entfernt. Sobald sie die Hoteltür hinter sich schlossen, schlug ihnen die glühende Hitze entgegen, doch eine leichte Brise vom Meer her sorgte für etwas Abkühlung. Die Magnolienbäume entlang der Straße hatten ihre Blüte bereits hinter sich, und die verwelkten rosa Blütenblätter lagen wie ein fleckiger Teppich auf dem Boden. Der süße Duft von Orangen- und Zitronenbäumen wehte über die hohen Gartenmauern der Stadt.

Auf ihrem Weg über die Piazza del Duomo bewunderten sie die palastartigen Gebäude, die den Platz umrahmten. «In Finnland sind schon mehrmals ganze Städte aus Holz niedergebrannt. Aber diese Gebäude hier stehen schon seit tausend Jahren. Irgendwo gibt es sogar noch ein römisches Amphitheater», erinnerte sich Olli. «Das kann nur ein Erdbeben zerstören.»

«Oder Lava», fügte Tuomas hinzu. Einige Dutzend Kilometer entfernt erhob sich der mächtige Vulkan Ätna am

Horizont. Eine Rauchwolke stieg von seinem Gipfel in den Himmel. Der Ätna ... und Nonnas Geschichten. Könnte da wirklich etwas Wahres dran sein?

Ein mürrischer Angestellter nahm die vergilbten, mehrfach gefalteten Dokumente von Olli entgegen, glättete sie leicht und begann, die Adress- und Registriernummern in seinen Computer einzugeben.

«Nach Ihrem gestrigen Anruf habe ich etwas im Archiv gefunden ... ich hole es», sagte er und verschwand ins Hinterzimmer. Olli hatte den Eindruck, dass der Mann seine Mittagspause am liebsten bis zum Abend ausgedehnt hätte, doch der unerwartete Termin machte ihm einen Strich durch die Rechnung. Kurz darauf kam der Angestellte mit einigen Karten zurück.

«Die Besitzverhältnisse und die Grundstücksdaten müssen noch überprüft werden», erklärte er.

«Es sollte keine Unklarheiten geben», erklärte Olli. «Die älteste Urkunde, die ich Ihnen übergeben habe, belegt, dass das Anwesen seit mindestens Ende des 19. Jahrhunderts im Besitz der Familie Costa ist. Die Großmutter meines Sohnes hat es ihm testamentarisch hinterlassen. Hier sind ihre Sterbeurkunde und das Testament. Falls die Eintragung des Eigentümerwechsels mit Kosten verbunden ist oder Steuerschulden bestehen, kümmere ich mich gern darum.»

Der Angestellte warf einen Blick auf die aktuellen Karten, die auf dem Computerbildschirm erscheinen. «Dieses Gebiet liegt in der Bauverbotszone, weil es bei einem erneuten Vulkanausbruch von Lava verschüttet werden könnte. Das ist schon einmal passiert.»

«Wir haben nicht vor, etwas zu bauen. Wir möchten nur das alte Haus der Familie besuchen. Dort werden wir nicht wohnen», erklärte Olli.

«In diesem Gebiet kann es keine Gebäude geben. Alles bis zur Stadt Mascali wurde zerstört. Das Grundstück liegt mitten auf einem Hang, der von Lava bedeckt ist. Zwar wächst dort inzwischen etwas, aber das ist lange her", entgegnete der Angestellte.»

«Dort steht ein Haus. Ich habe aktuelle Luftaufnahmen bei Google angesehen. Sie können selbst nachsehen», fügte Tuomas so höflich wie möglich hinzu.

Der Angestellte lief rot an. Er tippte hektisch in seinen Computer, bewegte die Maus und starrte dann überrascht auf den Bildschirm. Ohne ein weiteres Wort griff er zum Telefon und rief jemanden an. Kurz darauf betrat ein älterer Mitarbeiter den Raum, offenbar ein Vorgesetzter. Der Anrufer entschuldigte sich sofort für die Störung. Mit hochgezogenen schwarzen Augenbrauen musterte der ältere Mann die beiden Kunden und hörte sich die Erklärungen seines Kollegen an. Als er auf dem Bildschirm sah, dass das Haus tatsächlich existierte, wandte er sich an Tuomas und knurrte: «Du bist also der neue Besitzer dieses Hauses?» Zu seinem Kollegen sagte er: «Sind die Personalien der beiden überprüft?»

«Alles in Ordnung. Sie sind Finnen – oder der Junge ist ein Finne und ein Italiener. Also Doppelbürger.»

Olli bemerkte, dass Tuomas immer noch seine Mütze trug, was er in dieser Situation für unhöflich hielt, zumal der Empfang ohnehin schon frostig war. Er tippte ihm auf den Kopf, und als Tuomas seine Mütze abnahm, kamen seine roten Haare zum Vorschein. Die Münder der beiden

Angestellten standen offen, als hätten sie einen Geist gesehen. Der ältere Mann griff sofort zum Telefon und rief jemanden an. Kurze Zeit später erschienen mehrere Frauen an der Bürotür und starrten Tuomas fassungslos an. «Es ist wahr ...», hauchte die älteste von ihnen. «Das hat meine Großmutter mir erzählt.»

Sie drehte sich abrupt um und eilte davon, ohne sich noch einmal umzublicken. Die anderen Frauen folgten ihr rasch, ihre Absätze klapperten auf dem Steinboden. Auch der Vorgesetzte lief ihnen nach. Tuomas spürte, dass er hier nicht willkommen war. Ihm dämmerte der Grund, doch er konnte es seinem Vater nicht sagen, der bereits nervös wurde.

«Was machen wir jetzt? Sollen wir das Testament und den Eigentümerwechsel eintragen lassen? Was fehlt noch?» Tuomas zupfte seinen Vater am Ärmel.

«Vergiss es. Lass uns gehen. Ich fühle mich hier unwohl.»

Tuomas starrte den Angestellten an, wie er es sich immer vorgenommen hatte – den Menschen in die Augen sehen. Doch der Angestellte hob die Hand schützend vor sein Gesicht, und auf seinem Handrücken schimmerte plötzlich ein roter Punkt auf, als ob ein Laserstrahl ihn ins Visier genommen hätte. Tuomas spürte ein merkwürdiges Kribbeln in den Augen. In seinem Kopf breitete sich ein grelles, blau-weißes Licht aus, fast wie beim Schweißen. Was geschah mit ihm? Tuomas holte tief Luft und schloss die Augen.

«Wenn du dachtest, in Finnland gäbe es viel Bürokratie, dann ist es hier noch schlimmer. Warum sehen die uns an, als kämen wir von einem anderen Planeten? Hierher kommen doch ständig Horden von ausländischen Touristen», murmelte Olli auf Finnisch. Tuomas schwieg, zog sich die Mütze tief über seine roten Haare und starrte stumm auf den Boden.

«Natürlich, alles in Ordnung ... wir tun, was Sie wünschen. Wir wollen keinen Ärger. Sie müssen jedoch noch ins Rathaus von Mascali gehen, da das Grundstück zu deren Gebiet gehört. Ich werde heute noch Kopien Ihrer Unterlagen dorthin schicken und Ihre Ankunft melden. Ist das in Ordnung?» Der Angestellte klang beinahe unterwürfig.

«Welchen Ärger hätten wir ihnen schon machen können?», fragte Olli, als sie wieder auf der Straße standen. «Die schienen fast Angst vor uns zu haben... merkwürdige Leute. Als ob wir zur Mafia oder Cosa Nostra gehören würden.»

«Ich habe Hunger», sagte Tuomas, und damit war das Thema für den Vater erledigt, denn auch er hatte Hunger. In der Innenstadt gab es in jeder Straße mindestens ein Restaurant. Die Speisekarten neben den Eingängen versprachen allerlei Köstlichkeiten aus der mediterranen Küche.

«Ich will einfach nur eine Pizza», entschied Tuomas.

«Dann suchen wir eine Pizzeria», erwiderte Olli.

Nachdem sie ein gemütliches kleines Lokal gefunden hatten und am Fenstertisch auf ihre Pizza warteten, bemerkte Tuomas einen Mann, der auf der Straße direkt vor dem Fenster stand und ihn unverwandt anstarrte. Tuomas hatte seine Mütze wieder abgenommen – keine Mützen am Tisch, das hatte man ihm schon in der Schulkantine eingebläut. «Wenn viele Leute hungrig sind, muss man das Essen respektieren», hatte die Lehrerin immer gesagt. Tuomas wollte seinen Vater auf den Mann aufmerksam machen, aber in diesem Moment wurde ihre Pizza serviert, und der verlockende Duft von Knoblauch und exotischen Gewürzen lenkte ihn ab. Der Mann war plötzlich nicht mehr so wichtig.

Am Abend wollte Olli Arkko noch etwas in der Hotelbar trinken, aber er wollte Tuomas nicht allein im Zimmer lassen.

«Ich brauche keinen Babysitter», protestierte Tuomas. «Außerdem haben wir Handys, falls ich dich vermissen sollte. Ich will einfach nur ins Bett.»

Olli ging schliesslich. Tuomas zog sich aus und lag schon im Bett, als er bemerkte, dass Chiara ihm eine E-Mail geschickt hatte.

«Zwei Fremde waren heute Morgen im Restaurant», schrieb sie. «Ich habe dort meine Hausaufgaben gemacht, weil es so ruhig war. Die Männer sagten, Nonna sei ihre Verwandte. Einer von ihnen hatte sogar Haare wie Nonna. Sie entschuldigten sich, dass sie nicht zur Beerdigung kommen konnten. Dann fragten sie, ob ich Nonnas Enkelin sei und ob sie noch andere Enkelkinder hätte. Ich zeigte ihnen das Gruppenfoto von der Beerdigung, auf dem du zu sehen bist. Die Männer wirkten plötzlich ganz aufgeregt und machten Fotos mit ihren Handys. Ich habe ihnen erzählt, dass ihr beide gerade in Sizilien seid. Sie bedankten sich und gingen , ohne auch nur einen Kaffee zu trinken. Komische Typen.»

«Sizilien ist schön, aber merkwürdige Leute gibt es auch hier», antwortete Tuomas, bevor er den Computer ausschaltete. Gab es wirklich solche Zufälle? Dass ausgerechnet jetzt alte Bekannte von Nonna auftauchten und nach ihm fragten? «Traue niemandem», hatte Nonna ihn immer gewarnt.

So oder so – Tuomas gähnte. Er war todmüde. Morgen würde ein anstrengender Tag bevorstehen, wenn sie bei dieser Hitze zu Nonnas Berghütte wollten. Es war Zeit, sich auszuruhen. Tuomas zog sich aus, kroch ins Bett und löschte die Tischlampe. Das Zimmer versank in Dunkelheit, denn die dicken Vorhänge blieben an diesem heißen Tag zugezogen.

Er muss eingeschlafen sein, doch plötzlich erwachte er, weil seine Brust schmerzte. Er tastete unter seinem T-Shirt: Nonnas Stein war heiß wie Feuer. Noch im Halbschlaf riss er den Anhänger so fest vom Hals, dass die Kette zerbrach. Wenigstens war er jetzt wach!

Ein leises Rasseln an der Zimmertür weckte seine Aufmerksamkeit. Hatte sein Vater Schwierigkeiten, die Schlüsselkarte richtig einzustecken? Doch dann öffnete sich die Tür und schloss sich sofort wieder, ohne dass jemand das Licht anmachte. Eine Taschenlampe flackerte kurz auf und erlosch. Tuomas erinnerte sich an Geschichten über Hoteldiebe im Süden. Dachte jemand, das Zimmer sei leer? Er hatte gesehen, wie sein Vater das Hotel verlassen hatte – vielleicht hatte ein unehrlicher Angestellter die Gelegenheit genutzt, um mit einer Schlüsselkarte einzubrechen? Sein Herz begann zu rasen.

Dann sah er zwei Gestalten, die sich vom Flur ins Zimmer schlichen. Zwei Diebe! Wenn sie ihn im Bett finden, würden sie ihn sicher totschlagen – schließlich war er Zeuge ihres Einbruchs! Tuomas blieb reglos liegen, während die Männer leise miteinander flüsterten.

«Wir müssen ihn nur betäuben. Er muss am Leben bleiben, das hat der Chef gesagt.»

«Und wenn er anfängt zu schreien?»

«Dann halten wir ihm den Mund zu. Hier hört uns niemand. Wir wickeln ihn einfach in die Decke.»

Tuomas begriff, dass es sich nicht um gewöhnliche Diebe handelte – es waren Entführer, und er sollte ihre Beute sein. In Sizilien wurden doch häufig Kinder reicher Familien entführt und nur gegen Lösegeld freigelassen. «Wenn doch nur Vater käme», dachte Tuomas, doch ihm wurde klar, dass auch sein Vater in Gefahr wäre – zwei gegen einen wäre eine schlechte Kombination. «Wenn ich nur unsichtbar wäre», wünschte er sich verzweifelt.

Die Männer standen nun direkt neben seinem Bett. Einer leuchtete mit der Taschenlampe auf ihn, während der andere ein mit Chloroform getränktes Tuch in der Hand hielt, bereit, es ihm über die Nase zu drücken. Der beißende Geruch erinnerte ihn an den Chemieunterricht in der Schule, als eine Flasche Chloroform zu Bruch gegangen war.

«Wo ist der Balg? Hier ist niemand!», flüsterte einer der Männer.

«Schau im Bad und unter dem Bett. Er hat sich nicht in Luft aufgelöst.»

Doch tatsächlich konnten die Männer ihn nicht sehen, obwohl sie direkt neben ihm standen und nur eine Decke seine Beine bedeckte. Der eine suchte weiter mit der Taschenlampe im Zimmer, leuchtete noch einmal aufs Bett und begann dann zu fluchen. «Das ist das falsche Zimmer! Ich habe es dir gesagt! Du kannst nicht mal Zahlen lesen. Lass uns verschwinden, bevor jemand kommt.»

Die Männer verließen hastig das Zimmer und zogen die Tür hinter sich zu. Zum Glück nahmen sie das Chloroformtuch mit, denn der Raum stank bereits genug. Tuomas zitterte vor Angst, obwohl die Gefahr vorbei war. Er stand auf, öffnete das schwere Fenster und ließ frische Luft herein, um den Geruch loszuwerden, bevor sein Vater zurückkam. Im Hinterhof des Hotels sah er gerade noch, wie die beiden Männer in ein wartendes Taxi stiegen. Waren das die Entführer? Wollten sie ihn wirklich mit einem Taxi entführen?

Tuomas legte sich wieder ins Bett und realisierte erst jetzt, was passiert war: Er hatte gehofft, unsichtbar zu sein, und es war geschehen. Er war einer der unsichtbaren Lavamänner – ein Lava-Junge!

Als sein Vater zurückkam, tat Tuomas so, als würde er schlafen. Es hatte keinen Sinn, ihm von den Eindringlingen zu erzählen. Es gab keine Spuren und nichts war gestohlen worden. Wie sollte er beweisen, dass zwei Männer versucht hatten, ihn zu entführen, aber ihn im Bett nicht gefunden hatten? Es klang wie völliger Unsinn – wie schlechte Träume eines Feiglings! Leise schloss der Vater das Fenster und legte sich ebenfalls schlafen.

35.

Am nächsten Morgen fand Tuomas den zerbrochenen Anhänger auf seinem Bettlaken.

«Die Kette muss repariert werden. Sie ist gerissen, als der Stein in der Nacht so heiß war und ich sie im Schlaf so heftig vom Hals gezogen habe.»

«Hier gibt es Juweliere, die das schnell reparieren können. Nach dem Frühstück schauen wir uns um.»

Der Rezeptionist wies ihnen den Weg zu einem nahegelegenen Juwelier und notierte sich auch, dass sie für den Vormittag ein Taxi nach Mascali benötigten. Er versprach, sich darum zu kümmern

Nach dem Frühstück machten sie sich auf den Weg zu dem Juwelier, der sich in einer kleinen, versteckten Nebenstraße befand. Als sie die Tür öffneten und das Klingeln ertönte, schob sich hinter einem Vorhang ein Rollstuhl hervor, in dem ein alter Mann mit silbergrauen Haaren saß.

«Bongiorno, was kann ich für Sie tun?» fragte er freundlich.

Tuomas kramte in seinen Taschen, zog die kaputte Kette samt Stein hervor und legte sie auf den Tresen. «Die Kette ist gerissen.»

Der Juwelier nahm den Anhänger vorsichtig in die Hand, legte ihn jedoch rasch wieder zurück auf den Tresen, als hätte der Stein seine Finger verbrannt. Er holte eine Lupe hervor und betrachtete den Stein genauer.

«Weißt du, was das für ein Stein ist?» fragte er mit einem seltsamen Unterton.

«Keine Ahnung. Nonna hat ihn mir geschenkt, damit ich immer an sie denke. Deshalb ist mir der Anhänger so wichtig. Ich trage ihn immer um den Hals», erklärte Tuomas.

«Ich würde ihn mir gerne genauer ansehen – sehr interessant, sehr interessant…,» murmelte der Goldschmied fasziniert und holte ein Gerät aus der Glasvitrine, das Tuomas als Mikroskop erkannte.

«Das ist ein Polarisationsmikroskop, entwickelt, um Edelsteine zu identifizieren», erklärte der alte Mann leise vor sich hin.

«Wir brauchen keine Analyse des Steins, wir möchten einfach nur, dass die Kette schnell repariert wird. Wir haben es eilig», sagte der Vater ungeduldig.

«Si, si, das geht schnell ... und es kostet nichts …,» antwortete der Juwelier, aber seine Aufmerksamkeit war ganz auf den Stein gerichtet. Er schaute fasziniert durch das Mikroskop und murmelte weiter unverständliche Worte. Dann zog er ein dickes Buch unter der Ladentheke hervor – ein Nachschlagewerk über Edelsteine, dem Anschein nach von allen bekannten Steinen der Welt.

«Kann das wirklich sein? Auf keinen Fall... aber diese Einschlüsse... eindeutig ein hexagonales Kristallsystem. Sehen Sie selbst», verkündete der Juwelier mit feierlicher Stimme und schob das Mikroskop zu Tuomas herüber. Was Tuomas sah, war unglaublich! Die roten Punkte im Stein, die er mit bloßem Auge nur erahnen konnte, funkelten unter dem Mikroskop wie winzige Kristalle.

«Das ist wunderschön», seufzte Tuomas. «Wie heißt dieser Stein?»

«Wenn ich mich nicht irre... nach dem, was das Buch sagt, könnte es Taaffeite sein.»

Tuomas fühlte sich plötzlich enttäuscht. Die Begeisterung des Juweliers hatte ihn glauben lassen, es handle sich um ein außergewöhnliches Juwel, aber von Taaffeite hatte er noch nie gehört. Der Name sagte ihm nichts. Er zuckte mit den Schultern.

«Nun ... reparieren Sie es bitte, damit ich die Kette wieder tragen kann.»

Der Juwelier runzelte die Stirn und wandte sich an den Vater: «Wenn ich der Vater dieses Jungen wäre und er hätte so einen Stein, würde ich ihn nicht um den Hals tragen, sondern in einem Tresor aufbewahren.»

«Danke für den Hinweis», sagte der Vater kurzangebunden. «Aber wir haben es eilig.»

«Schon gut, ich löte die Kette in der Werkstatt,» erwiderte der Juwelier und verschwand hinter einem Vorhang mit seinem Rollstuhl. Wenige Minuten später kehrte er zurück und reichte Tuomas den reparierten Anhänger, der ihn sofort wieder um den Hals legte und unter seinem T-Shirt versteckte.

«Weißt du, woher der Stein stammt?», fragte der Goldschmied neugierig.

«Keine Ahnung. Wahrscheinlich hat ihn jemand meiner Nonna geschenkt.» Antwortete Tuomas, froh, dass die Kette repariert war. Er wollte schnell weg, denn draußen vor dem Schaufenster hatte er wieder denselben Mann wie in der Pizzeria stehen sehen.

Sah er schon überall Gespenster?

Nachdem Tuomas und sein Vater das Geschäft verlassen hatten, trat der Mann, der draußen gewartet hatte, ein. Der alte Juwelier ließ vor Schreck sein Vergrößerungsglas fallen.

«Hallo Carlo. Lange nicht gesehen,» sagte der Neuankömmling kühl.

«Es ist noch nicht Zahltag. Was wollten die Touristen?», fragte der Mann scharf.

«Sie wollten, dass ich ein Schmuckstück repariere,» antwortete der Juwelier zögerlich.

«War es wertvoll?»

«Ja und nein.»

«Keine Rätsel!»

«Der Anhänger enthielt einen seltenen Stein. So selten, dass er normalerweise nicht für Schmuck verwendet wird, sondern in Museen ausgestellt wird.»

«Im Museum bringt er dem Besitzer nichts ein. Aber er könnte ihn für einen guten Preis verkaufen. Vielleicht gibt es noch mehr davon. Jetzt erzähl mir alles, was du weißt.»

Der Mann schlug mit der flachen Hand auf die Glastheke, sodass der Schmuck und die Uhren darunter klirrten und hüpften.

«Hast du mich verstanden?» fuhr er den Juwelier an.

«Ja, aber…,» stammelte der alte Mann, der in seinem Rollstuhl zitterte, bevor er begann, alles über den Stein zu erzählen.

«Grazie! Du bist ein alter Narr, aber kein dummer,» sagte der Mann mit einem schiefen Grinsen.

Er trat hinter den Tresen, hob die heruntergefallene Lupe auf und legte sie zurück auf den Tisch.

«Addio!» sagte er, bevor er den Juwelier auf beide Wangen küsste und das Geschäft verließ, während er sich zufrieden die Hände rieb.

Im Hotel begab sich Olli zur Rezeption, um die Rechnung zu begleichen, da sie nicht mehr zurückkehren würden. Tuomas ging in sein Zimmer und startete sofort sein Tablet, um mehr über den Stein herauszufinden, den der Goldschmied erwähnt hatte. Taaffe ... Taaffeitis.

«Ich dachte, das wäre ein gewöhnlicher Edelstein wie Rubin oder Saphir», dachte Tuomas enttäuscht.

Doch als die Google-Seite geladen war, traute er seinen Augen kaum: Taaffeit war weit wertvoller als ein Rubin. Der Preis konnte bis zu 16.000 Dollar pro Karat betragen, und ein Karat entsprach nur einem Fünftel Gramm.

«Das werde ich meinem Vater niemals erzählen,» dachte Tuomas alarmiert. «Sonst lässt er mich den Anhänger nicht mehr tragen. Vielleicht will er ihn sogar verkaufen!»

36.

Als sie das Hotel verließen, stand bereits ein Taxi vor der Tür bereit. Tuomas setzte sich auf den Rücksitz, während sein Vater die Landkarte der Region auf die Motorhaube legte, um dem Fahrer den Weg zu zeigen.

«Ich finde es schon», murmelte der Fahrer, ohne wirklich einen Blick auf die Karte zu werfen. Hatte er das Ziel etwa schon gekannt? Seine Schirmmütze war tief ins Gesicht gezogen, die großen Sonnenbrillen verdeckten seine Augen, doch sein Blick ruhte merkwürdig lange auf Tuomas.

Der Vater nahm neben ihm auf der Rückbank Platz. «Zum Glück hat das Auto eine Klimaanlage, sonst würden wir gegrillt», sagte er zufrieden. «Das wird eine angenehme Fahrt.»

Doch die Lüftung war so stark aufgedreht, dass Tuomas fröstelte. Trotzdem begann Nonnas Stein, den er auf der nackten Brust trug, wieder warm zu werden. Schließlich zog er ihn über sein T-Shirt.

«Nicht schon wieder, Nonna,» dachte er genervt. Nonnas ständige Fürsorge wurde langsam zu viel.

Bis nach Mascali waren es noch zwanzig Kilometer. Tuomas versuchte, Spuren der Katastrophe zu entdecken, welche die Stadt vor einem Jahrhundert zerstört hatte, doch alles war längst wieder aufgebaut worden. Die Häuser, in sanftem Pfirsichgelb und Rosa gestrichen, hatten kleine Balkone, wie man sie in vielen italienischen Kleinstädten findet. Am höchsten erhob sich die Kirche – das einzige Gebäude, das die Katastrophe überstanden hatte.

«Die Kirche sehen wir uns später an. Zuerst müssen wir die Hauspapiere beim Bauamt in Ordnung bringen», sagte sein Vater.

«Das kann etwas dauern, aber ich bezahlenden Fahrer fürs Warten», fügte er hinzu, als sie vor dem Rathaus ausstiegen. Zwei uniformierte Polizisten standen links und rechts der Treppe. Das war nichts Ungewöhnliches,, aber die menschenleeren Flure im Inneren des Rathauses wirkten seltsam. Keine Angestellten liefen geschäftig hin und her, keine Besucher warteten, und an jeder Tür leuchtete das rote «Reserviert»-Schild. Selbst hinter dem Empfangstresen stand niemand.

Plötzlich trat aus einem Hinterzimmer eine alte Putzfrau hervor. Olli Arkko grüßte sie höflich, doch bevor er etwas sagen konnte, plapperte die Frau wie auswendig gelernt: *«Il dipartimento immobiliare si trova al secondo piano»* und verschwand sogleich wieder im Hinterzimmer.

Vater und Sohn Arkko gingen, wie empfohlen, in den zweiten Stock. Auch hier blinkten an den Türen die roten «Besetzt»-Schilder, doch hinter dem Empfangstresen des Notariats stand eine nervös wirkende Angestellte. Alle Dokumente für Nonnas Haus lagen zur Unterschrift bereit. Die Frau fragte nicht einmal nach ihren Ausweisen. Der Eigentümerwechsel war in wenigen Minuten vollzogen, und auch die Bezahlung war schnell über das Kreditkartenterminal abgewickelt.

Als sie die Außentreppe hinuntergingen, salutierten die beiden Polizisten höflich. Tuomas drehte sich noch einmal um und betrachtete die eindrucksvolle Fassade des Rathauses. In einigen Fenstern waren nun Menschen zu sehen, offenbar waren die wichtigen Sitzungen gerade zu Ende gegangen.

Die Stadt lag nun hinter ihnen und die Straße wand sich in immer engeren Serpentinen den Vulkanhang hinauf. Küstenpalmen, Weinberge und Obstplantagen machten bald Eichen, Buchen und Birken Platz. Hin und wieder säumten Nuss- und Mandelbäume den Weg. Ab einer Höhe von zweitausend Metern dominierten nur noch Nadelbäume die Landschaft, und schließlich versuchten nur noch einige zähe Büsche, ihre Wurzeln in die erstarrte Lava zu graben.

«Sind Sie sicher, dass wir richtig sind?», fragte Olli bereits zum zweiten Mal, doch der Fahrer antwortete nur mit einem kurzen, gleichgültigen Murmeln: «Si, signore».

Als die Häuser der Stadt weit unter ihnen auf die Größe von Streichholzschachteln geschrumpft waren und fast alles Grün aus der Landschaft verschwunden war, lenkte der Fahrer das Taxi auf einen kleinen Rastplatz am Straßenrand und hielt an.

«Wir sind da. Oder zumindest da, wo Sie hinwollten,» sagte er, ohne großes Interesse an dem ungewöhnlichen Ziel zu zeigen.

Olli fühlte sich verpflichtet, eine Erklärung abzugeben: «Wir müssen zu einem besonderen ... Aussichtspunkt.»

Sie stiegen aus dem Auto. Tief unten glitzerte das Meer, und sie standen inmitten einer kargen, mondähnlichen Landschaft. Der Geruch von Schwefel lag in der Luft, und der Wind wirbelte feinen Aschestaub vom trockenen Boden auf.

«Dann wollen wir mal sehen, wie es weitergeht, sagte Olli» und entfaltete erneut die Karte auf der heißen Motorhaube. Im Hotel hatte er einige Notizen darauf gemacht, die er jetzt mit den Koordinaten auf seinem Smartphone verglich. Auch einen Kompass hatte er dabei – anscheinend war er mit solchen Geräten vertraut, schließlich war er Pilot.

«Das Haus müsste in dieser Richtung liegen. Den Rest müssen wir zu Fuß gehen.. Meinst du, du schaffst das, Tuomas? Es ist fast ein Kilometer. Die neue Straße verläuft anders als zu Nonnas Zeiten.»

«Natürlich schaffe ich das,» antwortete Tuomas entschlossen. «Jetzt, wo wir endlich hier sind!»

Olli erklärte dem Taxifahrer, dass sie frühestens in zwei Stunden zurück sein würden. Der Mann lehnte sich an sein Taxi und zündete sich eine Zigarette an. Der Geruch kam Tuomas merkwürdig vertraut vor. Rauchten auf Sizilien alle die gleichen Zigaretten?

Sie machten sich auf den Weg, dem kaum erkennbaren Pfad folgend, der sich gelegentlich zwischen den Felsen verlor, um weiter vorne wieder aufzutauchen.

Tuomas war begeistert: Hier hatten seine Großeltern gelebt! Hier lagen seine Wurzeln! Und wenn Nonnas Geschichten stimmten, dann lebte tief unter der Erde, direkt unter seinen Füßen, das geheimnisvolle und furchterregende Lava-Volk – von dem er selbst abstammen sollte.

37.

Ich weiß, dass er kommt. Meine Spione haben es mir verraten. Unter den Menschen gibt es solche, die dem Lava-Volk Dankbarkeit schulden. Vielleicht haben wir sie gerettet, nachdem sie in den Krater gestürzt waren. Oder wir haben ihnen geholfen, die glitzernden Steine zu finden, die sie so sehr lieben.

Das Lava-Volk verzeiht es niemals, wenn jemand es verlässt. Es ist Verrat, eine Schande für unseren ewigen Stamm. Wir wollen die Abtrünnigen nicht zurück, denn sie würden unsere Heimat entweihen. Aber wir werden uns an ihnen rächen. Als meine Tochter sich in diesen unbedeutenden Jungen verliebte, zerstörten wir das gesamte Tal, die Stadt und die Dörfer. Wir jagten die Bewohner mit Vulkanausbrüchen, Lavaströmen und Asche fort. Nur meine Tochter konnte ich nicht vernichten – sie war ein Teil von mir, und ich ein Teil von ihr. Auch ihren Geliebten konnte ich nicht töten, denn er hatte das Tal bereits verlassen. Er wusste nicht einmal, dass sie ihn liebte und dass all das furchtbare Unheil seinetwegen geschehen war. Die beiden flohen so weit, dass meine Macht sie nicht erreichen konnte.

Ich hätte ihr erstes Kind als Ersatz für meine Tochter genommen – so ist es Brauch bei uns Lavamenschen. Doch seltsamerweise wurden beide Kinder, zuerst das Mädchen und dann der Junge, nicht in der Lavalinie geboren. Es war unmöglich und unnötig, sie zu unserem Volk zurückzubringen.

Heute ist aber alles anders: Mein Urenkel ist ein wahrer Nachfahre des Lava-Volkes. Sein ganzes Wesen, nicht nur sein flammendes Haar, beweist es. Er besitzt die Kräfte unseres Volkes, alle unsere Gaben, auch wenn er es noch nicht weiß.
Ich werde diesen Jungen zurück in mein Reich bringen. All die Jahre habe ich dieses Haus vor der Zerstörung bewahrt, damit es ihn anzieht, ihn zu mir lockt. Und nun kommt er.

Der Weg endete plötzlich. Natursteine und erkaltete Lava hatten eine Mauer gebildet, hinter der hohe Olivenbäume wuchsen. Sie folgten der Mauer, bis sie schließlichein Tor entdeckten, das in einen üppigen Garten führte. Dahinter erhob sich ein niedriges Haus aus flachen Lavasteinen.

«Sollen wir weitergehen?» fragte der Vater zögernd «Vielleicht wohnt hier jemand, dem es gar nicht gefällt, wenn wir uns umsehen. Die Leute hier sind manchmal eigen.»

Tuomas zückte sein Tablet, hielt es über das Tor und begann zu filmen. Durch das Display sah er, wie sich die Türe des Hauses öffnete und eine dunkle Gestalt heraustrat. Der Vater war bereits dabei, das Tor aufzustoßen.

Doch dann stockte ihnen der Atem, als aus dem Schatten der Bäume ein großes, dunkelgraues Tier hervorsprang. Es trug jedoch eine Kette um den Hals, die es kurz vor dem Tor zum Stehen brachte. Das Tier war so aufgeregt, dass es beinahe in die Luft sprang, als ihm die Kette Widerstand bot. Tuomas und sein Vater drehten sich um, bereit zu fliehen. Das Tier stand knurrend nur zwei Meter entfernt, mit angelegten Ohren und Schwanz. War es ein Hund – oder doch ein Wolf? Es schien unmöglich, das Haus zu erreichen, ohne angegriffen zu werden.

Plötzlich kam Tuomas ein Gedanke: Was könnte ein solches Tier in Angst versetzen? Ein finnischer Bär vielleicht, massiv und aufrecht auf zwei Beinen, wie ein König des Waldes. Wie im Zoo! Tuomas starrte dem wütenden Tier direkt in die Augen.

Was sah das Tier? Erblickte es den Jungen oder bildete es sich in seinem Kopf den mächtigen Anblick eines Bären ein? Das Knurren verstummte. Das Tier zog sich langsam in den Garten zurück, die Ohren und den Schwanz gesenkt, die schwere Kette hinter sich schleifend.

«Was ist denn jetzt mit ihm?», fragte der Vater verwundert.

Tuomas schwieg. Doch die Erklärung folgte schnell: Eine gebeugte alte Frau, deren schwarzer Rock bis zum Boden reichte und deren Kopf mit einem dunklen Tuch bedeckt war, kam auf sie zu. Sie begrüßte sie freundlich und sagte: «Entschuldigen sie meinen Hund. Wir haben hier nur selten Besucher.»

«Wir wollten nicht stören. Wir wussten nicht, dass das Haus bewohnt ist. Die Beamten in der Stadt meinten, es würde gar nicht existieren», erklärte der Vater.

«Die Herren in der Stadt kümmern sich nicht um solche Dinge. Es hätte auch keinen Zweck», sagte die Frau ruhig und sah die beiden fragend an.

Der Vater erklärte nun den Grund ihres Besuches: Sein Sohn habe das Haus geerbt.

«Sie fragen sich sicher, was ich hier mache?»

«Soweit wir wissen, gibt es in Sizilien keine erbberechtigten Verwandten», sagte der Vater leicht irritiert von dieser unerwarteten Wendung.

«Ich bin eine entfernte Verwandte des Hausbesitzers, der bei dem Vulkanausbruch ums Leben kam. Daher habe ich keinen Anspruch auf das Erbe. Aber nachdem der Sohn mit seiner Frau ausgezogen war und das Haus leer stand, hat immer jemand aus unserer Familie darauf geachtet. Wäre das nicht so gewesen, hätten entweder Touristen es in Beschlag genommen oder die Einheimischen hätten es Stein für Stein abgetragen, um damit ihre Schafställe zu bauen».

«Es ist schon bemerkenswert», sagte der Vater nachdenklich, «dass um das Haus herum alte Olivenbäume gedeihen und alles so lebendig ist, während hinter der Mauer nur Ödnis herrscht.»

Die Frau lächelte geheimnisvoll. «Die Natur hat ihre eigenen Launen. Aber was habt ihr mit dem Haus vor? Wollt ihr hier wohnen?»

Ein seltsames, beinahe verschlagenes Lächeln huscht über ihr Gesicht.

«Darüber haben wir noch gar nicht nachgedacht, oder, Tuomas?» sagte der Vater.

Tuomas beobachtete die alte Frau aufmerksam. Obwohl sie freundlich wirkte, blieb er auf der Hut. Nonna hatte ihm immer gesagt: «Trau niemandem». Und der Anhänger, den Nonna ihm geschenkt hatte, brannte plötzlich heiss unter seinem T-Shirt.

Die Frau hob nun den den Kopf und sah Tuomas direkt an. Ihre Augen waren tief saphirblau, – genau wie die von Nonna. Oder ... wie seine eigenen. Konnte sie also ...?

«Es ist ein heißer Tag, um auf den Berg zu gehen», sagte die Frau sanft. «Ihr könntet hereinkommen, euch ausruhen, vielleicht sogar hier übernachten. Schließlich ist es euer Haus.»

Wieder hallten Nonnas Worte in Tuomas' Kopf: «Trau niemandem.»

«Danke für das Angebot, Signora, aber das Taxi wartet auf uns. Wir haben gesehen, was wir wollten. Was meinst du, Tuomas?»

«Lass uns zurückfahren», hauchte Tuomas erleichtert.

«Ich möchte hier nicht bleiben. Es ist gut, dass sich jemand um das Haus kümmert. Vielleicht komme ich eines Tages wieder. Es ist ein schöner Ort.»

Die Frau musterte Tuomas mit einem durchdringenden Blick. «Du kannst jederzeit zurückkehren. Du bist der rechtmässige Herr dieses Hauses.»

Tuomas und sein Vater wollten gerade gehen, als der Vater sich noch einmal umdrehte und die Frau ansprach: «Entschuldigen Sie, Signora, ich habe ganz vergessen, nach Ihrem Namen zu fragen.»

Die Frau lachte leise und heiser. «Namen? Sie sind nur Schall und Rauch, von Menschen erfunden.»

Hätte der Vater sich umgedreht, als sie den Weg hinuntergingen, hätte er gesehen, wie die alte Frau ihr Kopftuch abnahm und ihr Haar wie flammende rote Strähnen hervorbrach.

Mein Urenkel ist durchdrungen von der Kraft unseres Lava-Volkes. Mein Mann und ich haben unserer Tochter einen Teil dieser Macht mitgegeben, doch in diesem Urenkel ist sie in voller Stärke wieder erwacht. Er wird eines Tages ein geschickter Anführer unseres Volkes sein. Ich werde ihn zurückholen – es ist sein Schicksal.

Er hat Lupo bezwungen, doch das war mehr ein Zufall, ein unbewusstes Experiment, das der Junge selbst nicht ganz versteht. Aber er wurde gewarnt, vermutlich hat meine Tochter vor ihrem Tod noch etwas gesagt. Seine Neugier wird ihn zurückführen. Ich habe Zeit – das Lava-Volk ist ewig. Für uns spielt Zeit keine Rolle.

38.

Seltsame Frau, dachte Olli, als sie den Hang wieder hinauf zur Straße gingen. Tuomas schwieg. Zu viele merkwürdige Dinge waren ihm in letzter Zeit widerfahren.

«Ich will das Haus nicht behalten. Wir sollten versuchen, es zu verkaufen.»

«Denk in Ruhe darüber nach, wenn wir zu Hause sind. Es hat keine Eile», bremste sein Vater ihn ab.

«Sollen wir mit dem Taxi näher an den Krater fahren?», schlug der Vater dann vor. Tuomas war ebenfalls neugierig. Schließlich hatten sie eine lange Reise hinter sich und waren nun fast am Gipfel des Ätna angekommen. Doch plötzlich begann die Erde unter ihren Füßen zu beben. Ein merkwürdiges Gefühl durchlief sie, als der feste Boden vibrierte und zitterte. Kleine Steine rollten den Hang hinunter.

«Es wäre besser, wenn wir gehen», entschied der Vater.

Das Taxi wartete wie verabredet. Der Fahrer saß im Schatten neben seinem Wagen und rauchte. An den vielen Zigarettenstummeln zu seinen Füßen konnte man erkennen, dass er wohl schon eine ganze Schachtel geraucht hatte. Er stand auf und schnippte die halb gerauchte Zigarette auf den Boden.

«Ich muss rauchen wegen der Wespen. Die sind immer noch hier oben, wegen der vollen Mülltonne, und ich bin allergisch. Wenn mich eine sticht, brauche ich sofort eine Spritze.» Das war der längste Satz, den der Fahrer während der ganzen Fahrt von sich gegeben hatte.

«Haben die Herren ihre Aussicht gefunden?», fragte er, während er ihnen die Hintertür öffnete.

«Alles gesehen», entgegnete der Vater knapp.

Tuomas war erleichtert, als das Taxi ins Tal hinabfuhr. Es war Zeit, nach Catania zum Flughafen Fontanarossa zu fahren. Noch am selben Nachmittag würden sie direkt nach Helsinki fliegen. Die Tickets waren bereits im Voraus gekauft, die Plätze reserviert, und sie hatten nur einen gemeinsamen Koffer für den Frachtraum. Der Vater trug eine kleine Tasche als Handgepäck und Tuomas seinen Rucksack.

Nach dem Einchecken war noch Zeit für einen kleinen Imbiss – ein Brötchen und ein Glas Bier für den Vater, eine eiskalte Cola für Tuomas. Bei einem Flug von über fünf Stunden würde es an Bord eine Mahlzeit geben. Der Vater vertiefte sich interessiert in die Unterlagen, welche die Notariatsangestellte in einen großen Umschlag gesteckt hatte. Tuomas zog sein Tablet aus dem Rucksack, um sich das Video von Nonnas Haus anzusehen.

Die Überraschung war groß, als er das Video abspielte. Er sah das Haus, die sich öffnende Haustür – aber niemand trat heraus. Die alte Frau in Schwarz war unsichtbar.

Wie konnte das sein, dachte Tuomas. Ich habe sie doch gesehen, wie sie herauskam und auf uns zuging. Der Vater hat mit ihr gesprochen. Aber die Kamera hatte sie nicht eingefangen. War die Gestalt nur eine Einbildung, ein Trugbild der Frau mit ihren besonderen Kräften? Die Kamera war nur eine Maschine und ließ sich nicht täuschen, um das Unsichtbare sichtbar zu machen.

«Was hast du da?», fragte der Vater, als er bemerkte, dass Tuomas die Stirn runzelte.

«Ich habe ein kleines Video von Nonnas Haus für Chiara gemacht. Es ist nicht alles gut geworden.»

«Lass mal sehen», bat der Vater. Er schaute sich das Video an und nickte: «Es ist gut. Ein schönes Haus. Vielleicht besuchen wir es ein anderes Mal und nehmen Chiara mit.» Zum Glück hatte der Vater nicht bemerkt, wie sich die Tür geisterhaft von selbst öffnete.

Tuomas war erleichtert, als die Passagiere schließlich zum Einsteigen aufgerufen wurden. Sizilien war schön gewesen, aber auch gefährlich – und heiß. Die Luft über den Straßen flimmerte, der Asphalt schien zu schmelzen. Im Flugzeug würde es kühl sein, und in Finnland erwartete ihn das vertraute, feuchte Frühlingswetter. Eigentlich hatte Tuomas gehofft, , im Sommer zu seinen italienischen Verwandten nach La Colombaia zurückkehren zu können, aber sein Vater hatte abgelehnt. Seine Cousine Chiara hatte noch Schule, und nach Nonnas Tod war sowieso alles anders. Die Touristensaison hatte begonnen, und Tuomas wäre nur eine Ablenkung gewesen. Außerdem wollte sein Vater die Sommerferien mit ihm in Finnland verbringen.

Das Flugzeug war voll. Schwitzende Geschäftsleute in dunklen Anzügen, Rucksacktouristen aus aller Welt, fröhliche japanische Touristen, die jeden Schritt ihrer Reise fotografierten. Für einen Moment blockierten die Japaner die Flugzeugtreppe, als sie die Flugbegleiterin baten, ein Gruppenfoto zu machen.

Während die anderen Passagiere warten mussten, bemerkte Tuomas in der Menge ihren Taxifahrer. Doch diesmal trug er kein Jackett und keine Mütze, sondern ein

Hawaiihemd und eine große Sonnenbrille. Tuomas erkannte ihn nur an seinem dichten schwarzen Schnurrbart und den fettigen Haaren, die ihm über den Kragen fielen. Bevor er seinem Vater von seiner Entdeckung erzählen konnte, begannen die japanischen Touristen, , ihre Plätze einzunehmen, und auch die übrigen Passagiere durften endlich an Bord gehen. Der Taxifahrer sass weit vorne. Tuomas und sein Vater hatten Plätze am Notausgang. «Taxifahrer machen wohl auch mal Urlaub», dachte Tuomas und beruhigte sich. Der Mann hatte nichts mit ihnen zu tun, hatte nie etwas mit ihnen zu tun. Niemand verfolgte ihn. Was in Sizilien geschehen war, fühlte sich nun an wie ein böser Traum.

Am Notausgang durfte Tuomas' Rucksack nicht unter den Vordersitz, sondern musste ins Gepäckfach. Der Vater versprach jedoch, ihm das Tablet zu geben, sobald sie in der Luft waren. Tuomas wollte Chiara noch Fotos von Nonnas altem Haus schicken.

39.

Das Flugzeug hob pünktlich ab und flog über das Meer in Richtung Festland. Mit einem dumpfen Geräusch zog das Fahrwerk ein, und die Warnleuchte für die Sicherheitsgurte erlosch. Tuomas war schon so oft geflogen, dass ihm die Geräusche vertraut waren. Doch plötzlich änderte das Flugzeug abrupt die Richtung. Auch sein Vater runzelte die Stirn und bemerkte:

«Umfliegen sie vielleicht ein Gewittergebiet?»

Das Flugzeug war eine Weile über dem Meer unterwegs, doch jetzt schien es, als würde es wieder nach Sizilien zurückkehren. Merkwürdig. Niemand hatte die Passagiere informiert, und viele bemerkten die Richtungsänderung nicht, da sie in ihre Urlaubsfotos auf Tablets und Smartphones vertieft waren.

Da die Anschnallpflicht aufgehoben war, stand Olli auf. Als Pilot war er neugierig und wollte die Flugbegleiterin nach dem Grund für die Richtungsänderung fragen. Plötzlich sprang ein Mann aus der ersten Sitzreihe auf, eine Maschinenpistole in der Hand, und richtete sie auf Olli.

«Resta seduto o sparo!» Bleib sitzen oder ich schieße.

Der Mann trug eine schwarze Kapuze, doch Tuomas erkannte das Hawaiihemd darunter –es war der Taxifahrer. Die Anschnallzeichen leuchteten wieder auf, und über die Lautsprechern ertönte eine Durchsage, aber nicht in der vertrauten Stimme des Kapitäns, der sie vor dem Flug begrüßt hatte:

«Das Flugzeug wurde entführt. Wir fliegen ein neues Ziel an. Bitte bleiben Sie ruhig und schnallen Sie sich an.»

Tuomas' Herz schlug wie wild. Er drückte die Hand seines Vaters, der sich dem Befehl des Entführers fügte und sich wieder neben ihn setzte. Der Mann hatte Tuomas durch die Öffnungen der Kapuze direkt angesehen. Ging es etwa um ihn? War dies eine Entführung, um ihn in letzter Minute zu kidnappen?

«Keine Sorge, alles wird gut», flüsterte der Vater beruhigend.

Es waren mindestens zwei Entführer: einer mit der Maschinenpistole in der Kabine und ein anderer im Cockpit, der den Kapitän zum Kurswechsel gezwungen hatte. Die Flugbegleiterinnen waren gezwungen worden, sich vorne hinzusetzen und sich anzuschnallen. Ihre Gesichter waren blass und von Panik gezeichnet.

Als die japanische Touristen den bewaffneten Mann sahen und die Situation erfassten, brach Panik aus. Schreie erfüllten das Flugzeug, und irgendwo weinte ein Baby.

«Ruhe! Silenzio!» brüllte der Entführer und richtete seine Waffe auf den Passagier neben ihm.

Tuomas flüsterte nervös: «Wohin fliegen sie?»

Sein Vater antwortete leise: «Wir fliegen ziemlich tief. Hoffentlich kollidieren wir nicht mit dem Berg.»

Plötzlich wurde es klar: Sie waren auf dem Weg zum Vulkan! Zum Giftgaskrater. Wollen die Entführer sich und die Passagiere mit in den Tod reißen? War er, Tuomas, so wichtig für dieses seltsame Lava-Volk, dass sie bereit waren, so weit zu gehen?

Tuomas starrte in die Öffnung der Kapuze des Entführers. Der Mann fixierte ihn mit seinem Blick. Trotz der angespannten Situation spürte Tuomas plötzlich ein Jucken am Nacken, vermutlich von einem Mückenstich, doch er wagte nicht, sich zu kratzen. Dann erinnerte er sich an den Taxifahrer auf dem Berg, der über die Wespen geflucht hatte, die um die Mülltonne schwirrten. Der Fahrer hatte gesagt, er sei allergisch gegen Wespenstiche.– ein einziger Stich würde ihn ins Krankenhaus bringen. Und wenn ...? Hatte Tuomas tatsächlich die Kräfte, von denen Nonna gesprochen hatte? Konnte er Wesen erschaffen, die gar nicht existierten?

Er fokussierte sich und dachte intensiv an Wespen, die den Entführer umschwirrten. Plötzlich begann der vermummte Mann hektisch um sich zu schlagen. Mit der freien Hand versuchte er, die vermeintlichen Insekten abzuwehren, während die Maschinenpistole wild in alle Richtungen zeigte. Die Passagiere schrien panisch auf. Schließlich ließ der Mann die Waffe fallen und riss sich die Kapuze vom Kopf. Mit einem verzerrten Gesicht schlug er weiter nach den unsichtbaren Wespen, die ihn angeblich stachen. Seine Haut wurde rot und seine Atemzüge keuchend.

«Hilfe! Ich brauche einen Arzt!» rief der Entführer verzweifelt.

Er schnappte sich die Maschinenpistole wieder und rannte zur Cockpittür, schlug mit dem Kolben dagegen und schrie:

«Macht auf! Wir müssen landen!»

Die Tür öffnete sich und der Kopilot trat heraus, einen Revolver in der Hand haltend.

«Das ist also der zweite Entführer», dachte Tuomas.

«Was soll das?» fragte der Kopilot kalt.

«Verdammte Wespen ... sie stechen mich ... sie bringen mich um, wenn ich nicht sofort ins Krankenhaus komme», keuchte der Taxifahrer und griff sich an den Hals. Sein Gesicht war inzwischen tiefrot angelaufen. Der Kopilot musterte ihn kühl und knurrte:

«Dann stirbst du eben. Wir brauchen dich nicht mehr, wir sind fast da.»

Mit einem Tritt stieß er den gequälten Mann von der Tür weg und wollte gerade wieder ins Cockpit, als plötzlich ein schwerer Gegenstand hinter dem Vorhang hervorschoss und ihn am Hinterkopf traf. Der Kopilot brach sofort zusammen. Eine der Flugbegleiterinnen trat vor, einen roten Feuerlöscher in den Händen, und schrie:

«Du Mistkerl! Verfluchter Hund! Wolltest du uns alle umbringen? Wir sind deine Kollegen!»

Wütend holte sie erneut zum Schlag aus, doch Ollis schnelle Reaktion verhinderte Schlimmeres. Er packte die aufgebrachte Flugbegleiterin und zog sie von dem bewusstlosen Kopiloten weg. Dann drehte er den Mann auf den Bauch, legte ihm die Hände auf den Rücken und bat die zweite Flugbegleiterin um etwas, womit er ihn fesseln konnte. Sie fand Kabelbinder im Werkzeugkasten, und ohne Widerstand ließ sich der Taxifahrer ebenfalls fesseln. Sein Atem ging schwer, aber der Schock durch die vermeintlichen Wespenstiche war nicht lebensgefährlich – schließlich existierten die Wespen nur in Tuomas' Vorstellung. Doch das wusste nur er allein.

Die Passagiere, die das Geschehen mit angehaltenem Atem verfolgt hatten, brachen in Applaus aus, als wäre alles nur ein Schauspiel gewesen. Doch Olli blieb angespannt.

«Wir fliegen immer noch in die falsche Richtung! Warum korrigiert der Kapitän nicht endlich den Kurs und vor allem die Höhe?» fragte er besorgt.

Die Flugbegleiterin öffnete die Cockpittür und blickte hinein. Der Kapitän kauerte in seinem Sitz, sein Kopf lag schwer auf den Händen.

«Mein Kopf...», stöhnte er schwach.

Die Flugbegleiterin war entsetzt:

«Dario hatte schon einmal eine Gehirnblutung ... er hätte gar nicht fliegen dürfen! Jetzt werden wir alle sterben», rief eine der Flugbegleiterinnen panisch.

Gemeinsam legten die beiden Frauen den Kapitän behutsam auf den Boden.

Der Vulkan war inzwischen erschreckend nahe, und es blieb kaum noch Zeit, den Kurs zu korrigieren. Olli zögerte keinen Augenblick. Entschlossen setzte er sich auf den Kapitänssitz, setzte sich die Kopfhörer auf und begann, das Flugzeug zu steuern. Die oberste Priorität war, sofort an Höhe zu gewinnen, um den Vulkan zu überfliegen.

40.

Tuomas wusste nicht genau, was im Cockpit geschah, aber er spürte, wie die Triebwerke auf Hochtouren liefen und das Flugzeug rasant an Höhe gewann. Die Passagiere schrien, und der rasante Steigflug verursachte bei vielen einen stechenden Schmerz in den Ohren. Einige sprangen panisch auf, verloren das Gleichgewicht und fielen auf die Knie ihrer Sitznachbarn.

Inmitten des Chaos näherte sich unbemerkt ein Mann Tuomas' Sitzreihe. Plötzlich packte er Tuomas am Arm zog ihn vom Fenstersitz in den Gang und begann hektisch, den Notausgang zu öffnen. Panik! Das war Wahnsinn! Tuomas wusste als Sohn eines Piloten genau, was passieren würde, wenn die Tür in dieser Höhe geöffnet wurde – der gewaltige Fahrtwind würde sie hinaussaugen!

Der Mann war stark, und schien genau zu wissen, wie man den Notausgang öffnet. Alles ging blitzschnell und plötzlich klaffte ein großes Loch in der Wand des Flugzeugs. Direkt darunter lag der Vulkan.

Der Mann lächelte kalt, packte Tuomas' Arm noch fester und sagte: «So, kleiner Prinz, jetzt kannst du dein Königreich betreten!»

Dann sprang er mit Tuomas durch das offene Loch. Sie fielen. Endlos schien der Sturz zu dauern.

Tuomas konnte nicht sagen, ob sie nach oben oder nach unten fielen – die Welt wirbelte um sie herum, während der Vulkan unter ihnen immer näherkam. Der starke Mann hielt Tuomas' Arm so fest, dass es schmerzte, als würde er ihm abgerissen. Unter ihnen breitete sich eine graubraune Fläche aus, in deren Mitte ein dunkler, rauchender Krater lag. Sie stürzten direkt darauf zu ... hinunter zu den Lavamenschen.

«So werde ich also sterben – armer Vater», dachte Tuomas verzweifelt.

Er bemerkte, dass der Mann versuchte, nach Nonnas Halskette zu greifen. Plötzlich spürte er einen heftigen Ruck – der Mann hatte ihn losgelassen! Wohin war er verschwunden? Hoch über Tuomas schwebte er an einem Fallschirm! Den Fallschirm hatte er die ganze Zeit in seinem Rucksack versteckt. Sein Plan war also nicht, mit Tuomas gemeinsam abzustürzen, sondern sich in Sicherheit zu bringen, nachdem er Tuomas in den Tod gestoßen hatte. Als sich der Fallschirm öffnete, musste er sein Opfer loslassen.

Tuomas spürte, wie Nonnas Anhänger sein Gesicht streifte. Was war er? Hatte er tatsächlich magische Kräfte? Jetzt wäre die letzte Gelegenheit, sie zu nutzen. «Ich falle, weil ich ein Mensch bin», dachte Tuomas. «Hätte ich Flügel, könnte ich fliegen. Ein Adler? Ein Sperber? Wenigstens eine Möwe oder ein Spatz?»

Kaum hatte er das Bild einer Möwe vor Augen, die über den heimatlichen See schwebte, fühlte Tuomas, wie sich etwas in ihm veränderte. Der Luftzug peitschte nicht mehr gegen seinen Körper – er streichelte sanft sein Gefieder. Lange Flügel breiteten sich anmutig zu beiden Seiten aus, und er steuerte seinen Flug. Er war ein Vogel geworden, und Vögel stürzen nicht. Die Luft ist ihr Element, und sie fliegen von Geburt an.

Es war ein überwältigendes Gefühl, so leicht zu sein und sich mühelos von den Luftströmungen tragen zu lassen. Tuomas glitt nach rechts und links, stieg höher hinauf, drehte sich und flog, wohin er wollte. Der Krater lag schon bedrohlich nahe unter ihm, doch mit ein paar kräftigen Flügelschlägen erhob er sich hoch über den Vulkan.

Wo war der Mann mit dem Fallschirm? Tuomas – oder besser gesagt, seine scharfen Möwenaugen – entdeckten etwas Buntes auf dem Grund des Kraters: den Fallschirm des Entführers! Der Mann hatte es nicht geschafft, seinen Flug sicher zu steuern. Stattdessen war er ins Innere des Vulkans gestürzt. Vermutlich hatten ihn die giftigen Gase betäubt, bevor er den steilen Hang hätte hinaufklettern können, denn er trug keine Gasmaske.Armer Mann ... das hätte Tuomas' Schicksal sein können, wenn er nicht losgelassen worden wäre. Doch Tuomas verspürte keine Zeit, für Mitleid – niemand hatte den Mann gezwungen, ein Verbrecher zu werden.

Aber wo sollte er nun landen? Das Flugzeug war längst weitergeflogen, sein Vater und sein Gepäck mit ihm. Ohne Pass und Rucksack war er auf sich allein gestellt. Tuomas beschloss, zum Flughafen zurückzukehren. Die Karte der Gegend hatte er gut im Gedächtnis, da er sie zusammen mit seinem Vater studiert hatte, als sie Nonnas Haus am Hang des Vulkans gesucht hatten. Aus der Luft waren die Autobahnen, die nach Catania führten, leicht zu erkennen, und der Flughafen lag nur wenige Kilometer entfernt.

Als Möwe zu fliegen war fantastisch! Es fühlte sich an, als wäre Tuomas dafür geboren. Doch gleichzeitig dämmerte ihm: Er konnte sich offenbar jederzeit in einen Vogel verwandeln. Aber wie lange würde das anhalten?

Und was, wenn er sich plötzlich wieder in einen Menschen verwandelte und wie ein Stein vom Himmel fiel? Genau das hatte Nonna wohl gemeint, als sie sagte, er müsse lernen, seine unbekannten Kräfte zu beherrschen. Es war sicherer, den Boden unter den Füßen zu behalten, solange die Flügel noch trugen.

Olli hatte es inzwischen geschafft, das Flugzeug so hochzuziehen, dass es den Vulkan nur knapp überflog. In der Kabine und im Cockpit herrschte das pure Chaos. Die Flugsicherung wies Olli an, nach Catania Fontanarossa zurückzukehren. Gleichzeitig erhielt eine der Flugbegleiterinnen telefonische Anweisungen vom Flughafenarzt, wie mit dem erkrankten Flugkapitän umzugehen sei.

Auch die Polizei musste informiert werden, wie die Entführer bei ihrer Festnahme medizinisch versorgt werden sollten. Verletzte Passagiere, die bei den plötzlichen Flugmanövern gestürzt waren, benötigten ebenfalls Aufmerksamkeit.

In all diesem Durcheinander blieb die plötzliche Öffnung des Notausgangs im Cockpit fast unbemerkt, obwohl der Alarm ausgelöst worden war. Mit Hilfe einiger kräftiger Passagiere gelang es einer Flugbegleiterin schließlich, den Notausgang wieder zu schließen. Als das Flugzeug landete – Olli, ein erfahrener Pilot, meisterte das Manöver souverän – umringten bewaffnete Polizisten sofort die Maschine. Rettungswagen, ein Feuerwehrwagen und Polizeifahrzeuge fuhren vor.

Nachdem die Entführer und die Pflegebedürftigen aus dem Flugzeug gebracht worden waren, durften die restlichen Passagiere aussteigen. Erst jetzt erfuhr Olli von den Flugbegleiterinnen, was während des Fluges mit dem Notausgang geschehen war.

«Angeblich hat ein Passagier in Panik den Notausgang geöffnet und ist rausgesprungen», erklärten sie.

«Was ist mit meinem Sohn, der am Notausgang saß?» Olli war entsetzt.

Keine der Flugbegleiterinnen hatte den Vorfall direkt beobachtet, da sie in dem Moment zusammen mit Olli dabei gewesen waren, die Entführer zu überwältigen und dem Flugkapitän zu helfen..

Die roten Haare seines Sohnes waren im Strom der Passagiere nicht zu sehen. Ein japanischer Tourist, der gegenüber dem Notausgang gesessen hatte, verbeugte sich beim Aussteigen höflich vor Olli und sagte: «I am sorry becouse your son». – Es tut mir leid um Ihren Sohn.

«Was? Was ist passiert?», fragte Olli fassungslos.

«Er ist mit diesem Verrückten rausgesprungen. Aber keine Sorge, sie könnten überlebt haben. Der Mann hatte einen Fallschirm, und wir haben gesehen, wie er sich unter dem Flugzeug öffnete.»

Tuomas' blauer Rucksack wurde auf einer Ablage gefunden – doch von Tuomas selbst fehlte jede Spur.

Der Betrieb am Flughafen, der bereits auf Hochtouren lief, verdoppelte sich, als Olli mit der Organisation eines Rettungshubschraubers und Suchpatrouillen begann. In aller Eile wurden Kopien von Tuomas' Passfoto und anderen markanten Merkmalen, wie seinem auffälligen feuerroten Haar, an die Suchteams verteilt.

Der Name des Fallschirmspringers war zwar auf der Passagierliste verzeichnet, könnte aber gefälscht gewesen sein. Vielleicht gehörte er zu den Entführern, doch das würde man erst nach den Verhören der beiden festgenommenen Männer wissen. Einer der Entführer litt unter einer schweren Gehirnerschütterung, der andere immer noch unter einem allergischen Schock, der ihn wie eine gekochte Krabbe aussehen ließ. Seine Atmung war weiterhin erschwert. Die genaue Ursache des Schocks blieb ungeklärt, da sich keine Wespenstiche an seinem Körper finden ließen, obwohl er behauptete, von einem Schwarm angegriffen worden zu sein. Trotz seines Röchelns drohte er, die Fluggesellschaft wegen der angeblichen Freisetzung gefährlicher Schädlinge – in diesem Fall Wespen – anzuzeigen und damit die Gesundheit der Passagiere gefährdet zu haben.

Olli saß neben dem Piloten eines tief fliegenden Hubschraubers und durchsuchte das zerklüftete Terrain mit einem Fernglas. Würde irgendwo der helle Fallschirm zu sehen sein? Wenn der Mann auf den braunen, von Lava bedeckten oberen Vulkanhängen gelandet war, hätte man ihn vielleicht entdecken können. Doch was, wenn Tuomas bereits vor dem Sturz vom Fallschirmspringer getrennt worden war? Sollte er bewusstlos auf den grüneren unteren Hängen liegen, würde es nahezu unmöglich sein, ihn in der dichten Vegetation zu finden.

Warum hatte der Unbekannte Tuomas überhaupt mitgenommen? Was war sein Motiv? Olli konnte es nicht fassen, dass er seinen Sohn im Stich gelassen hatte. Musste er immer den Helden spielen, wie damals in den Emiraten, als er nach einem Motorschaden einen Privatjet sicher in der Wüste landete und Abdullahs ältesten Sohn aus dem brennenden Wrack rettete?

Diese und unzählige weitere Fragen quälten Olli. Eine kalte Angst breitete sich in seiner Brust aus: Hatte er den einzigen Menschen verloren, für den es sich zu leben lohnte?

41.

An der Zufahrt zum Flughafenparkplatz standen ein halbes Dutzend bewaffneter Polizisten, Carabinieri, welche die Führerscheine aller Ein- und Ausreisenden kontrollierten und und die Passagiere im Blick behielten. Tuomas kreiste eine Weile wie eine Möwe über ihnen, auf der Suche nach einem sicheren Landeplatz. Der Tag war so aufregend und beängstigend gewesen, dass er dringend eine Toilette brauchte. Doch Möwen haben keine solchen Bedürfnisse – und so landete etwas Weißes auf der Mütze eines Polizisten.

Der Kollege des getroffenen Polizisten bemerkte den Vorfall, brach in schallendes Gelächter aus und zeigte auf die beschmutzte Mütze. Der Polizist nahm sie ab, sah die frische Möwenkacke und wurde zornig. Was für eine Frechheit! Ein Angriff auf die Polizei – ein terroristischer Akt! Als sein Kollege auf die hochfliegende Möwe deutete, riss der Polizist sein Gewehr von der Schulter und begann, auf sie zu schießen. Die anderen Polizisten glaubten an einen Überraschungsangriff, und eröffneten ebenfalls das Feuer. Ein ohrenbetäubender Lärm erfüllte den Parkplatz, und die Leute duckten sich hinter ihre Autos. Die Möwe, in der sich Tuomas verbarg, konnte sich gerade noch hinter einen großen Lieferwagen retten.

«Wir haben sie! Den verdammten Vogel haben wir erwischt!», jubelten die Polizisten. Doch ihre Verwunderung war groß, als sie hinter dem Lieferwagen keine erschossene Möwe, sondern einen tollpatschigen Jungen mit leuchtend roten Haaren fanden, die in der Sonne glänzten.

«Hey, das ist der Junge, den ganz Sizilien sucht», rief einer der Polizisten, als er in Tuomas' Brusttasche eine Kopie seines Passes fand. «*Tu sei ... you are Tuu ...oomas?*», fragte der Polizist, erst auf Italienisch und dann, unsicher, in gebrochenem Englisch. Als Tuomas bejahte, wurde er von den Polizisten umringt und zum Verhör in den Bürotrakt des Flughafens gebracht – oder besser gesagt geschleift.

Währenddessen saß Olli im Suchhubschrauber und beobachtete durch das Fernglas den Krater unter ihnen. Der Hubschrauber hielt sich in sicherer Höhe über dem immer noch aktiven Vulkan. Deutlich war der Fallschirm zu erkennen, der auf dem Kraterboden lag. Olli fühlte, wie sich sein Herz schmerzhaft zusammenzog: War sein geliebter Sohn unter diesem Fallschirm? Niemand war zu sehen – weder jemand, der am Boden lag, noch jemand, der den Hang hinaufkletterte. Olli forderte, dass der Hubschrauber sofort im Krater landen oder ihn abseilen solle, um den Fallschirm zu untersuchen. Eine spezielle Ausrüstung wäre notwendig, um die Retter vor den giftigen Gasausbrüchen zu schützen.

Kurz darauf kontaktierte der Hubschrauberpilot den Flughafen, um die Lage zu melden – und dann erhielt Olli die Nachricht über die Kopfhörer: Sein Sohn war am Flughafen aufgetaucht. Tränen der Erleichterung stiegen ihm in die Augen, und die ganze Besatzung klopfte sich gegenseitig auf die Schultern, als wären sie die Helden eines Wunders.

Am Flughafen fand Olli seinen Sohn in einem Büro der Flugsicherung, umringt von fünf schwer bewaffneten Polizisten. Als Tuomas ihn erblickte, stürzte er sich in die

Arme seines Vaters.Vater und Sohn umarmten sich fest, als wollten sie sich nie wieder trennen.

Ein Polizist am Tisch erhob sich und sagte:

«Signore Arkko, wir haben viele Fragen an Sie und Ihren Sohn. Das alles ist äußerst bemerkenswert. Können Sie uns erklären, was an Bord des Flugzeugs passiert ist? Die Aussagen widersprechen sich völlig. Einer behauptet, es habe mehrere Entführer gegeben, darunter eine Flugbegleiterin. Ein anderer sagt, der Entführer habe den Flugkapitän erschossen und sei dann aus dem Flugzeug gesprungen. Ein Dritter meint, Sie, Signore Arkko, hätten im Alleingang die gesamte Entführerbande überwältigt und das Flugzeug vor dem Absturz gerettet. Und nun taucht Ihr Sohn, der angeblich aus dem Flugzeug gefallen ist, wie ein Wunder lebendig auf dem Parkplatz des Flughafens auf. Das ergibt keinen Sinn»

«Wie um alles in der Welt bist du gerettet worden? Wie bist du zum Flughafen gekommen?», fragte Olli, während er seinen Sohn erneut fest umarmte.

Tuomas erklärte, er habe sich am Hang des Vulkans wiedergefunden und sei dann von einem Lieferwagen zum Flughafen gebracht worden. Das sei alles. Der leitende Polizist schüttelte ungläubig den Kopf.

«Und der Mann, mit dem du laut Zeugenaussagen abgestürzt bist – kanntest du ihn? Wohin ist er verschwunden?»

«Keine Ahnung. Es war ein komischer Kerl. Und als ich wieder zu mir kam, war er weg.»

In diesem Moment betrat der Flughafenarzt den Raum.

«Es wäre besser, den Jungen zur Untersuchung ins Krankenhaus bringen,» sagte der Arzt entschieden. «Ein solcher Sturz oder Sprung kann zu inneren Verletzungen, Knochenbrüchen oder einer Gehirnerschütterung führen. Als Arzt bestehe ich darauf, dass er mindestens eine Nacht unter Beobachtung bleibt. Die Befragung können sie morgen fortsetzen.»

Der Polizist wollte widersprechen, sah jedoch ein, dass der Arzt recht hatte, und stimmte schließlich zu. Tuomas wurde nun äußerst vorsichtig auf eine Bahre gelegt und abtransportiert. («Was hätte die Polizei wohl gemacht, wenn ich wirklich verletzt wäre?», dachte Tuomas mit einem Anflug von Belustigung).

«Aber Sie, Signore Arkko, begleiten uns bitte zur Polizeistation, damit wir einen Untersuchungsbericht aufnehmen können. Danach können Sie Ihren Sohn im Krankenhaus besuchen.»

42.

Ein seltsames Gefühl überkam Tuomas, , als wäre jemand Fremdes im Raum – ähnlich wie damals, als die Mühlen-Elf Jaska ihn zum ersten Mal besucht hatte. Es war dunkel im Krankenzimmer, doch als Tuomas die Augen öffnete, konnte er mit seinem scharfen Nachtblick erkennen, dass jemand auf der Kante des anderen Bettes saß. Eine große Gestalt, die einen Hut trug. Erschrocken zuckte Tuomas in seinem Bett zusammen.

«Habe keine Angst, Tomaso. Ich werde dir nichts tun,» sagte die Gestalt ruhig.

«Wer bist du? Wie bist du hier reingekommen? Und was willst du?» Tuomas' Stimme zitterte leicht.

«Ich möchte mit dir über das Lava-Volk sprechen.»

War dieser Mann ein Reporter, der eine Sensationsgeschichte über seine wundersame Rettung schreiben wollte? Entnervt knipste Tuomas die Nachttischlampe an und funkelte den Mann an.

«Solche Leute gibt es nicht. Verschwinden Sie und lassen Sie mich in Ruhe schlafen! Wie sind Sie überhaupt hier hereingekommen? Draussen steht ein Polizist – wenn ich rufe, wird er sofort hier sein..»

«Wir beide wissen, dass es das Lava-Volk gibt,» sagte der Fremde ruhig. «Ich kannte deine Großmutter.»

Tuomas' Herz setzte einen Schlag aus. «Aber… das Lava-Volk ist ein Geheimnis. Nonna hat niemandem davon erzählt. Nur mir.» Instinktiv griff er unter sein T-Shirt und berührte den Anhänger, den seine Großmutter ihm geschenkt hatte.

Der alte Mann lächelte sanft. «Pass gut auf das Geschenk deiner Oma auf.»

Woher konnte er wissen, was Tuomas unter dem T-Shirt trug? Und dass es von Nonna stammte? Dieser Fremde war wirklich eigenartig. Tuomas musterte den Besucher genauer. Der Mann war offensichtlich sehr alt, aber nichts an ihm war bedrohlich – abgesehen von seinen Augen, die unter der Hutkrempe so intensiv blau funkelten wie Saphire. Sein Bart leuchtete rot im Licht der Nachttischlampe, und die Haare, die unter dem Hut hervorquollen, waren genauso rot wie Tuomas' eigene. Oder wie Nonna! Wer war dieser Mann?

«Du weißt, woher ich komme. Du bist ein kluger Junge. Ich werde dir nun erklären, warum das Lava-Volk dich zurückholen will. Warum wir dich brauchen.»

Die Stimme des Mannes war heiser, als wäre er es nicht gewohnt zu sprechen. Doch er sprach zu Tuomas, als wäre er einer von ihnen.

«Das Lava-Volk hat keine Feinde zu fürchten. Wie du weißt, sind wir unsichtbar. Die Menschen bestehen aus Materie, während wir eine Form von Antimaterie sind. Mit unserer Energie könnten wir die mächtigsten Waffen der Menschen besiegen und die gesamte Menschheit vernichten. Aber warum sollten wir das tun? Wir wollen in Frieden leben. Dennoch gibt es eine Gefahr: Antimaterie kann sich nicht erneuern oder vermehren. Wenn sich einer von uns abwendet, verlieren wir einen Teil unserer Kraft. Jeder Abtrünnige schwächt uns. Wenn diese Verräter Kinder mit Menschen zeugen, geht ihre Energie auf die nächste Generation über. Diese Kinder gehören uns, und wir haben das Recht, sie zurückzuholen. Viele Abtrünnige geben ihre Kinder freiwillig zurück, doch einige fliehen in dem falschen Glauben, unserer Rache entkommen zu können. Deine Großmutter hat sich für die Flucht entschieden.

Verstehst du jetzt, warum wir dich zurückhaben wollen? Du stammst aus der Führerfamilie, und bist besonders wichtig für unser Volk. Doch meine Frau irrt sich, wenn sie glaubt, dich mit Gewalt zurückholen zu müssen. Ich sehe das anders. Du bist alt genug, um zu verstehen, dass deine Rückkehr deine Pflicht und die einzig vernünftige Entscheidung ist. Aber du musst freiwillig kommen. Ich gebe dir die Zeit, die du brauchst. Als Mensch musst du Krankheiten und Leiden ertragen und schließlich sterben. Doch als Angehöriger des Lava-Volkes wärst du unbesiegbar und unsterblich.»

Es klopfte an der Tür und der junge Polizist vom Flur steckte den Kopf ins Zimmer.

«Ich dachte, ich hätte Stimmen gehört.»

«Ich habe nur schlecht geträumt und das Licht angemacht,» erklärte Tuomas.

«Kein Wunder bei solchen Träumen», grinste der Polizist. «Schlaf gut. Ich halte die ganze Nacht Wache.» Er schloss die Tür. Der Fremde war für ihn unsichtbar gewesen. Nachdem der Polizist gegangen war, erhob sich der alte Mann und legte etwas auf den Nachttisch.

«Es gibt noch eine andere Möglichkeit, unserem Volk zu dienen, solange du unter den Menschen lebst. Wie dir deine Großmutter vielleicht erzählt hat, wissen viele die Lava-Erben unter den Menschen oft nicht, woher ihre

Kräfte stammen. Manche verlieren sich in ihrer Macht, zerstören sich selbst oder werden zu Tyrannen, die ihre Fähigkeiten missbrauchen. Dieses Geschenk ist kein gewöhnlicher Stein, sondern ein Transformator.

Wenn er mit einem Nachkommen des Lava-Volkes in Berührung kommt, überträgt er die Kräfte dieser Person auf unser Volk. Der Mensch stirbt dabei nicht, er lebt als gewöhnlicher Mensch weiter, verliert jedoch seine besonderen Gaben und übernatürlichen Fähigkeiten. Du könntest solche Menschen finden und die gestohlene Energie zu unserem Volk zurückbringen. Gelingt dir das, erlauben wir dir, unter den Menschen zu leben. Doch vergiss niemals deine Herkunft.»

Tuomas kamen Fragen in den Sinn.

«Wird er auch meine Kräfte nehmen, wenn ich ihn berühre?»

«Deine Kräfte sind mehrfach versiegelt. Dir wird nichts geschehen.»

«Kann der Stein die Energie auch in eine andere Richtung lenken?»

«Ich verstehe, was du meinst. Du bist ein sehr kluger junger Mann. Ich kann dir darauf keine Antwort geben, das musst du selbst herausfinden. Vergiss niemals, dass das Volk der Lava dein Volk ist, deine Familie. Deine Aufgabe ist es, die verlorene Energie zurückzugewinnen und sie nicht zu vergeuden.

Wähle mit Bedacht, junger Prinz:
Willst du zu den Menschen gehören, zu jener niederen Gattung, die ein kurzes, bedeutungsloses Leben auf Erden verbringt, durch ihre eigene Dummheit alles um sich herum zerstört und nach ihrem Tod zu Staub zerfällt?
Oder du schließt dich deinem eigenen Lava-Volk an, das seit Anbeginn der Zeit existiert und durch nichts zerstört werden kann.
Wir können auf der Erde und in ihren Tiefen leben. Wir können jede Form annehmen, die wir wollen. Wir haben unendliche Kräfte.
Wähle mit Bedacht.

Der alte Herr lüftete höflich seinen Hut.

«Es war mir eine Freude, dich kennenzulernen, mein Ururenkel. Wir sehen uns wieder, Tommaso.» Plötzlich war der Mann verschwunden, als wäre er nie da gewesen.

Tuomas atmete tief durch. Also, wenn er tatsächlich der Ururenkel des alten Mannes war, dann war Nonna dessen Tochter und dieser Mann sein Urgroßvater – und nicht irgendein Urgroßvater, sondern der König des mysteriösen Lava-Volkes!

«Habe ich das alles nur geträumt oder ist es wirklich wahr?», fragte sich Tuomas. Sein Blick fiel auf den Gegenstand, den der Mann – sein Urgroßvater – auf den Nachttisch gelegt hatte. Es war ein faustgroßer, schwerer Stein.

Tuomas nahm ihn in die Hand und betrachtete ihn im Licht der Nachttischlampe. Irgendwie schien der Stein von innen heraus zu leuchten. Tatsächlich! Er glühte rot wie Lava. «Vergiss deine Herkunft nicht», hatte der Besucher gesagt.

Da er ohnehin nicht schlafen konnte, holte Tuomas sein Tablet aus dem Rucksack und suchte nach Informationen über den Ätna, mit dem sein eigenes Schicksal offenbar auf seltsame Weise verbunden war. Vulkane hatten ihn bisher nicht besonders interessiert, schließlich gab es in Finnland keine. Keine Erdrutsche, keine Überschwemmungen, keine Erdbeben, niemand erfror im Schneesturm oder erstickte im Flugsand, wurde von einem Orkan erfasst oder ... oder ... In Finnland schien es eigentlich keinen Grund zu geben, zu sterben.

Als auf dem Bildschirm die Vulkankarte der Erde erschien, konnte er es kaum fassen: Es gab 4000 Vulkane! Alle möglichen Arten: steile, sanft abfallende, solche auf dem Meeresgrund, eingestürzte, wachsende, mehrstöckige, alte und harmlose, neue und aktive, ständig ausbrechende. Es war ein Wunder, dass die Erde überhaupt noch existierte, während tief unter der Erdkruste unendliche Mengen glühenden Magmas brodelten.

Zwanzig Kilometer vom Krankenhausfenster entfernt zeichneten sich die Umrisse des Ätna gegen den Nachthimmel ab.

43.

Die Tür öffnete sich erneut, und eine ältere Krankenschwester im blauen Kittel steckte den Kopf herein. Das Krankenhaus wurde von einem Kloster betrieben, und die Nonnen arbeiteten als Krankenschwestern. Viele von ihnen waren bereits betagt. Ihre Beine unter den wadenlangen Röcken wirkten dünn wie Stöcke, doch sie huschten erstaunlich flink auf ihren niedrigen Stöckelschuhen durch die langen Flure. Nach den Regeln des Klosters trugen sie ein weißes Kopftuch, das bis zum Rücken reichte und so gebunden war, dass nur ihre Gesichter sichtbar blieben. Die Nonne, die den Raum betrat, trug eine Brille, hinter der ihre Augen freundlich funkelten.

«Ich habe gesehen, dass bei dir noch Licht brennt. Du kannst nicht schlafen, mein Sohn?», fragte sie und setzte sich auf das leere Bett nebenan.

«Signore Polizist scheint auf seinem Stuhl zu schnarchen, also habe ich beschlossen, nach dir zu sehen», lächelte sie.

«So viel zur Wache», dachte Tuomas, aber der Besuch der Nonne war eine willkommene Abwechslung. Die Ähnlichkeit zwischen «Nonne und Nonna» fiel ihm auf – sie sahen sich irgendwie ähnlich. Auf dem Mieder ihres Habits trug sie ein Namensschild: «Schwester Assunta».

«Du hattest einen anstrengenden Tag», bemerkte die Nonne mit einem prüfendem Blick.

«Ja …», antwortete Tuomas leise.

«Du hattest wirklich Glück. Nicht jeder, der in einen Vulkan stürzt, kommt so glimpflich davon. Man sagt, die Vulkangötter mögen keine Fremden.»

«Sie sind schon recht alt, Signora ...», zögerte Tuomas, bemüht, sie nicht zu beleidigen.

«Alt genug, um vieles zu wissen», erwiderte die Nonne selbstbewusst, «Dinge, von denen andere keine Ahnung haben. Das meinst du wohl.»

«Ich würde gerne mehr über den Vulkan erfahren. Schlafen kann ich ohnehin nicht.»

«Ich könnte dir eine sizilianische Gutenachtgeschichte erzählen», lächelte die Nonne.

«Aber du darfst niemandem verraten, wer sie dir erzählt hat. Also hör gut zu: Es heißt, dass in den Vulkanen unsichtbare Wesen wohnen, die manchmal in Menschengestalt auf die Erde herabsteigen. Es kommt vor, dass ein Mädchen, das Schafe hütet, am Hang des Vulkans einem jungen Mann begegnet – und die beiden verlieben sich, oder zumindest ... naja ... haben sie miteinander Sex, du verstehst, und dann wird ein ganz besonderes Kind geboren.»

«Woher weißt du das?», fragte Tuomas, obwohl er die Antwort bereits ahnte.

Die Nonne zögerte kurz. «Wenn ein Kind mit roten Haaren geboren wird, könnte es ein Vulkankind sein. Aber natürlich nicht immer. Doch die Menschen hier sind misstrauisch. Kinder mit roten Haaren haben oft kein Glück. Sie sterben oder verschwinden auf mysteriöse Weise. Es wird sogar gemunkelt, dass manche Mütter ihre Kinder selbst zum Vulkan bringen, wo die Kreaturen sie holen».

«Wie grausam! Sein eigenes Kind auszusetzen!» Tuomas war entsetzt.

«Einige Mütter wollten sogar mit ihren Kindern in den Vulkan springen, aber sie wurden nicht hineingelassen. Man fand ihre Leichen später am Hang des Vulkans», erzählte Schwester Assunta leise.

«Das Leben der Rothaarigen scheint hier wirklich gefährlich zu sein», sagte Tuomas und dachte an die Feindseligkeit, die ihm bereits entgegengeschlagen war.

«Ja, aber es gab auch Frauen, die mutig genug waren, ihre rothaarigen Kinder zu verteidigen, obwohl sie von ihren Freunden und Nachbarn gemieden wurden. Einige flohen mit ihren Kindern in entlegene Gegenden, weit weg von den Vulkanen und den Geschichten über Vulkanbewohner. Die Kinder, die überlebten, entwickelten besondere Fähigkeiten. Einige setzten ihre Gaben für das Böse ein, aber wenige für das Gute.»

«Woher wissen Sie das alles, Schwester Assunta?», fragte Tuomas erstaunt. «Das sind doch alles Geheimnisse.»

Die alte Nonne zögerte einen Moment. Dann nahm sie das Stirnband von ihrem Kopftuch und ließ es auf ihre Schultern fallen. Zum Vorschein kamen dichte Haare, die zu einem festen Knoten gebunden waren. Ihre Haare leuchteten in dem gleichen kräftigen Rot wie die von Tuomas. Sie nahm ihre Brille ab, und aus ihrem faltigen Gesicht strahlten saphirblaue Augen.

Eine Weile herrschte Stille zwischen den beiden Nachkommen des Lava-Volkes. Dann band sich die Nonne den Schal wieder um und setzte ihre Brille auf.

«Du fragst dich sicher, wie ich überlebt habe. Meine Mutter hat mich im Kloster versteckt. Die Nonnen waren nicht abergläubisch, sie vertrauten auf die Kraft und den

Schutz Gottes. So wurde ich eine von ihnen und bin es bis heute. Weil ich bis jetzt rein geblieben bin, wie die Jungfrau Maria, wird mich das Lava-Volk nach meinem Tod zurückholen wollen. Bis dahin darf ich mein Menschenleben in Frieden leben, bevor ich zu ihnen zurückkehre.»

«Haben Sie auch magische Kräfte?», fragte Tuomas neugierig.

«Ja, aber ich setze sie nur selten ein, und wenn, dann gebe ich Gott die Ehre, der durch mich wirkt. Ich halte mich lieber im Hintergrund. Das würde ich dir auch raten. Es ist einfacher, ein gewöhnliches Leben zu führen. Die Lava-Kräfte brennen in einem wie Feuer und treiben einem zu immer größeren Taten – bis man sie nicht mehr erträgt. Viele von uns verfallen dem Alkohol, den Drogen oder begehen Selbstmord.»

Schwester Assunta wirkte so freundlich, dass Tuomas den Mut fasste, weiter zu fragen:

«Was glaubst du, wie das Volk der Lava lebt?»

«Das weiß niemand, weil noch nie jemand zurückgekehrt ist.. Wenn ich ehrlich bin, habe ich Angst davor, dorthin zu gehen. Ich wäre überglücklich, wenn ich neben der Steinmauer auf dem Klosterfriedhof unter Jasmin und Rosen begraben werden könnte, wie all die anderen Nonnen.»

Während sie sprach, nahm Schwester Assunta den Stein, den der Lavakönig hinterlassen hatte, vom Nachttisch und streichelte ihn nachdenklich.

«Aber jetzt musst du wirklich schlafen», sagte sie sanft.

Sie legte den Stein zurück auf den Tisch und erhob sich mit einem leisen Seufzen. Sie beugte sich zu Tuomas, küsste ihn sanft auf die Stirn, nahm ihm den Laptop aus der

Hand und legte ihn behutsam auf das andere Bett. Anschließend zog sie die Kopfbedeckung ihres Habits fest, sodass kein einziges Haar mehr unter dem Stoff hervorblitzte. Was sie jedoch nicht bemerkte, war, was Tuomas gesehen hatte: Ihr Haar war silbergrau geworden, und ihre einst strahlend saphirblauen Augen hatten sich in ein trübes Grau verwandelt. Schwester Assunta gehörte nun nicht mehr zum Volk der Lava. Niemand würde sie zwingen können, zum Vulkan zurückzukehren. Der seltsame Stein hatte die Energie des Lava-Volkes in sich aufgenommen.

Die alte Nonne verließ leise den Raum. Tuomas stand auf, holte seinen Rucksack aus dem Schrank und durchsuchte ihn nach seinen schmutzigen Socken. Er steckte den Stein in eine Socke, wickelte sie sorgfältig ein und legte das Bündel ganz unten in seinen Rucksack. Aus dem Flur drang das laute Schnarchen des Polizisten herein. Das Wissen, dass Schwester Assunta über das nächtliche Treiben im Krankenhaus wachte, beruhigte Tuomas, und bald schlief er tief und ohne Albträume ein.

44.

Am nächsten Morgen wurde Tuomas von einer neuen Nonne geweckt. Schwester Assuntas Nachtschicht war offenbar beendet. Die Nonne maß seinen Blutdruck und Puls und schien mit den Werten zufrieden zu sein. Danach brachte sie ihm das Frühstück: frische Brötchen mit Honig und Saft. Das Leben schien langsam wieder besser zu werden.

Gegen acht Uhr betrat der Arzt das Zimmer, begleitet von einer weiteren Nonne sowie drei Männern: ein Kommissar, ein Psychologe und Tuomas' Vater, der seinen Sohn abholen wollte. Der Arzt bat die Gruppe, draußen zu warten, bis er die Untersuchung des Jungen abgeschlossen hatte. Er studierte die Notizen der Krankenschwester, leuchtete mit einer hellen Lampe in Tuomas' Augen und hörte seinen Brustkorb ab.

«Nun, junger Mann, wie fühlst du dich heute?»

«Wie gestern: gut», antwortete Tuomas.

«Erinnerst du dich noch an das, was gestern passiert ist?»

«Es war ziemlich abenteuerlich ... Ich bin noch nie mit einem Fallschirm gesprungen.»

«Du hast dir keine Knochen gebrochen, aber möglicherweise eine leichte Gehirnerschütterung erlitten, die dein Gedächtnis etwas beeinträchtigen könnte.»

Tuomas zuckte mit den Schultern.

«Die Polizei möchte dir auch ein paar Fragen stellen. Denkst du, du kannst sie beantworten?»

«Kann ich dann mit meinem Vater nach Hause gehen?»

«Wenn die Polizei nichts dagegen hat.»

Die Männer, die draußen gewartet hatten, traten nun ein. Tuomas' Vater umarmte ihn fest und nannte ihn einen Helden. In seiner Hand hielt er eine Morgenzeitung mit Tuomas' Foto und einem dramatischen Artikel über seine Rettung.

«Du warst der wahre Held», sagte Tuomas. «Du hast allen Passagieren das Leben gerettet.»

Der Kommissar schaltete sich ein:

«Kannst du den Mann beschreiben, der dich im Flugzeug gepackt hat? Weißt du, wohin er verschwunden ist?»

«Ich habe ihn noch nie zuvor gesehen. Der Typ war total verrückt.»

«Erinnerst du dich, wo ihr gelandet seid?»

Tuomas zögerte, während er über die Antwort nachdachte. Er wusste, dass der Mann im Krater gelandet war, aber wie hatte er es selbst geschafft, dort herauszukommen?

«Ich glaube, er hat mich losgelassen, kurz bevor wir den Boden erreicht haben. Dann bin ich allein aufgeschlagen. Ich hoffe, ihr findet den Kerl, bevor er wieder so etwas Verrücktes macht.»

«Haben sie noch weitere Fragen oder kann ich meinen Sohn mitnehmen? Wir wollen noch heute nach Finnland zurück.»

«Sollten wir den Kerl schnappen, können wir über Skype Kontakt aufnehmen, damit Ihr Sohn ihn identifizieren kann. Aber von meiner Seite aus spricht nichts gegen Ihre Abreise.»

Tuomas atmete erleichtert auf. Bald würde Sizilien nur noch eine unangenehme Erinnerung sein.

Ein paar Tage später wurde der Polizei ein Mann gemeldet, der in den frühen Morgenstunden auf dem Ätna gefunden worden war. Er saß nackt auf den Stufen einer kleinen Touristenbar. Sein Gesicht war so stark geschwollen und zerschunden, dass ihn nicht einmal seine eigene Mutter erkannt hätte. Der Mann sprach keine verständliche Sprache und schien auch keine zu verstehen. Er trug keine Ausweispapiere bei sich, und in den Polizeiakten fanden sich keine passenden Fingerabdrücke. Man vermutete, dass er ein Tourist war, der unter Drogen stand und ausgeraubt worden war. Er wurde in eine geschlossene psychiatrische Einrichtung gebracht, bis jemand ihn als vermisst melden würde.

45.

Die Rückreise nach Finnland verlief ohne Zwischenfälle. Vater und Tuomas wurden durch spezielle Personalkorridore geleitet und durften als Letzte an Bord des Flugzeugs. So entkamen sie den Kameras und den neugierigen Fragen der Paparazzi, die am Flughafen auf sie warteten. In den Medien kursierten bereits Sensationsberichte über den heldenhaften Piloten und die wundersame Rettung seines Sohnes. Einige Passagiere der entführten Maschine hatten Interviews gegeben. Doch der kleine «Luftkrieg» zwischen der Flughafenpolizei und der frechen Möwe fand in den Schlagzeilen keine Erwähnung. Glücklicherweise war niemand verletzt worden und kein Flugzeug beschädigt.

An Bord führte das Personal Vater und Tuomas in die erste Reihe der ersten Klasse. Als das Flugzeug abhob und Tuomas aus dem Fenster den rauchenden Ätna erblickte, spürte er, wie sich ihm die Kehle zuschnürte. War das seine wahre Heimat? Seine Familie, sein Volk? Nein, das konnte nicht sein. Er war ein Mensch, ein Junge, der mit seinem geliebten Vater auf dem Weg nach Hause in den Norden war. Fest drückte er die Hand seines Vaters.

«Mach dir keine Sorgen», sagte der Vater beruhigend. «Ich habe gehört, dass vier zivile Sicherheitskräfte mit an Bord sind. Bald sind wir zu Hause und dann wird alles wird wieder gut.»

Wenn er nur wüsste ... Nichts war in Ordnung. Seine geliebte Nonna war tot, seine Vorfahren, die einer längst vergangenen Zeit entstammten, gehörten einer seltsamen, fremden Welt an, und das unsichtbare Volk wollte ihn in die Tiefen des Vulkans entführen. Tuomas musste sich eingestehen, dass er Angst vor sich selbst hatte. War er wirklich so gefährlich wie eine schlafende Bombe, eine Bedrohung für sich und seine Umgebung? Niemand konnte ihm helfen, seine unkontrollierbaren Kräfte zu meistern, geschweige denn, sie richtig einzusetzen. Und wer würde ihm überhaupt glauben? Je länger er darüber nachdachte, desto mehr zweifelte er selbst an der Realität dieser ganzen Geschichte.

«Es ist einfacher, als gewöhnlicher Mensch zu leben», hatte die alte Nonne gesagt. Tuomas beschloss, genau das zu versuchen: sein Bestes zu geben, um ein normales Leben zu führen.

ENDE 1. BAND

Gleich weiterlesen:
Band 2: Der Lava-Prinz und der Wunderstein

Orte

ARVOLA (Name geändert) ist eine Seesiedlung mit einigen tausend Einwohnern, die nach der Zwangseingemeindung viele ihrer öffentlichen Einrichtungen verloren hat.

Arko Manor (Name geändert) ist ein historisches Herrenhaus im Dorf Arvola. An der Kreuzung von Straße und Wasserweg gelegen, beherbergte es Ende des 19. Jahrhunderts eine berühmte Kutschenstation.

Personen

Tuomas Arkko: ein Halbwaise und Schuljunge, der sich mit zunehmendem Alter seiner übernatürlichen Kräfte bewusst wird. Der Ursprung dieser Kräfte wird ihm von seiner sizilianischen Großmutter auf dem Sterbebett erklärt. "Bin ich überhaupt ein Mensch?", fragt sich Tuomas oft.

Olli Arkko: Tuomas' Vater, von Beruf Verkehrspilot, sieht sich gezwungen, seinen Sohn nach dem Tod der Mutter aus Helsinki zu seiner Großmutter auf das Familiengut Arno Manor zu bringen.

Angela Arkko (geb. Costa): Tuomas' italienische Mutter, die zusammen mit ihrem Bruder Carlo Costa bei einem Autounfall ums Leben kommt.

Irma Arkko: die Herrin des Arkko-Gutes und Großmutter von Tuomas, die von ihrer Rolle als Großmutter nichts wissen will.

Alma: die langjährige Haushälterin auf dem Gut Arkko und Tuomas' mütterliche Stütze.

Jaska: der jahrhundertealte Mühlen-Elf des Gutes Arko, der ein guter Freund von Tuomas wird.

Tuomas' italienische Familie:

Olivia: Nach dem großen Ausbruch des Ätna in den 1920er Jahren lernt der Sizilianer Maurizio Costa die geheimnisvolle, schöne, rothaarige Olivia kennen und heiratet sie. Erst auf dem Sterbebett wagt Nonna Olivia (nonna = italienisch für Großmutter) ihrem Enkel zu offenbaren, dass sie wie Tuomas zum unsichtbaren Lava-Volk gehört.

Carlo Costa: Bruder von Angela Arko und Onkel von Tuomas.

Sofia Costa: Ehefrau von Carlo Costa und Mutter von Chiara, der Cousine von Tuomas. Seit dem Tod ihres Mannes leitet Sofia das Restaurant La Colombaia.

Chiara Costa: Italienische Cousine von Tuomas.

Band 2:

Der Lava-Prinz und der Wunderstein

Tuomas gerät durch seine außergewöhnlichen, übernatürlichen Fähigkeiten in eine Reihe von Abenteuern. Allmählich lernt er, die Kräfte, die er vom Lava-Volk geerbt hat, mit Bedacht und stets zum Wohle der Menschen einzusetzen. Gleich nach seiner Rückkehr rettet er Hundewelpen aus den Fängen illegaler Händler.

Zurück im Dorf Arvola wird er Zeuge eines Raubüberfalls auf den örtlichen Lebensmittelladen und spielt eine nicht unwesentliche Rolle in einem aufregenden Ereignis rund um die alte Windmühle. Auch die baufällige Holzkirche des Dorfes ist Schauplatz mysteriöser Geister- und Räubergeschichten – und natürlich ist Tuomas mit seinen Kräften mittendrin, als er sich für den Erhalt des historischen Gebäudes einsetzt.

Als Nachfahre der Lava-Menschen hat Tuomas eine besondere Beziehung zum Feuer und schließt sich schließlich der örtlichen Freiwilligen Feuerwehr an.

Doch er sieht sich auch mit den Herausforderungen der Migranten konfrontiert und beginnt sich für Umweltaktivitäten zu engagieren, angeführt von der mutigen Saga aus Schweden. Mit seinen besonderen Fähigkeiten unterstützt er sie tatkräftig – selbst ein mächtiger Staatspräsident kann ihn nicht davon abhalten.

Immer wieder hallen die Worte des Lavakönigs in seinem Kopf nach: «***Wähle mit Bedacht, junger Prinz...***».

Über die Autorin

Leena-Marjatta Pulfer-Korhonen wurde am 10. Februar 1942 im finnischen Dorf Otava geboren. Nach dem Abitur am Mädchengymnasium in Mikkeli studierte Leena finnische Sprache und Literatur an der Universität Helsinki und schloss mit einem Magister in Philosophie ab. 1989 heiratete sie in Zürich den Journalisten Fritz Pulfer. Leena lebte von da an in der Schweiz.

Am Ende einer arbeitsreichen Lebensphase zog es das Ehepaar wieder nach Finnland in Leenas Heimatdorf Otava. Hier fand sie Musse und Zeit, sich wieder ihrer Lieblingsbeschäftigung, dem Schreiben, zu widmen. Sie vollendete die phantasievolle Geschichte des Lavaprinzen Tuomas. Die beiden Bücher sind Leenas Geschenk an ihre Heimatgemeinde, denn in ihnen konnte sie vieles verwirklichen, was dem heutigen Vorort von Mikkeli in der Realität verwehrt bleibt.

Leena konnte ihr Werk noch vollenden. Leider verhinderte eine unheilbare Krebserkrankung, dass sie die gedruckten Bücher in den Händen halten konnte. Leena starb am 17. Juni 2023.